Veit Müller

Tod am Kreuzweg

Über dieses Buch

Luka Blum versauert in seinem langweiligen Journalisten-Alltag. Auch sein Liebesleben ist auf dem Nullpunkt angelangt. Freundin Nelly ist seit Monaten bei ihren Eltern in Irland und lässt nichts von sich hören. Da verspricht ein Interview mit einer Frau, die nach rund 30 Jahren aus den USA wieder in ihr Heimatdorf bei Rottenburg zurückgekehrt ist, willkommene Abwechslung. Doch Annemarie Junginger, die sich jetzt Anne Young nennt, vertraut ihm bei dem Interview ein Geheimnis an, das Blums Welt völlig auf den Kopf stellt. Sein Artikel über die Auswanderin sorgt für Aufruhr. Und plötzlich holt ihn auch seine eigene Vergangenheit ein. Ein Mann verfolgt ihn wegen einer alten Geschichte und will sich an ihm rächen. Luka Blum gerät in Lebensgefahr.

»Tod am Kreuzweg« ist der fünfte Krimi in der Luka-Blum-Reihe. Veit Müller gelingt es, im beschaulichen Umland von Rottenburg und Tübingen einen spannenden Fall zu erzählen, dessen Geschichte weit in die Vergangenheit zurückreicht.

Veit Müller ist in Kaiserslautern geboren und in der Pfalz aufgewachsen. Er studierte in Tübingen Germanistik und Anglistik. Seit 1988 arbeitet er als Journalist und Autor. In der beliebten Luka-Blum-Reihe erschienen bisher »Zwischen den Zeilen lauert der Tod«, »Tod im Schönbuch«, »Flucht im Neckartal«, sowie »Tübinger Blues«. Veit Müller ist zudem Herausgeber mehrerer Krimi-Anthologien.

Veit Müller

Tod am Kreuzweg

Luka Blums fünfter Fall

Oertel+Spörer

Postfach 16 42 · 72706 Reutlingen

Titelbild: Veit Müller, Tübingen
Umschlaggestaltung: Oertel+Spörer Verlag,
Bettina Mehmedbegovic
Satz: Uhl + Massopust, Aalen
Druck und Bindung: CPI books GmbH, Leck
Printed in Germany
ISBN 978-3-88627-917-3

Dunkle Wolkenbänke näherten sich von zwei Seiten Stuttgart. Eine der Gewitterfronten folgte dem Lauf des Neckars, die andere schob sich über die Fildern Richtung Landeshauptstadt. Sie schienen sich über dem Stuttgarter Kessel vereinigen zu wollen, um dort ihre ganze Wucht zu entladen.

Die Gäste in der Cocktailbar im Korb des Fernsehturms, der nach umfangreichen Brandschutzmaßnahmen wieder offen war, verfolgten das Naturschauspiel mit bangem Blick. Einige rutschen unruhig auf ihren Stühlen hin und her und hegten Zweifel, ob die über 200 Meter hohe Stahlbeton-Konstruktion den Naturgewalten, die sich nun vor ihren Blicken auftürmten, standhalten würde. Erste starke Windböen kündigten die Gewitterfronten an, die Nervosität unter den Gästen stieg mit jedem Donnerschlag. Auch die Aussage der Kellner, dass selbst Windgeschwindigkeiten in Orkanstärke dem Turm nichts anhaben könnten, sorgte nicht für entspannte Gesichter.

Der Blick aus den Panoramafenstern war beängstigend, aber auch einmalig. Nicht nur das Naturschauspiel zog die Blicke der Menschen in der Cocktailbar auf sich. In der Ferne zeigten sich auch die dunklen Hügel und Berge der Schwäbischen Alb und des Schwarzwaldes. Die Burg Teck thronte weithin sichtbar auf einer der prominenten Erhebungen. Direkt unterhalb des Fernsehturms breiteten sich die langen Häuserschluchten Stuttgarts aus, in denen sich der Verkehr an vielen Kreuzungen staute. Züge, die sich der Großbaustelle des Hauptbahnhofes näherten, wirkten wie kleine Spielzeugeisenbahnen.

In einer dieser Eisenbahnen saß Anne Young. Mit nachdenklichem Gesicht verfolgte sie die schwarzgrauen Wolkenbänke und die Blitze, die aus ihnen herausschossen und sich ihren Weg in hellen Zickzacklinien nach unten suchten. Ihr Zug fuhr geradewegs in das Unwetter hinein.

Gestern Nachmittag war Anne Young in Frankfurt angekommen. Ihr Flug aus New York hatte mehrere Stunden Verspätung gehabt, weshalb sie sich spontan entschlossen hatte, eine Nacht in der Mainmetropole zu bleiben. Sie hatte sich in einem Hotel in der Nähe des Hauptbahnhofs eingemietet und war am Abend wie auch am nächsten Morgen noch durch die Innenstadt gebummelt.

Jetzt saß sie im Zug, der sie in ihre alte Heimat bringen sollte. Mit jedem Kilometer, der sie ihrem Ziel näher brachte, kamen ihr die Landschaften und Städte vertrauter vor. Es schien ihr, als ob sie in einem alten Familienalbum blätterte. Jedes weitere Bild frischte ihre Erinnerungen auf.

Nicht nur das Unwetter, auf das sie zusteuerte, ließ sie immer nervöser werden. Schon kurz nach ihrem Entschluss, nach Deutschland zu fliegen, hatte sie gezweifelt, ob diese Entscheidung richtig gewesen war. Zu viel war in ihrem Heimatdorf passiert, zu viel war mit ihr damals passiert. Sie hatte die Erlebnisse über die Jahre erfolgreich verdrängt, hatte versucht, alles zu vergessen. Und um dieses Vergessen zu beschleunigen, hatte sie ihren Namen verändert, nachdem sie in die USA ausgewandert war.

Sie lebte nun seit fast zwei Jahrzehnten in Pennsylvania, wo es viele Menschen mit deutschen Wurzeln gab. Hier wollte sie hin gehören, und sich damit endgültig von ihrer ursprünglichen Heimat, dem kleinen Dorf bei Rottenburg, loslösen. Bei ihrem Vornamen hatte sie das Anhängsel Marie einfach weggelassen und aus Junginger war Young geworden, was die Amerikaner auch leichter aussprechen konnten. Mit dem neuen Namen hatte sie sich als neuer Mensch gefühlt.

Anne Young blickte wieder nach draußen. Dicke Regentropfen peitschten gegen die Fenster des Zuges. Heftige Windböen ließen Masten wackeln, Stühle in Gärten kippten reihenweise um und plötzlich krachte ein Schirm gegen die Außenwand des Zuges. Anne Young zuckte zusammen.

Es war unheimlich draußen, Himmel, Regen und Gewitter verbreiteten eine Weltuntergangsstimmung.

Bald würde sie den Stuttgarter Hauptbahnhof erreichen. Dort musste sie den schützenden Zug verlassen und umsteigen. Vom Schaffner, der jetzt Zugbegleiter hieß, wusste sie, dass sie nicht lange auf die nächste Verbindung Richtung Tübingen warten musste. Der Regionalexpress würde sie in einer dreiviertel Stunde in die alte Universitätsstadt am Neckar bringen. Von dort waren es nur noch wenige Kilometer bis in ihr Heimatdorf, das sie im Alter von zwanzig Jahren verlassen hatte.

Wieder kamen Zweifel auf. Was würde sie erwarten? Wie hatte sich das Dorf verändert? Hatte sich überhaupt etwas verändert oder war die Zeit einfach stehen geblieben? Und was sie sich vor allem fragte: Welchen altbekannten Gesichtern würde sie begegnen? Es gab darunter einige, die sie gerne wieder sehen würde, auf manche aber wollte sie nie mehr treffen. Und wenn doch, wie würden diese Menschen reagieren, wenn sie sie sahen? Hatten sie Angst, dass sie, Annemarie Junginger, die Auswanderin, die Zeit wieder zurückdrehen würde?

Vor wenigen Wochen waren einige der Gesichter überraschend in einem ihrer Träume aufgetaucht. Sie war am nächsten Morgen schweißgebadet und völlig aufgewühlt aufgewacht. Den ganzen Tag über hatte sie dieser Albtraum verfolgt. Sie war erst etwas zur Ruhe gekommen, als sie sich an ihren Computer gesetzt und im Internet nach ihrem Heimatdorf gesucht hatte. Es war das erste Mal seit vielen Jahren gewesen, dass sie sich wieder Bilder aus der Heimat angeschaut hatte. Viel hatte Anne Young über ihr

Dorf nicht gefunden. Eine Nachricht allerdings hatte sie nicht mehr los gelassen. In einem Artikel einer Tageszeitung hatte sie gelesen, dass ihre beste Freundin aus Jugendtagen bei einem Verkehrsunfall ums Leben gekommen war. Sie hatte Luises Foto in dem Internetartikel gesehen und sofort war alles wieder da, die Erlebnisse aus ihrer Teenagerzeit, so als ob alles erst gestern geschehen wäre.

Sie hatte damals viel Zeit mit Luise verbracht. Sie war ihre große Vertraute gewesen, aber alles hatte sie ihr doch nicht erzählen können.

Der Gedanke an Luise ließ sie nicht mehr los, und plötzlich war klar, sie musste noch einmal nach Deutschland zurück. Sie hatte schnell die Telefonnummer von Luises jüngerer Schwester herausgefunden, die immer noch den alten Nachnamen Schweizer trug.

Nach einigem Zögern hatte sie Luises Schwester angerufen. Das Gespräch war so entspannt verlaufen, dass viele, vor allem die schönen Erinnerungen wieder aus der Versenkung aufgetaucht waren. Sie hatten sich über ihre alten Lehrer lustig gemacht und viel zusammen gelacht. Am Ende kam dann der Augenblick, auf den Anne gewartet hatte, und der sie in ihrem Vorhaben bestärken würde.

Anja lud sie ein, nach Deutschland zu kommen, »nach Hause«, wie Anja gesagt hatte, in ihr Heimatdorf. Anja hatte sie förmlich bedrängt und auch ihre Schwester Luise mit ins Spiel gebracht.

»Sie hätte es sich sicher gewünscht, dich wiederzusehen«, hatte Anja am Telefon gesagt.

Schließlich konnte sie nicht mehr »Nein« sagen, nicht als Annemarie Junginger, zu der sie plötzlich wieder geworden war.

Ihr Entschluss stand danach fest: Sie wollte zurück in ihre Heimat. Nicht für immer, nicht für lange, nur für ein paar Wochen, vielleicht.

Anne Young hatte bereits am nächsten Tag den Flug

gebucht, und nun saß sie hier in diesem Zug, einem ICE-Express. Diese Züge hatte es noch nicht gegeben, als sie Deutschland verlassen hatte. Sie waren bequem, schnell, aber nicht immer pünktlich, wie jetzt auch. Der Zug hatte eine Viertelstunde Verspätung.

Sie schaute sich um. In ihrem Abteil saßen noch vier weitere Reisende. Auch sie blickten mit sorgenvoller Miene nach draußen. In den prasselnden Regen hatten sich nun noch Hagelkörner gemischt, die größer als Glasmurmeln waren und die gegen die Außenwand des Zuges schlugen.

Gleichzeitig hörte Anne Young die Durchsage aus dem Zuglautsprecher, dass der ICE in den nächsten Minuten den Stuttgarter Hauptbahnhof erreichen würde. Sie spürte, wie der Zug seine Geschwindigkeit langsam verringerte. Im Gang vor ihrem Abteil drängten sich Leute mit Koffern vorbei. Unter ihnen war eine junge Frau, die ständig ihr Handy ans Ohr hielt und die so laut sprach, dass jeder um sie herum mitbekam, welche Probleme sie mit ihrem Freund hatte. Weil die Abteiltür offen stand, konnte auch Anne Young das Gespräch mitverfolgen. Einer der Vorübergehenden schaute sie kurz an, nickte mit dem Kopf in Richtung der jungen Frau und verdrehte dabei die Augen. Anne musste lächeln und nickte zustimmend. Der kurze Blickkontakt, die heimliche Übereinstimmung hinterließen bei ihr ein angenehmes Gefühl.

Wieder hörte Anne Young eine Durchsage, doch die kam dieses Mal von draußen. Der ICE fuhr gerade in den Stuttgarter Hauptbahnhof ein.

Wegen der Verspätung hatte sie den Zug nach Tübingen verpasst. Sie musste eine Stunde in dem unwirtlichen Bahnhofsgebäude warten, doch nun saß sie endlich im Regionalexpress nach Tübingen. Ein junger Mann hatte ihr in Stuttgart mit den Koffern geholfen und sie auch an den richtigen Bahnsteig geführt.

Anne Young war nicht verborgen geblieben, dass der Stuttgarter Bahnhof nur noch eine große Baustelle war. Den geschichtlichen Abriss zu »Stuttgart 21« hatte der hilfsbereite »Kofferträger« gleich mitgeliefert, dabei kein gutes Haar an Politikern und Bahnmanagern gelassen und sich so über die ausufernden Kosten für das offenbar sehr umstrittene Bahnhofsprojekt echauffiert, dass Anne froh war, als sie wieder alleine im Zug saß, ihre Ruhe hatte, und der Regionalexpress sich endlich in Bewegung setzte. Die Waggons rumpelten über die Gleise. Sie blickte nach draußen und betrachtete die vielen Häuser, die an ihr vorüberzogen. Der Regen hatte etwas nachgelassen, aber dunkle Wolken am Horizont kündigten eine neue Gewitterfront an. Das Wetter meint es nicht gerade gut mit mir, dachte Anne Young. Hoffentlich war die Aufnahme in ihrem Heimatdorf freundlicher.

Mit jedem neuen Halt wurde Anne zusehends nervöser. Die Vorfreude und die Unruhe vor dem Ungewissen hielten sich dabei die Waage.

Bad Cannstatt, Esslingen, Plochingen. Sie sah die Namen der Bahnhofsschilder an ihrem Fenster vorbeihuschen. Das Heimatdorf kam immer näher und die Erinnerungen an vergangene Tage wurden mit jedem Halt intensiver. Vielleicht hätte sie ihre adoptierte Heimat in Pennsylvania doch nicht verlassen sollen. Die Leute dort hatten sie sehr herzlich aufgenommen, wohl gerade weil sie aus Deutschland gekommen war. Anne hatte zuvor in New Jersey und dann in der Kleinstadt Easton, die rund zwei Stunden Autofahrt von New York entfernt lag, schnell Arbeit gefunden. Und zu ihrer Überraschung hatte es gar nicht so lange gedauert, bis sie die Green Card in Händen gehalten hatte.

Mit dieser Card war es da, ihr neues Leben in den USA. Sie sah es als Zeichen, dass sie die Vergangenheit endlich hinter sich lassen sollte.

Wendlingen, Nürtingen Metzingen. Die Ortsnamen waren ihr alle noch geläufig.

»Nächster Halt: Reutlingen Hauptbahnhof«, krächzte es aus dem Lautsprecher. Anne Young erschrak, aber es war weniger die brüchige Stimme aus dem Off gewesen, die sie verängstigt hatte, als vielmehr die Nähe zu ihrer alten Heimat. Noch eine Station und sie würde Tübingen erreichen.

Als der Zug Reutlingen verlassen hatte, begann es wieder stärker zu regnen. Das Zentrum des Gewitters lag diesmal aber weit entfernt über der Hochfläche der Schwäbischen Alb. Das Neckartal, das sich gerade aus den Dunstwolken des vorangegangenen Gewitters heraus schälte, bekam nur die Ausläufer der Unwetterfront ab.

Wenige Minuten später sah Anne Young die ersten Häuser Tübingens, dann die Blaue Brücke und den Hauptbahnhof. Wie gerne hätte sie damals in Tübingen studiert. Die guten Noten hatte sie gehabt, doch die Universität erschien ihr damals nicht weit genug weg von Zuhause. Die Distanz war wichtiger gewesen, Überlebenswichtig. Und je weiter sie weg von Zuhause war, umso besser.

Der Bus, in dem Anne Young saß, zuckelte über Land. Er hielt in jedem Dorf, durch das sie kamen, mindestens einmal an. Nie stiegen Leute zu, alle verließen immer nur den Bus. Sie hatten in der Stadt gearbeitet und freuten sich nun auf den ruhigen Feierabend in den eigenen vier Wänden.

Melancholie, aber auch Wut machten sich mehr und mehr in ihr breit. Warum hatten ihre Eltern ihr nicht geglaubt? Weil nicht sein kann, was nicht sein darf? Die Gedanken schnürten ihr die Kehle zu. Sie sah das Gesicht ihrer Mutter vor sich, wie sie den Kopf schüttelte, wie sie sie anschrie, wie sie dann schwieg, zu allem. Noch schlimmer war ihr Vater gewesen. Er hatte sie eine Lügnerin genannt, und er hatte ihr angedeutet, dass sie das Haus so bald wie möglich verlassen sollte. Diese wiederkehrenden Bilder bestärkten sie, dass sie damals das Richtige getan und das Elternhaus, das Dorf ihrer Jugend, sofort nach ihrem Schulabschluss verlassen hatte, für immer, bis zum heutigen Tag. Anne Young hatte nie geheiratet. Den Begriff Familie gab es nicht für sie, nicht mehr.

Der Bus passierte die ersten Häuser ihres alten Heimatdorfs. An der Kirche hielt er an. Das wuchtige Gebäude mit dem hohen Turm, der immer wie ein drohender Finger auf sie gewirkt hatte, dominierte immer noch die Dorfstraße.

Egal von welcher Seite man kam, welche Straße man auch nahm, immer landete man im Ortszentrum direkt vor dem Gotteshaus.

Anne Young stieg aus. Der Regen hatte aufgehört. Die Luft roch frisch und wirkte so sauber wie das Dorf. Die Temperaturen waren angenehm. Plötzlich schien es so, als habe es das Unwetter nicht gegeben. Als sie die Schwester ihrer verstorbenen Freundin auf sich zukommen sah, mit einem freudigen Lächeln im Gesicht, das so viel Wärme ausstrahlte, waren ihre düsteren Gedanken fürs Erste verschwunden.

»Es ist schön, dass du wieder da bist, Annemarie.«

Es dauerte zwei Tage, bis Anne Young den Jet Lag aus ihren Kleidern geschüttelt hatte. Sie wohnte bei einer Bekannten Anjas in einer Neubausiedlung am Rande des Ortes. Die Frau, die sich ihr als Monika Langer vorgestellt hatte, vermietete Zimmer mit Frühstück. Nicht freiwillig, wie Anja ihr erzählt hatte. Monika lebte in dem Haus mit ihren drei Kindern. Ihr Mann hatte sie vor vier Jahren Hals über Kopf verlassen und war zu einer anderen Frau gezogen. Seine Unterhaltszahlungen kamen unregelmäßig und waren nicht gerade üppig, weshalb sich Monika Langer durch die Zimmervermietung ein paar Euro dazu verdiente. Anja besorgte Monika regelmäßig Übernachtungsgäste. Meist waren dies Leute aus der französischen Partnergemeinde, die ein- bis zweimal im Jahr zu den Dorffesten hierher kamen.

Bei Anja hatte Anne Young nicht wohnen können. Sie hieß zwar noch Schweizer, war aber verheiratet und hatte zwei Kinder. Anja hatte ihren alten Familiennamen nach der Hochzeit beibehalten, weil sie den sehr schwäbisch klingenden Nachnamen ihres Mannes, Häberle, nicht mochte. Sie hatten vor zehn Jahren in der gleichen Neubausiedlung wie Monika Langer ein kleines Haus gebaut. Die Familie brauchte darin jeden Zentimeter, weshalb für Anne Young kein Platz war. Das störte sie allerdings auch nicht. Im Gegenteil. Das Zimmer bei Monika Langer war schön. Es war sehr hell und modern eingerichtet. Es hatte sogar ein Fernsehgerät mit Flachbildschirm in einer Ecke stehen. Und Anne Young fühlte sich durch das eigene Zimmer unabhängiger.

Gleich nach ihrer Ankunft hatte sie den Fehler begangen, sich von ihrer Müdigkeit überwältigen zu lassen. Sie hatte sich nur aufs Bett legen und kurz von den Strapazen der Reise ausruhen wollen. Sofort war sie eingeschlafen und erst fünf Stunden später wieder aufgewacht. So brauchte sie länger, um sich an den Tag- und Nachtrhythmus in Deutschland zu gewöhnen.

Den ersten Tag hatte Anne Young gänzlich verschlafen. Am zweiten hatte Anja sie ihrer Familie vorgestellt. Sie musste viel von Amerika erzählen. Vor allem die beiden Kinder waren sehr neugierig und wollten viel über das Land der unbegrenzten Möglichkeiten auf der anderen Seite des Ozeans erfahren. Schließlich hatten sie in Kinofilmen und im Fernsehen schon viel von den USA gesehen. Und Markus, Anjas ältester Sohn, fuhr ganz auf Rap ab. Auf seine Fragen wusste Anne Young aber meist keine Antwort. Rap war nicht ihre Musik.

Am dritten Tag spazierte Anne ausgiebig durch den Ort. Sie ließ sich Zeit, jeden Winkel aufs Neue zu erkunden. Was sie sofort erkannte: Das Dorf war gewaltig angewachsen. Die Wohnsiedlung, in der Anja wohnte, war nicht die einzige, die in den vergangenen Jahrzehnten an der Peripherie des Ortes entstanden war. Anne Young hoffte, dass das Dorf durch die vielen neuen Einwohner auch offener geworden war. Früher war das Leben in diesem kleinen Nest in der Nähe von Rottenburg genau vorbestimmt gewesen. Die Kirche hatte großen Einfluss, den sie bei jeder Gelegenheit geltend machte. Der Bischoff wohnte nicht weit. Und was sein Vertreter, der Ortspfarrer von der Kanzel predigte, war Gesetz.

Das Dorf war durch und durch konservativ. Man kannte die wenigen SPD-Wähler beim Namen und wusste, wo sie wohnten. Bei jeder Wahl machte damals der alte Witz die Runde, dass man auch einen Besenstil als CDU-Kandidaten aufstellen könnte, er würde gewählt werden.

Von Anja hatte sie gehört, dass sich inzwischen allerdings einiges im Ländle geändert hatte. In Stuttgart regierte eine grün-rote Landesregierung, unvorstellbar zu den Zeiten, in denen Anne in die USA ausgewandert war.

Das Wetter hatte sich in den vergangenen Tagen verändert. Das Gewitter hatte die Schwüle vertrieben. Jetzt schien die Sonne, und die Temperaturen waren angenehm, was sich auf Annes Stimmung auswirkte. Sie war guter Dinge. Deshalb vermied sie es auch, durch die Straße zu gehen, in der das Haus stand, in dem sie aufgewachsen war. Sie wollte nicht sehen, wer jetzt darin lebte. Stattdessen ging sie zur Schule. Doch sie war erstaunt, wie sich das Gebäude verändert hatte. Ein Anbau war dazu gekommen, die Fenster erschienen ihr viel größer als früher, während der Schulhof dagegen geschrumpft war.

Plötzlich kamen alte Erinnerungen wieder hoch. Die Gesichter ihrer Mitschüler erschienen vor ihr, und sie versuchte sich an die Namen zu erinnern, die zu diesen Gesichtern gehörten. Es fiel ihr schwer, alle zusammenzubringen, denn die Schulzeit lag so weit zurück.

»Wehmütig?«

Anne fuhr erschrocken herum. Sie hatte den Mann nicht kommen hören.

»Wie?« Es war, als ob sie aus einem Traum erwacht wäre.

»Du siehst so wehmütig aus. Denkst du an alte Zeiten?«

Der Mann hatte sie geduzt, aber sie erkannte ihn nicht. Sie setzte das Räderwerk in ihrem Kopf in Gang, aber sie konnte das Gesicht keinem Namen zuordnen.

»Ja, ich weiß, ich habe mich verändert. Bin etwas fülliger geworden und meine Haare sind nicht mehr dunkel und so zahlreich wie früher.«

Anne Young versuchte die Informationen, die sie gerade gehört hatte, zu verarbeiten. Sie machte in ihrer Vorstellung das Gesicht jünger, die Figur ihres Gegenübers dünner, die Haare dunkler. Es half.

»Walter?«

»Ja, genau. Hast mich also doch noch erkannt.«

Anne Young bekam kein Wort heraus. Vor ihr stand Walter Schönborn. Der »schöne Walter«. Alle Mädchen in der Schule waren damals hinter ihm her gewesen, hinter dem schlanken, großen Jungen mit seinen langen dunkelbraunen Haaren, die perfekt zu seinen braunen Augen passten. Und jetzt? Jetzt war Walter ordentlich in die Breite gegangen. Schob eine richtige Kugel vor sich her, ein unübersehbares Doppelkinn prägte sein Gesicht. Die Haare waren angegraut und lichter und sein Teint rosiger geworden. Hätten sie und ihre Freundinnen damals gewusst, wie sich der schöne Walter verändern würde, sie wären ihm sicher nicht so nachgestiegen.

»Du hast dich gar nicht verändert«, sagte Walter.

»Lügner.«

»Doch, wirklich. Ich hab dich sofort wiedererkannt.« Walter lächelte.

»Woher weißt du, dass ich ...« Er ließ sie nicht ausreden.

»Das weiß doch inzwischen das ganze Dorf.« Walter hielt kurz inne, ehe er fortfuhr.

»Anja hat mich angerufen und mir gesagt, dass du wieder hier bist. Ich wollte dich unbedingt sehen und hab mich gleich auf den Weg gemacht. Ich habe mir gedacht, dass du zur Schule kommst. War eine schöne Zeit damals, meinst du nicht auch?«

Anne nickte rein mechanisch.

»Was führt dich hierher zurück in deine Heimat? Du warst lange weg. Heimweh?«

Anne schüttelte den Kopf.

»Ich hab zufällig von Luises Unfall gelesen. Im Internet. Dort erfährt man inzwischen alles, auch was sich tausende von Kilometern entfernt ereignet. Es hat mich sehr traurig gemacht, ich hab sie sehr gemocht. Wir waren sehr enge Freundinnen damals. Ihr Tod hat etwas in mir ausgelöst. Alte Erinnerungen sind wieder hoch gekommen. Die waren so stark, dass ich mich entschlossen habe, mich in die Zeitmaschine zu setzen und jetzt bin ich eben hier.«

Walter schien ihr gar nicht richtig zuzuhören.

»Luise, ja, das ist schrecklich. Keiner kann so richtig verstehen, wie das passiert ist. Auf gerader Strecke. Ist doch eigentlich unmöglich, dass ...« Walter Schönborn sprach den Satz nicht zu Ende, sondern starrte stumm vor sich hin. Anne Young sah ihn verwundert an. Sie wartete darauf, dass er wieder aus seiner kurzen Trance erwachte.

»Walter, bist du noch da?«

»Wie?« Schönborn sah auf und begann sofort zu lachen.

»Ja, ja, bin ganz bei dir. Wie lange hast du denn vor, zu bleiben? Für immer?«, fragte er mit einem breiten Grinsen.

»Nein, sicher nicht. Ich bleibe nicht lange. So lange, wie ich es hier eben aushalte.«

Walter Schönborn legte ihr einen Arm auf die Schulter.

»Es ist schön, dass du wieder hier bist. Du musst mir erzählen, was du so alles getrieben hast in den vergangenen Jahren, in den USA. Es war schon überraschend für uns alle hier, dass du so plötzlich abgehauen bist, ohne dich richtig von uns zu verabschieden. Du warst von heut auf morgen weg, einfach so. Und gleich noch über den Großen Teich nach Amerika. Wir konnten das alle nicht so richtig verstehen.«

»Ach Walter, das ist eine lange Geschichte.«

»Erzähl sie mir.«

»Ein anderes Mal.«

»Gut. Dann übermorgen.«

»Wie?«

»Übermorgen. Weißt du das noch nicht? Anja hat eine Art Klassentreffen organisiert. Gut, wir waren ja damals nicht alle in einer Klasse. Aber wir haben uns doch alle gekannt, wie das in einem kleinen Dorf eben ist. Und jetzt kommen die alten Freunde wieder einmal zusammen. Übermorgen. In der *Sonne*. Ich freue mich wie verrückt darauf. Schließlich sieht man sich ja nicht mehr so oft. Anja hat das Nebenzimmer reservieren lassen.«

Anne Young sah ihn mit großen Augen an. Walter war nicht mehr zu bremsen.

»Das wird lustig. Dann können wir über die alten Lehrer von früher herziehen und über Martha, unseren Dorfdrachen, der uns immer von der Wiese neben ihrem Haus verjagt hat.«

Anne Young war nicht so begeistert wie Walter. So viel Vergangenheit auf einmal wollte sie nicht, vor allem nicht so schnell. Sie hatte sich Zeit geben wollen, beim Eintauchen in ihre Vergangenheit. Aber Walter sah plötzlich wieder so aus, wie der kleine, nette Junge von früher, in den Zeiten, in denen noch alles in Ordnung gewesen war. Er strahlte übers ganze Gesicht, tanzte fast vor Freude, weshalb sie ihn nun nicht enttäuschen konnte. Und vielleicht war es ja wirklich unterhaltsam, einen Abend über alte Zeiten zu reden. Es gab ja auch die gute Seite ihrer Kindheit, sagte sich Anne Young.

»Nein, ich wusste es noch nicht. Aber, das wird sicher lustig«, meinte sie, obwohl es ihr nicht lustig zumute war.

Mein Seufzen hätte jeden Stein erweichen können. Nachdenklich starrte ich aus dem Fenster. Der Regen peitsche gegen die Scheiben, das Wetter, das draußen tobte, passte zu meiner Stimmung. Ich wartete sehnsüchtig auf den Sonnenschein.

Doch der war seit vielen Monaten in Irland. Nelly hatte mich einfach zurückgelassen, in dieser trüben Welt, war in ihre Heimat zurückgekehrt, um sich um ihre Eltern zu kümmern. Und wer kümmerte sich nun um mich?

Hatten wir anfangs noch mindestens alle zwei Tage miteinander telefoniert, meldete sie sich inzwischen kaum noch. Und wenn ich es versuchte, sprang meist die Mailbox an. Auf meine Nachrichten, die ich hinterließ, antwortete sie immer seltener. Was war nur los mit Nelly? Ein Telefongespräch die Woche, das war wenig, zu wenig, das reichte mir nicht. Aber vergessen konnte ich sie auch nicht.

Die ersten Tage nach ihrer Abreise waren die Schlimmsten gewesen. Jedes Mal, wenn ich nach Hause kam, wartete ich darauf, ihre Stimme, ihre Schritte zu hören. Doch die Wohnung war leer. Niemand wartete auf mich, niemand wollte etwas von mir, niemand fragte mich, was ich den ganzen Tag getrieben hatte, niemand drückte mir eine volle Abfalltüte in die Hand und schickte mich zur Mülltonne vor dem Haus.

Meine Tage als Lokaljournalist lenkten mich wenigstens etwas ab. Ich rauschte von Vereinsjubiläum zu Vereinsjubiläum. Schrieb zwischendurch über Mord und Totschlag, die im Landgericht abgehandelt wurden. Oder ich saß endlose Gemeinderatssitzungen ab.

Aber die Nächte, wenn ich alleine in meiner Drei-Zimmer-Wohnung auf dem Herrlesberg saß, waren unerträglich. Die Einsamkeit hatte ihre Folgen: Ich begann sogar schon, mit mir selbst zu reden, weil ich die Stille nicht ertragen konnte. Und wenn mir meine Gesellschaft nach kurzer Zeit gehörig auf den Geist ging, was in letzter Zeit immer öfters vorkam, schaltete ich einfach den Fernseher ein. Die Stimmen, die ich dann hörte, beruhigten mich. Schließlich waren sie mir vertraut. Ich kannte sie seit Jahren und lud sie täglich zu mir ein. Das schafft Bindungen. Die Nachrichtensprecher, die immer pünktlich zur selben Uhrzeit die Katastrophen und Politdesaster verkünden, Dauergrinser Stefan Raab, das Chaoten-Duo Joko und Klaas, freitags Oliver Welke, samstags die Sportschau, sonntags die Tatortkommissare, sie alle sorgten für Gesellschaft an den einsamen Abenden.

Mein Fernseher lief meist bis Mitternacht. Ich saß auf dem Sofa mit der Fernbedienung in der Hand und zappte in den Werbepausen ungeduldig zwischen den einzelnen Kanälen hin und her, bis ich regelmäßig zur Geisterstunde nach mehreren Gläsern Dornfelder auf dem Sofa einschlief. Meist wachte ich nach ein, zwei Stunden wieder auf und schleppte mich reichlich verkatert ins Bett. Manchmal schlief ich auch bis zum nächsten Morgen durch.

Meine Sofa-Nächte und alles andere hatten eine klare Aussage: ich vermisste Nelly.

An den Tagen, an denen sie anrief oder den Hörer abnahm, erzählte sie mir die Neuigkeiten aus Irland. Ich wusste, dass es ihrem Vater nach dem Schlaganfall wieder besser ging, dass bei ihrer Mutter der Schock über das

Erlebte immer noch tief saß und ich merkte, dass Nelly sich rührend um ihre Eltern kümmerte. Was für eine Frau!

Doch bei aller Liebe, ich brauchte auch jemanden, der sich um mich und mein liebenswertes Chaos kümmerte.

Ich rief mir die Zeiten in Erinnerung, als Nelly bei mir eingezogen war. Es hatte sich so viel verändert. Der Kühlschrank war immer gefüllt, alles hatte seinen Platz, die Wohnung war aufgeräumt, Wäscheberge im Schlafzimmer, Geschirrberge in der Küche gab es nicht mehr. Und das Unvorstellbare war danach geschehen, ich hatte mich überraschend schnell an diese Ordnung gewöhnt und war nach einiger Zeit nicht mehr nur stiller Beobachter. Ich half mit, so gut es ging. Obwohl mir die Unordnung meist später als Nelly auffiel.

Nun war Nelly weg und der kleine Schweinehund zurück. Ich fiel sofort wieder in alte Gewohnheiten. In ging erst in den Supermarkt, wenn mein Kühlschrank mich mit gähnender Leere empfing. Der Geschirrberg in der Spüle nahm erst ab, wenn kein sauberer Teller mehr vorhanden war. Und über die Mount-Everest-Wäscheberge möchte ich nicht reden.

Aber es gab da etwas, das mich außerordentlich beunruhigte. Mein geliebtes, altes Chaos gefiel mir nicht mehr. Ich fing sogar schon an aufzuräumen, und das nicht erst, wenn es gar nicht mehr anders ging. Nelly hatte deutliche Spuren in meiner alten Welt hinterlassen.

Das Klingeln des Telefons unterbrach meine Alltagsphilosophie. Meine erste Freude, weil ich auf Nellys Anruf gehofft hatte, legte sich, als ich die Stimme am anderen Ende der Leitung vernahm.

»Hier ist dein Brötchengeber. Ich habe etwas für dich. Auf, Arbeit wartet auf dich.« Und nach einigen Sekunden Pause: »Luka, ich höre, deine Freude ist grenzenlos.«

Es war Micha Becker, der Redakteur der Lokalzeitung,

für die ich arbeitete. Er versorgte mich regelmäßig mit Aufträgen, mit denen ich mich leidlich über Wasser halten konnte. Vor allem schickte er mich immer los, wenn er selbst keine große Lust verspürte, seinen Schreibtisch zu verlassen. Was zum Glück für meinen Geldbeutel häufig vorkam. Und auf diese Weise schaffte ich es auch, leidlich mein Gewicht zu halten, während er immer barockere Formen annahm.

»Du klingst so fröhlich, was ist mit dir passiert?«, antwortete ich.

»Das Wetter ist schön, ich hab' einen halben Tag frei und darf nun bald raus hier aus diesem Mief, was gibt es Schöneres.«

»Deshalb also die gute Stimmung.«

»Genau, eine Sekunde zu viel hier in dieser trockenen Luft, und mein Reizhusten plagt mich wieder. Dagegen muss ich rechtzeitig etwas unternehmen. Ich benötige dringend eine Weizenkur.«

»Mit Hefe.«

»Genau, mit Hefe. Ich sehe, du kennst dich aus.«

Gut, Hefeweizen war nicht unbedingt mein Spezialgebiet, aber gegen ein Pint Guinness hier und da hatte ich auch nichts einzuwenden. Aber keine Zeit, die Arbeit, in Gestalt Micha Beckers, rief nach mir.

»Was hast du für mich?«

»Du bist der Fachmann für Herz-Schmerz-Geschichten.«

Das klang gar nicht gut. Wenn Micha solche Bemerkungen von sich gab, dann bedeutete das meist eine Tour aufs Land, um irgendwelche Menschen mit irgendwelchen Absonderlichkeiten zu interviewen, die in der Stadt niemanden interessierten. Langeweile pur.

Doch wie ich mich täuschen sollte.

»Man hat mir heute Morgen gesteckt, dass irgend so eine Tante aus Amerika in ihr kleines Dorf irgendwo in der

Pampa zwischen Rottenburg und Ammerbuch zurückgekehrt ist.«

»Was hat sie denn mitgebracht, die Tante aus Amerika?«

»Keine Zeit für Kinderspiele, Luka. Das ist die richtige Geschichte für dich. Geh raus, frag sie aus, warum sie damals abgehauen ist, lass die guten, alten Zeiten wieder auferstehen. Frag sie, wie es ihr bei den Abhörspezialisten in den USA gefällt und warum sie ausgerechnet jetzt wieder in ihr Heimatdorf zurückgekehrt ist. Du bist der Starjournalist, dir werden schon die richtigen Fragen einfallen. Und du wirst diese Geschichte sicherlich so aufmotzen können, dass nicht jeder beim Lesen gleich einschläft.«

Micha Becker gab mir Telefonnummer und Adresse der »Tante aus Amerika« und ließ mich wieder allein mit meinen vier Wänden.

Aber der Auftrag versprach Abwechslung, und die war gut, um mich aus meiner Lethargie zu reißen.

Anne Young war noch zweimal durch den Ort und ausgiebig über die Felder spaziert. Das Industriegebiet aber, das weit in den Ort hineinreichte, hatte sie gemieden. Dieses Gebiet nahm fast nur eine Firma ein, das Unternehmen von Walter Berkheimer. Die meisten Menschen im Ort arbeiteten in den großen Fabrikationshallen der Berkheimers. Schon seit Generationen. Das Familienunternehmen war vor Jahren vom Vater auf den Sohn übergegangen. Das hatte Anne von Anjas Mann Stefan erfahren, der bei Berkheimer in der Personalabteilung angestellt war. Er hatte seinen Chef in den höchsten Tönen gelobt: Gute Arbeitsbedingungen, faire Tarife, auch das Arbeitsklima stimme. Jeder im Ort rede nur von »unserer Fabrik«, jeder identifiziere sich mit Berkheimers Fabrikaten. Nur so habe die Firma die Krisenjahre überstehen können, war Anjas Mann überzeugt.

Anne Young hatte ihm schon nach den ersten Worten nicht mehr zugehört. Sie ertrug nicht, was Stefan erzählte. Ihre Hände zitterten. In Gedanken war sie längst wieder in der Vergangenheit angekommen. Aber sie musste diese Vergangenheit für sich behalten. Anja zuliebe, ihrer Familie zuliebe.

Diese Vergangenheit tauchte erneut vor ihr auf, als sie die *Sonne* betrat. Unvermittelt. Am Stammtisch saß Albert, der älteste Sohn des alten Berkheimer, hemdsärmelig, laut lachend, die Jacke in der Hand. Er war offensichtlich gerade dabei das Lokal zu verlassen und nahm keine Notiz von Anne Young, die mit starrem Blick dem Nebenzimmer zustrebte. Sie hörte noch, wie sich Albert Berkheimer hinter ihrem Rücken von der Wirtin verabschiedete und immer noch lachend und mit einer anzüglichen Bemerkung, die wohl der Wirtin gegolten hatte, das Lokal verließ.

Anne Young wurde kurz schwindlig. Sie musste sich an einem Stuhl abstützen, dann öffnete sie rasch die Tür zum Nebenzimmer der *Sonne*. Ihre Gedanken waren sofort gefangen von dem, was sie dort erwartete. Alle Freunde von früher waren da, fast alle. Der Lärmpegel stieg sofort an, jeder wollte sie als Erster begrüßen. Doch Anne sah sich zuerst kurz um. In dem alten Gasthaus an der Hauptstraße schien die Zeit stehen geblieben zu sein. Kaum etwas in der Wirtsstube und auch hier im Nebenzimmer hatte sich verändert.

Das war bei ihren Freundinnen und Freunden aus alten Tagen allerdings anders. Sie hatten sich verändert. Einige waren in die Breite gegangen, andere hatten graue Haare und tiefe Falten bekommen. Aber an ihr selbst war die Zeit ja auch nicht spurlos vorübergegangen, das konnte sie jeden Morgen im Spiegel erkennen.

Anne schaute sich der Reihe nach jedes Gesicht genau an. Es war wie ein Rätselspiel, aber sie konnte jedes einzelne schließlich lösen, spätestens dann, wenn eine vertraute Stimme aus dem dazugehörigen Gesicht ihr den letzten Hinweis gab.

Anja war natürlich da. Sie saß am Kopfende der langen Tafel. Bei den beiden Gesichtern links und rechts von ihr hatte Anne Young kurz Probleme, doch dann fielen ihr die Namen wieder ein. Links, Margit Zeller, das Mädchen, das immer lachte. Sie war mit ihr in die gleiche Klasse gegangen. Aber wo war die große Lockenmähne geblieben? Alles gestutzt. Übrig war eine hochgegelte Kurzhaarfrisur geblieben. Und rechts von Anja, Gabriele Weißhaar, sie hatte schräg gegenüber gewohnt. So schlank wie damals war sie heute allerdings nicht mehr.

Dann Walter Schönborn, den hatte sie ja bereits im Ort getroffen. Und auch die anderen Namen kamen nach und nach wieder in ihr Gedächtnis zurück. Julia Daub, Heike Dengel, Judith Fischer, die beiden Göhner-Brüder und schließlich Bettina Herrmann, die Schönste der Schule. Alle Jungs hatten sie angehimmelt, aber keiner war bei ihr gelandet. Viel war von ihrer Schönheit nicht mehr übrig geblieben. Ihr Gesicht sah verlebt aus, die Haare strohig, und sie trug eindeutig zu viel Make-up auf. Und sie hatte an den Hüften zugelegt. Einige Gesichter vermisste Annemarie Junginger unter den Anwesenden, wie das hübsche Gesicht von Carla Fiore. Ihre Eltern hatten damals die einzige Pizzeria im Ort besessen. Sie war sehr temperamentvoll gewesen und hatte den Jungs immer wieder den Kopf verdreht. Auch Paula Mangold fehlte. Sie war eine Freundin von Anja gewesen, hatte sich aber auch oft ihrer Clique angeschlossen. Aber sie kam nicht dazu, die anderen nach den fehlenden Freunden zu fragen, weil sie unvermittelt im Mittelpunkt des Interesses stand.

Anne wurde sogar mit Applaus begrüßt, was ihr peinlich

war. Für einen Moment bereute sie es, Anja zugesagt zu haben, zu dieser »Wiedervereinigung« zu kommen. Anne hatte heimlich, still und leise in ihr Heimatdorf zurückkehren, nur mit Anja über Luise reden wollen. Aber das war ihr nicht gelungen, jeder im Dorf wusste nun, dass sie da war, und gestern hatte sogar die Lokalzeitung wegen eines Interviews bei ihr angefragt. Anja hatte der Presse den Tipp gegeben und Anne dazu gedrängt, auf das Gespräch mit dem Journalisten einzugehen. Der ganze Trubel war ihr unangenehm, aber er überdeckte für einen Moment die alten Erinnerungen, die sie nur zu gerne verdrängt hätte.

Anja sprang von ihrem Stuhl auf und eilte auf sie zu.

»Komm, Annemarie, setzt dich hierher.«

Sie zeigte auf einen Stuhl, der offensichtlich extra für sie freigehalten worden war. So konnten sich alle ganz dicht um sie herum gruppieren.

Nachdem sich Anne hingesetzt hatte, herrschte erst einmal völlige Stille. Keiner traute sich, etwas zu sagen. Doch nachdem Anja die Stille mit einem Toast auf Annes Rückkehr gebrochen hatte, begannen die Fragen auf die Heimkehrerin niederzuprasseln. Alle wollten wissen, wie das Leben in den USA war. Anne spürte die neugierigen Blicke, die jede ihrer Bewegungen verfolgten.

Sie wunderte sich, dass sie sich plötzlich wohlfühlte, so im Mittelpunkt zu stehen. Dies war lange nicht mehr geschehen. Sie war etwas Besonderes, und das machte sie für einen Augenblick fast stolz.

Anne Young gab bereitwillig Auskunft über ihr Leben in den USA, über den Alltag in der pennsylvanischen Kleinstadt Easton, die so weit entfernt von der großen Politik in Washington lag. Natürlich diskutierte man im Ort auch über die Gesundheitsreform in den Vereinigten Staaten, über die Waffengesetze und den Abhörskandal. Aber die Probleme mit dem Job, mit den Kindern, sogar mit dem Straßenverkehr waren den Leuten näher.

Anne Young hatte viel zu erzählen, und sie wich dabei geschickt den Fragen aus, warum sie damals so plötzlich ihr Heimatdorf verlassen hatte und nach Amerika ausgewandert war. Als sie fast alles über ihr Leben in den USA berichtet hatte, drehte sie den Spieß um. Jetzt waren die Freunde dran. Sie mussten Anne berichten, was sie in den vergangenen Jahrzehnten erlebt hatten. Welche Berufe sie ergriffen, wen sie geheiratet hatten.

Die Stimmung im Nebenzimmer der *Sonne* stieg mit jeder Minute hörbar an. Die Anspannung war bei allen weg. Die Wirtin brachte in immer kürzeren Abständen volle Tabletts mit Wein, Bier und modischen Sommergetränken wie Hugo oder Aperol Sprizz herein.

Langsam löste sich die Runde in kleine Grüppchen auf. Anne Young saß jetzt mit Anja, Judith, Gaby und Walter am Kopfende des Tisches zusammen. Sie waren guter Dinge, plauderten über Allerweltsgeschichten.

Doch plötzlich änderte sich die Stimmung abrupt.

»Was ist denn eigentlich aus deinen Eltern geworden«, fragte Judith naiv. Sie hatte nicht bemerkt, dass Anne dieses Thema zuvor mit aller Macht vermieden hatte. Diesmal war die Frage aber so direkt und der Kreis so klein, dass Anne ihr nicht mehr ausweichen konnte.

Sie konnte ihrer Freundin wegen der Frage keinen Vorwurf machen. Judith hatte selbst vor Jahren das Dorf verlassen, hatte fast alle Bindungen in die Provinz gekappt. Nur mit Anja hatte sie lose Kontakt gehalten. Sie war es auch gewesen, die Judith von Annes Besuch erzählt und sie zu dem Treffen in der *Sonne* eingeladen hatte.

Das Lachen war sofort aus Annes Gesicht gewichen. Die anderen schauten etwas betroffen in die Runde, denn jeder spürte, dass die Frage einen heiklen Punkt berührte, der lieber hätte verborgen bleiben sollen.

»Mein Vater ist vor Jahren gestorben«, sagte Anne kühl.

»Ach, das tut mir leid. War er krank? Du warst doch

sicher bei seiner Beerdigung?«, fragte Judith, die die Stimmungsänderung bei Anne immer noch nicht bemerkt hatte.

»Ich weiß es nicht, ob er krank war. Und nein, ich war nicht bei seiner Beerdigung. Ich habe es erst hinterher erfahren. Irgendein Amt hat es mir in einem Brief geschrieben. Ich wäre auch nicht gekommen, wenn ich es gewusst hätte.«

Anne stockte kurz. Sie hatte zu viel von ihren Gefühlen preisgegeben. Sie versuchte, die Situation zu retten.

»Ich hatte damals keine Zeit. Viel Arbeit. Und kein Geld. So ein Flug ist teuer, vor allem wenn man ihn recht kurzfristig buchen muss.«

Judith war von Annes frostiger Antwort überrascht und enttäuscht.

»Wenn mein Vater gestorben wäre, ich wäre ...«

Walter Schönborn spürte, wie Anne immer angespannter wurde. Er versuchte, Judith auf ein anderes Thema zu lenken, was allerdings daneben ging.

»Aber deine Mutter lebt doch noch?«, fragte er Anne. »Ich habe gehört, sie ist in einem Pflegeheim in Herrenberg.«

»Was? Im Pflegeheim? Geht es ihr so schlecht? Ach, Anne, das tut mir leid. Du hast sie doch sicher schon besucht. Sie war eine so nette Frau. Ich bin damals so gut mit ihr ausgekommen«, hakte Judith nach.

»Nein, ich war noch nicht bei ihr«, sagte Anne laut und sprang plötzlich, sichtlich erregt, vom Tisch auf.

Dabei stieß sie Walters Glas um. Das Weizenbier ergoss sich über den ganzen Tisch und hinterließ auch ein paar Spritzer auf Judiths Kleid. Alle waren erschrocken aufgesprungen. Sie hatten nicht mit einer so heftigen Reaktion von Anne gerechnet.

Walter griff geistesgegenwärtig nach einer Zeitung, die auf dem Nebentisch lag. Mit dem Papier versuchte er, die Flüssigkeit aufzusaugen, damit sie sich nicht weiter auf dem Tisch ausbreiten konnte.

»Ach, verdammt, mein neues Kleid. Die Flecken bekomme ich doch nie wieder raus«, schimpfte Judith, sprang auf und stapfte geladen Richtung Toilette los.

»Judith, so etwas kann doch passieren«, rief ihr Gabriele Weißhaar nach, die seit Längerem kein Wort mehr gesprochen hatte.

Judith antwortete ihr nicht, drehte sich nicht einmal um. Sie wollte keine Zeit verlieren, um die frischen Flecken vielleicht noch mit Seife und Wasser beseitigen zu können.

Inzwischen hatte auch die Wirtin die Aufregung mitbekommen. Sie eilte mit einem Eimer und einem Lappen an den Tisch, putzte die verschüttete Flüssigkeit auf und räumte die aufgeweichte Zeitung weg.

»Ist doch alles kein Problem, wisch, wasch und weg, alles wieder sauber. Lasst euch doch die Stimmung durch so etwas nicht verderben. Ich bringe gleich Nachschub. Feiert nur schön weiter«, sagte die Wirtin und verließ wieder den Tisch.

Einen Teil des Lokalblatts, der noch trocken war, hielt Walter immer noch in den Händen, als er sich wieder an den Tisch setzte.

»Ich glaube, wir sollten besser das Thema wechseln«, sagte er vorsichtig.

Aber die Stimmung war völlig im Keller.

»Nein, ist schon gut, lass mal. Ich gehe besser ins Bett. Es war ein langer Tag.« Anne schaute auf ihre Uhr. »Oh, schon nach Mitternacht, da wird es Zeit für mich. Ich gehe zu Hause nie so spät ins Bett.«

»Ach, Anne, lass uns doch nicht auf diese Art und Weise auseinandergehen. Es war ein so schöner Abend, ich habe mich gefreut, dich …«

»Ist schon gut, Walter. Ich bin ja noch ein paar Tage hier. Wir laufen und sicher noch einmal über den Weg.«

Walter wollte nicht aufgeben.

»Soll ich dich nach Hause bringen?«

»Nein, ist schon okay. Anja geht noch ein paar Schritte mit mir.«

Walter war enttäuscht. Er hätte sich gerne mit Anne länger über früher unterhalten. Aber er fügte sich in sein Schicksal.

»Aber passt auf, zwei Frauen so alleine, es kann viel passieren, nachts.«

»Doch nicht hier? Das ist doch so ein sauberes Dorf«, sagte Anne mit ironischem Unterton in der Stimme.

»Es kann überall etwas passieren«, meinte Walter und deutete auf einen Artikel in der Zeitung, die er noch immer in der Hand hielt. Es war ein Artikel über eine Statistik, in der es um Sexualstraftaten im Land ging.

»Ich habe den Artikel heute Morgen beim Frühstück gelesen. Seht, hier: Es sind immer mehr Vergewaltiger unterwegs. Auch auf dem Land. Die Zahl der Sexualstraftaten ist angestiegen. Um über zehn Prozent.«

»Ich hab das auch gelesen«, sagte Judith, die inzwischen wieder von der Toilette zurückgekehrt war. Sie hatte sich offenbar wegen der Flecken etwas beruhigt, redete sich mit dem neuen Thema aber gleich wieder in Rage.

»Man muss ja heute richtig aufpassen. Hinter jedem Busch könnte so ein geiler Bock lauern, der über einen herfällt.«

»Da brauchst du gar nicht so viel Angst zu haben«, antwortete ihr Anja trocken. »Die meisten Straftaten mit sexuellem Hintergrund geschehen im häuslichen Umfeld, unter Freunden, Bekannten, Verwandten. Das ist ja das Schlimme. Aber es gibt nicht mehr Vergewaltiger als früher. Diese Männer kommen heute nur nicht mehr so einfach davon. Die Opfer zeigen sie öfter an als früher, sie lassen sich nicht mehr alles gefallen, sie sitzen nicht mehr verschreckt zu Hause und ertragen alles stillschweigend, sie machen endlich den Mund auf und zeigen die Schweine an. Und das ist gut so. Und nur deshalb ist in dieser Statistik die Zahl der sexuellen Straftaten nach oben gegangen.«

In diesem Augenblick schauten sich Anne und Gaby in die Augen. Eine Sekunde lang, eine Sekunde, die alles verändern sollte. Gabys Blick schockte Anne. Ihr Herz klopfte. Sie wusste jetzt, dass die Vergangenheit sie endgültig eingeholt hatte. Sie wusste aber auch, dass sie offenbar nicht mehr alleine mit ihren schrecklichen Erlebnissen war.

Gabriele Weißhaar war gut zwei Jahre jünger als Annemarie. Trotzdem waren sie als Kinder immer gut miteinander ausgekommen. Sie hatten sich oft getroffen, zusammen zu Hause oder am nahen Bach miteinander gespielt.

Die Jungingers hatten auf der anderen Straßenseite gewohnt. Ihre Eltern hatten ihr bei ihren Besuchen immer erzählt, was es Neues im Dorf gab. So wusste sie vom Tod von Annemaries Vater. Und sie wusste, dass ihre Mutter noch einige Zeit alleine in dem Haus gelebt hatte. Doch plötzlich war sie verschwunden gewesen und das Haus hatte den Besitzer gewechselt. Gabrieles Eltern wussten sonst alles, was sich im Dorf ereignete, über das Verschwinden von Annemaries Mutter konnten sie ihr allerdings nicht viel erzählen. Es schien so, als wollten sie die alten Geschichten lieber für sich behalten. Gabriele war das damals nicht so wichtig gewesen. Annemarie war in die USA ausgewandert, das Leben der Jungingers interessierte sie deshalb nicht mehr so sehr, mit den Eltern ihrer Freundin hatte sie nicht so viel Kontakt gehabt.

Auch gestern Abend hatte sie gezögert, in die *Sonne* zu gehen. Warum alte Geschichten, alte Gefühle noch einmal aufwärmen. Für einen Tag, war es das wert? Annemarie würde wieder in die USA zurückkehren und dann war der ganze Spuk vorbei. Die Vergangenheit war vorbei, sie wollte nur noch in die Zukunft blicken.

Doch sie hatte sich getäuscht. Das Treffen mit Annemaries alten Freundinnen hatte Gabriele sehr viel Spaß bereitet. Endlich hatte sie wieder einmal etwas alleine unternommen, ohne ihren Mann, ohne die Kinder. Es war lustig gewesen, auch die Reise in die Vergangenheit. Doch jetzt ging ihr das Ende des Treffens nicht mehr aus dem Kopf. Annemarie hasste offensichtlich ihre Eltern. Aber warum? Was war passiert?

Und dann der Artikel in der Zeitung. Warum hatte Walter davon anfangen müssen? Das war doch kein Thema, das man in einer Wirtschaft beredet. Und schon gar nicht an einem solchen Abend, wenn man mit einer alten Freundin, die man lange nicht mehr gesehen hat, Wiedersehen feiert. Und dann Annemaries Blick. Er hatte alles ausgelöst, plötzlich war alles wieder da. Peter war ihr erster Freund gewesen. Es hatte damals viel Zeit gebraucht, sich auf ihn und seine Berührungen einlassen zu können. Doch dann hatte sie nachgegeben. Sie hatten geheiratet und bald ihre beiden Kinder bekommen, ein Junge und ein Mädchen. Danach war ihr Eheleben eingeschlafen. Gabriele war das recht. Sie kümmerte sich um den Haushalt und die Kinder, Peter um das Einkommen, ganz traditionell, mehr brauchte sie nicht.

Sie hatten sich, bevor das erste Kind auf die Welt gekommen war, am Rande des Ortes in einem Neubaugebiet ein Haus gebaut. Sie hatte sich die ganze Zeit eingeredet, dass alles in Ordnung sei. Familie, Kinder, Haus, das war doch das, was alle machten.

Doch seit gestern war plötzlich nicht mehr alles in Ordnung. Nachdem Gabriele die *Sonne* verlassen hatte, war sie alleine nach Hause gelaufen. Als sie an den großen Fabrikgebäuden Berkheimers vorbeikam, befiel sie ein unangenehmes Gefühl befallen. Es war das erste Mal seit Langem, dass sie wieder nachts alleine unterwegs war. Sie hatte keinen Menschen getroffen, die Straßen des Ortes waren menschenleer. Mit aller Macht versuchte sie alle Gedanken, die ihr Angst einjagten, zu unterdrücken.

Zu Hause warf sie noch schnell einen Blick in die beiden Kinderzimmer. Die beiden Kinder schliefen friedlich. Danach schlich sie in ihr Schlafzimmer, zog sich leise und ohne Licht zu machen aus, und schlüpfte in ihr Nachthemd. Sie legte sich zu Peter ins Bett. Doch einschlafen konnte Gabriele nicht. Auch das gleichmäßige Atmen des Mannes an ihrer Seite beruhigte sie nicht. Immer wieder wälzte sie sich hin und her.

Als dann der Wecker am Morgen klingelte, hatte sie das Gefühl, fast gar nicht geschlafen zu haben. Mechanisch stand sie auf, weckte die Kinder, bereitete ihr Frühstück vor. Kurz darauf kam ihr Mann, fertig angezogen und mit der Zeitung unterm Arm, in die Küche. Es war jeden Morgen das gleiche Ritual. Ein kurzer Kuss auf die Wange und ein leises guten Morgen. Dann Zeitung lesen und frühstücken. Er steckte so tief in diesem Ritual, dass er Gabriele noch nicht einmal fragte, wie der gestrige Abend verlaufen war.

Doch für sie hatte sich an diesem Morgen etwas verändert. Sie sah ihre Tochter Leonie plötzlich mit anderen Augen an, sie sah sich selbst in ihr. Sie sah sich als junges, fröhliches Mädchen, das so lachen konnte wie Leonie. Dann sah sie ihr Gesicht Jahre später, ernst und verschlossen. Sie sah die Tränen. Und dann überdeckten Annemarie Jungingers Augen die Erinnerung. Sie sah ihren alten Schulkameraden Wolfgang, wie er gestern die Zeitung hochhob und den Artikel zitierte. Und dann Annemarie. Sie wusste zuerst nicht, was sie ihr mitteilen wollte. Doch dann war ihr klar geworden, was in Annemarie vorgegangen war. Sie hatten in ihrer Kindheit das Gleiche erlebt. Hier in diesem Dorf. Hier in diesem elenden Dorf.

»Was ist los, Mami«, fragte Leonie, die sich Sorgen machte, weil ihre Mutter so gedankenverloren in der Küche stand.

Gabriele zuckte zusammen. Sie sah in die Augen ihrer Tochter. Alles war plötzlich anders. Sie hatte das Gefühl, zum ersten Mal genügend Kraft zu spüren, ihr Leben selbst in die Hand zu nehmen, zu kämpfen, für sich, für ihre Tochter.

»Nichts wird hier in diesem elenden Dorf mehr unter den Teppich gekehrt«, sagte sie zu sich selbst.

Dann schaute sie Leonie an. Ihr zerbrechliches, kleines Mädchen. Dass ihr dasselbe passieren könnte wie ihr, wie Annemarie, ließ sie erschaudern.

Warum hatte sie damals geschwiegen? Warum schwieg sie heute immer noch? Warum hatte sie die Fassade dieser scheinbar so heilen Welt so lange aufrechterhalten.

Diese Sprachlosigkeit, dieses immerwährende Vertuschen, um nur ja nicht den Dorffrieden zu stören, das musste aufhören. Es war höchste Zeit, dass die alten Geschichten ans Licht kamen.

Ich saß in meiner Wohnung und machte mir Gedanken über das bevorstehende Treffen, denn Interviews sind so eine Sache. Wenn mein Gegenüber anfängt, ohne Punkt und Komma zu reden, dann komme ich mit meinen Notizen nicht mehr mit, was sich nachteilig auf meine Schrift auswirkt. Das führt dazu, dass ich spätestens drei Tage später meine Aufzeichnungen nicht mehr lesen kann. Deshalb nahm ich für die »Tante aus Amerika« vorsichtshalber ein Aufnahmegerät mit. Dann konnte sie so viel erzählen, wie sie wollte, ich hatte jedes Wort im digitalen Speicher.

Auf meiner Fahrt ins Rottenburger Hinterland musste ich zuerst die Tübinger Innenstadt durchqueren, was dauern konnte. Jeder Ort hier in der Umgebung hatte inzwischen seine eigene Geschwindigkeit. 50, 40, 30 am Tag, 30 nur in der Nacht, man müsste eigentlich eine Liste mit sich führen. Tübingen hatte inzwischen den Feinstaub entdeckt und sich auf 30 Stundenkilometer festgelegt, woran sich die wenigsten hielten, auch ich nicht an diesem Morgen, denn ich war spät dran.

Ein paar Hundert Meter weiter wartete beim Schlossbergtunnel der obligatorische Stau auf mich. So hatte ich genügend Zeit, mir zu überlegen, ob ich durchs Neckar- oder durchs Ammertal Richtung Rottenburg fahren wollte. Ich entschied mich fürs idyllische Ammertal und zuckelte dann ebenfalls im Schneckentempo durch Unterjesingen. Auf diese Art konnte ich in aller Ruhe den wunderschönen Ort mit seinen sehenswerten Ampeln genießen. Nachdem ich am Ortsende alle Radfahrer und Fußgänger wieder eingeholt hatte, bog ich bei nächster Gelegenheit nach Ammerbuch ab, um gleich danach die Welt von Fuchs und Hase kennenzulernen.

Gut eine Viertelstunde später hatte ich mein Ziel erreicht, was mir die nette Frau im Navi bestätigte. Ich stellte mein Auto auf dem Parkplatz vor der *Sonne* ab. Der Name der Kneipe passte zum Wetter. Das runde Gelbe am Himmel strahlte bereits ordentlich Wärme ab.

Die Heimkehrerin aus den USA hatte den Gasthof in der Dorfmitte als Treffpunkt vorgeschlagen, da sie zur Untermiete wohnte und ihre Vermieterin nicht belästigen wollte.

Als ich kurz darauf den Gastraum betrat, kam die Wirtin gleich auf mich zu. Offensichtlich fiel jedes fremde Gesicht in dieser Dorfkneipe sofort auf.

»Sie sind doch sicher der Journalist aus der Stadt und wollen zu Frau Junginger?«

»Sie hätten es nicht treffender formulieren können«, antwortete ich.

»Gehen Sie nur hier durch ins Nebenzimmer. Dort sind sie ungestört.« Sie zeigte auf eine Tür neben dem Tresen. »Soll ich Ihnen etwas zu trinken bringen?«

Ich schüttelte den Kopf.

»Auch gut«, murmelte die Wirtin etwas pikiert und verzog sich hinter den Tresen, um weiter Biergläser abzuspülen.

Ich betrat das Nebenzimmer. Der Raum war abgedunkelt, um die Hitze von draußen nicht ins Innere zu lassen. Als sich meine Augen an die Dunkelheit gewöhnt hatten, sah ich nicht nur eine, sondern gleich zwei Frauen an einem Tisch in der Mitte des Raumes sitzen. Eine von ihnen stand auf und kam auf mich zu.

»Sind Sie Herr Blum von der Lokalzeitung?«

»Genau der bin ich.«

»Ich bin Frau Young, so heiße ich in den USA, aber, wenn Sie wollen, können Sie auch meinen Geburtsnamen Junginger für Ihren Artikel verwenden. Kommen Sie, setzen Sie sich zu uns. Das hier ist Frau Weißhaar, eine Freundin von mir. Ich hoffe, Sie haben nichts dagegen, dass sie bei unserem Gespräch dabei ist. Ich möchte es gerne so.«

»Kein Problem«, sagte ich und setzte mich an den Tisch.

»Wollen Sie nichts trinken?«, fragte Annemarie Junginger.

»Nein.«

»Das ist aber nicht gut bei dieser Hitze.«

Ich zuckte mit den Schultern und sah mich im Nebenzimmer um. Der Raum war nicht sonderlich geschmackvoll eingerichtet. Die Wände waren weiß und bis auf Bauchhöhe mit dunklem Holz vertäfelt. Die Stühle und Tische, auf denen weiße Decken lagen, waren ebenfalls aus dunklem Holz. An einer Wand hing ein röhrender Hirsch. Ich hatte gedacht, diese Bilder wären nur noch in schlechten Heimatfilmen zu sehen. Aber hier in der *Sonne* hing noch einer. Gleich neben einem ausladenden Geweih. Dieser Hirsch hatte allerdings ausgeröhrt.

Nachdem sich die beiden Frauen mit einem leisen Räuspern auf sich aufmerksam gemacht hatten, wandte ich mich ihnen zu.

»Stellen Sie Ihre Fragen«, forderte Annemarie Junginger mich auf. Offenbar wollte sie das Gespräch schnell hinter sich bringen. Das kam mir entgegen.

Ich stellte mein Aufnahmegerät auf den Tisch.

»Sie haben doch nichts dagegen, oder? So fällt es mir leichter, Sie zu zitieren. Und ich muss nicht alles mitschreiben.«

Die beiden Frauen zuckten mit den Schultern, was ich als Einverständnis interpretierte.

Ich startete mein Aufnahmegerät und begann mit meinen Fragen. Zuerst erzählte Anne Young von ihrem Leben in den USA, wo sie wohnte, was sie dort arbeitete. Sie gab mir bereitwillig und detailliert Auskunft. Sie schien locker und entspannt zu sein, lächelte und scherzte zwischendurch. Das änderte sich schlagartig, als wir auf ihre Jugend zu sprechen kamen.

Annemarie Junginger rückte etwas näher an den Tisch heran. Sie nahm ihr Getränk, zögerte kurz, stellte es dann wieder vor sich auf den Tisch. Stockend begann sie von ihrer Schulzeit zu berichten. Sie wirkte so, als ob sie jedes Wort genau überlegte. In diesen Teil des Gesprächs mischte sich auch Gabriele Weißhaar ein. Für mich bedeutete das: Alle Jugendlichen in diesem Dorf gingen offenbar in dieselbe Schule. Seit Generationen. Jeder kannte jeden. Und jeder hatte etwas zu erzählen.

Schließlich näherten wir uns der Frage, die alles verändern sollte, die ich selbst allerdings nicht für so heikel gehalten hatte.

»Sie hatten hier Ihre Eltern, Sie hatten viele Freundinnen, warum sind Sie damals in die USA ausgewandert? Ist Ihnen das nicht schwergefallen?«

Plötzlich war es im Nebenzimmer der *Sonne* so still, dass man eine Nadel hätte fallen hören können. Ich schaute die beiden Frauen, die vor wenigen Minuten noch so viel erzählt hatten, überrascht an. Ihre Gesichter hatten sich verändert. Sie wirkten angespannt, nervös. Was lief hier ab? Die beiden Frauen blickten sich kurz in die Augen, dann wandte sich Annemarie Junginger mir zu.

»Wir möchten Ihnen eine Geschichte erzählen, Herr Blum. Gaby und ich haben lange darüber geredet, ob wir das öffentlich machen sollen. Wissen Sie, es fällt uns nicht leicht, darüber zu sprechen, es liegt alles schon zu lange zurück, und wir wissen nicht, was wir damit auslösen. Aber egal, wir haben beschlossen, dass wir nicht mehr länger schweigen wollen. Wissen Sie, hier wird immer alles unter den Teppich gekehrt. Und das wollen wir jetzt …«

Annemarie Junginger brach mitten im Satz ab. Sie schloss kurz die Augen.

Ich war neugierig geworden. Und ungeduldig. Das Interview nahm eine Wendung, mit der ich nicht gerechnet hatte.

»Was wollen Sie mir erzählen?«

»Anja hat das Ganze in die Wege geleitet. Ich wollte eigentlich gar nicht …« Wieder brach sie ab.

Ich hatte noch keine Ahnung, worauf diese Gespräch hinauslaufen sollte, aber es musste um heikle Dinge gehen. Annemarie Junginger suchte eine Aufmunterung bei ihrer Freundin, die schließlich zustimmend nickte.

»Also gut, fangen wir an.«

Die beiden Frauen hatten meine volle Aufmerksamkeit.

»Bitte hören Sie uns erst einmal genau zu, was wir zu sagen haben. Behalten Sie das alles bitte noch so lange für sich, bis wir Ihnen das Okay geben, die Sache zu veröffentlichen.«

Solche Sätze sind für einen Journalisten natürlich Zwiespalt und Offenbarung zugleich. Ich konnte es kaum erwarten, dass sie endlich mit dieser vermeintlichen Sensationsgeschichte herausrückten. Und dann sollte ich nicht gleich darüber berichten dürfen, das würde mir nicht gerade leicht fallen.

Aber ich musste den beiden Frauen versprechen, noch einige Zeit stillzuhalten. Was ich schließlich zusagte, denn ich wollte jetzt natürlich wissen, um was es ging. Und danach konnte man ja immer noch weitersehen. Ich wartete gespannt darauf, was sie zu erzählen hatten.

Annemarie Junginger lehnte sich zurück. Ihren Gesichtsausdruck konnte ich nicht richtig deuten. Sie wirkte zu locker auf mich.

»Wie ist Ihr Eindruck? Nettes, kleines Dorf, nicht wahr? Mit netten, ordentlichen, rechtschaffenen Menschen«, begann sie, wobei sie das Wort »rechtschaffen« besonders sarkastisch betonte. Sie war jetzt offensichtlich nicht mehr Anne Young, sie war eindeutig Annemarie Junginger.

Ich blickte sie fragend an.

»Jeden Samstag werden hier Straße und Hof gekehrt. Alles soll sauber sein, besenrein, damit der Nachbar sich nicht beschweren kann. Jeder schaut hier auf den anderen, ob er sich richtig verhält, und jeder verhält sich so, dass er nicht auffällt. Es gibt strenge Regeln, die nirgendwo aufgeschrieben sind, die aber jeder befolgt.«

»Soziale Kontrolle«, fügte ich an.

»Ja, so könnte man es nennen, soziale Kontrolle. Wenn etwas aus dem Rahmen fällt, weiß es gleich das ganze Dorf. Das ist die eine Seite der Medaille. Die andere: nichts darf diese Idylle stören. Weil nicht sein darf, was nicht sein kann. Wenn etwas so sehr aus diesem Rahmen fällt und die Dorfgemeinschaft aus den Fugen geraten könnte, springt die soziale Kontrolle an. Ich würde sie in diesem Fall eher eine asoziale Kontrolle nennen. Es wird wieder gekehrt, diesmal aber unter den Teppich, es wird verschwiegen, vertuscht, verheimlicht.«

Annemarie Junginger änderte ihre Tonlage. Sie imitierte die Einwohner im Dorf: »So etwas hier in unserem Dorf, unmöglich, so etwas gibt es hier doch nicht.« Sie hielt kurz inne. »Und dann werden Opfer schnell mal zu Tätern gemacht.«

»Um was geht es denn?«, fragte ich dazwischen. Ich wollte mir keine ewigen Litaneien über unliebsame Nachbarn anhören. Ich hätte selbst genug von solchen Menschen berichten können. Auch in meiner Nachbarschaft gab es Leute, die einem unnötigerweise das Leben erschwerten, weil sie sich egozentrisch und rechthaberisch verhielten, sich gerne stritten oder eben schon als Drecksack auf die Welt gekommen waren.

In diesem Augenblick öffnete sich die Tür des Nebenzimmers und die Wirtin streckte ihren Kopf herein.

»Ist alles in Ordnung bei euch? Braucht ihr noch was?«

»Nein, Resi, alles klar. Wir melden uns, wenn wir noch was möchten«, antwortete Gabriele Weißhaar.

»Alles klar«, sagte die Wirtin und war in der nächsten Sekunde wieder verschwunden.

Annemarie Junginger wartete einen Augenblick, immer zur Tür schielend, ehe sie das Thema wieder aufnahm.

»Der Grund, warum ich gleich nach meinem Schulabschluss nach Amerika ausgewandert bin, passt so gar nicht zu dieser angeblichen Idylle hier. Aber ich habe immer gedacht, es betrifft nur mich und meine Familie, ich hatte keine Ahnung, dass es noch andere Opfer gibt.« Das Wort »Opfer« betonte sie auf besondere Weise.

Annemarie Junginger sah ihre Nebensitzerin an.

»Das hat mich dazu gebracht, endlich meinen Mund aufzumachen, egal was die Leute hinterher sagen werden.«

Annemarie Junginger rückte näher an mich heran, so

als wollte sie mir ein Geheimnis anvertrauen, das niemand anders hören sollte.

»Wir müssen lange zurückgehen. Ich war noch keine neun Jahre, ein kleines Mädchen, das gutgläubig fast jedem Menschen vertraute. Warum auch nicht? Das hier war ein kleines Dorf auf dem Lande, keine Großstadt, wo das Böse vielleicht schon hinter der nächsten Ecke lauert. Eine idyllische Gegend, eine heile Welt. Und dann kam dieser Kerl daher, selbst gerade erst Fünfzehn. Warum sollte ich argwöhnisch sein? Ich kannte diese Dinge doch noch gar nicht, höchstens aus Witzen, die sich die Erwachsenen manchmal erzählten. Ich lachte mit, hatte aber nichts verstanden.«

Annemarie Junginger legte eine kurze Pause ein.

»Ich wusste zuerst gar nicht so recht, was mir da passierte. Ich war doch völlig unerfahren. Trotzdem war ich verstört, ich fühlte, das ist nicht in Ordnung, was der da macht, aber ich traute mich nicht, irgendjemandem davon zu erzählen. Ich habe mich auch irgendwie geschämt. Vielleicht hat er sich deshalb gedacht, die sagt ja nichts, da kann ich weitermachen. Ach, ich weiß nicht, was im Kopf dieses Kerls vor sich ging. Er hat es einmal gemacht. Dann war Pause. Ein halbes Jahr später dann wieder, dann immer öfter. Er hat mich immer wieder abgepasst, sich mal in einer Hütte, mal im Wald mit mir getroffen und an mir vergangen. Ich schaffte es nicht, ihm aus dem Weg zu gehen. Und das hatte einen Grund: Er hat mir, diesem kleinen, verschüchtertem Mädchen, gedroht, dass er meinen Eltern etwas antun würde, und dass mir sowieso niemand im Dorf glauben würde, wenn ich die Geschichte jemandem verriete. Er hat es geschafft mich so einzuschüchtern, dass ich mich schließlich nicht mehr dagegen gewehrt habe und alles mit mir machen ließ. Das ging so weiter, bis ich vierzehn war. Können Sie sich das vorstellen? Nein, sicher nicht. Erst da ist mir bewusst geworden, wie der Kerl mich manipuliert hat und was er mit mir alles angestellt hat. Mein Widerstand wuchs, ich wollte, dass das endlich aufhört, dass es bekannt wird, was er mit mir macht. Aber dann kam es so, wie er es prophezeit hatte. Niemand glaubte mir. Zuerst meine Mutter. Sie zweifelte alles an, was ich sagte. Sie meinte, ich habe mir das in meiner Pubertät ausgedacht. Hormonelle Störungen. Vor allem aber glaubte sie mir auch nicht, weil mein Vater sofort gegen mich war, als sie es ihm erzählt hatte. Ich kann es heute kaum glauben, er schrie mich nur an, nannte mich eine Lügnerin.«

Annemarie Junginger hielt kurz inne und trank einen Schluck Wasser.

»Und wissen Sie, warum mir letztlich niemand in meiner Familie glaubte? Das Problem war, der Typ, der mir das angetan hatte, war nicht irgendwer, er war der Sohn des alten Berkheimers, des »Königs vom Gäu«. Der Sohn des Mannes, dem der halbe Ort hier gehört, der mit seinem Unternehmen allen hier Arbeit gibt, der sich sozial engagiert, Vorsitzender von fast allen Vereinen ist, Geld in die Gemeinde steckt, der große Wohltäter, und dann kommt so eine kleine, pubertäre Göre, ein Nichts, daher und nennt dessen Lieblingssohn, der doch immer nur die beste Erziehung genossen hat, einen Vergewaltiger. Der Sohn, der später mal in die Fußstapfen seines Vaters treten und das Unternehmen weiterführen soll. Ja, nun überlegen Sie einmal, wem glaubt man in so einer Situation. Mein Vater hat bei den Berkheimers gearbeitet, meine Mutter früher auch. Sie glaubten mir nicht, sie wollten nicht hören, was ich ihnen zu sagen hatte, weil es nicht in ihre Welt passte. Es hätte alles nur durcheinandergebracht. Aber verstehen Sie, die Menschen, denen ich am meisten vertraut habe, haben mich im Stich gelassen. Eine Welt ist damals für mich zusammengebrochen. Meine Mutter versuchte später noch zu kitten, was nicht mehr zu kitten war. Aber unsere kleine, heile Familie war am Ende. Zuerst wollte ich mich umbringen, weil ich es nicht mehr ausgehalten habe. Ich hab es nicht fertiggebracht. Auch das haben sie beiseitegeschoben. Mein Vater warf mir sogar einmal vor, ich wolle ihn erpressen. Ich konnte es nicht fassen. Und meine Mutter schwieg immer nur dazu. Sie hatte keinen Mut, meinem Vater, dem Patriarchen, zu widersprechen. Schließlich redete ich kein Wort mehr mit meinem Vater. Warum auch, wir hatten uns nichts mehr zu sagen. Und meine Mutter? Zuerst tat sie mir leid, und dann hasste ich sie nur noch, weil sie so schwach war. Das Leben zu Hause war die Hölle. Als ich Achtzehn war, wollte ich fort, so schnell und so weit weg wie möglich. Und als ich das Abi in der Tasche hatte, versuchte ich alles, um in die USA zu kommen.«

Ich saß Annemarie Junginger sprachlos gegenüber. Eine solche Geschichte hatte ich nicht erwartet.

»Ich weiß nicht, ob Sie mit dieser Sache nicht zur Polizei sollten«, versuchte ich meine Sprachlosigkeit zu überwinden.

»Ich hab mich schon umgehört. Der Missbrauch liegt inzwischen so weit zurück, dass er wohl verjährt ist. Es ist nicht zu fassen, aber sie können dem Typen nichts mehr anhaben. Rechtlich nicht, aber vielleicht kann ich moralisch noch etwas erreichen. Ich will, dass das alles endlich jemand erfährt, dass die Geschichte öffentlich wird. Er soll nicht so einfach davonkommen. Glauben Sie mir aber, ich will keine Rache, keine Vergeltung, ich kann das Ganze sowieso nicht mehr ungeschehen machen, aber ich will, dass das große Schweigen und das Vertuschen endlich vorbei sind.«

Es entstand eine kleine Pause, in der sich niemand etwas zu sagen traute. Ich atmete tief durch. Doch die Geschichte war noch nicht zu Ende.

»Aber ich hätte alles womöglich immer für mich behalten, wenn ich nicht auf Gabriele getroffen wäre. Wir haben uns bei einer Art Klassentreffen hier in der *Sonne* nach all den Jahren wiedergesehen. Und es ist mir klar geworden, das mit mir, das war kein Einzelfall. Auch sie hat es getroffen. Ich kann es immer noch nicht fassen, in ihrem Fall war es nicht der Sohn, sondern der Vater. Es liegt wohl in der Familie.«

Gabriele Weißhaar hatte ihrer Freundin die ganze Zeit über genau zugehört, war dabei aber immer mehr in sich zusammengesunken. Jetzt versuchte sie sich, wieder aufzurichten, was ihr aber Mühe bereitete. Sie war nicht so selbstbewusst wie ihre Freundin.

Sie fing mit ihrer Geschichte an, sprach aber sehr leise, so leise, dass ich sie nur schwer verstand.

»Wissen Sie, wir waren mit den Berkheimers gut bekannt. Mein Vater arbeitete dort auf einer wichtigen Position.«

Langsam fragte ich mich, ob es in dem Dorf überhaupt eine Familie gab, die nicht irgendwie in Verbindung mit den Berkheimers stand.

Mit jedem Satz wurde Gabriele Weißhaars Stimme kräftiger.

»Die Familien haben sich öfters getroffen. Meine Eltern waren sehr stolz darauf, dass die Berkheimers sie als Freunde betrachteten. Als solche fühlten sie sich jedenfalls. Auch wenn das in Wahrheit wohl gar nicht stimmte. Aber meine Eltern waren viel zu naiv, um das zu erkennen.«

Gabriele Weißhaar strich sich eine Haarsträhne aus dem Gesicht.

»Es war bei einem dieser großen Feste, dem Sommerfest, glaube ich, das hier im Dorf alle zwei Jahre veranstaltet wird. Ich denke, ich war damals sieben oder acht Jahre alt. Vielleicht auch ein wenig älter. Meine Mutter war schon früher nach Hause gegangen, weil sie sich nicht wohlgefühlt hatte. Mein Vater hat sie nach Hause gebracht. Wissen Sie, bei diesen Festen wird immer viel für Kinder geboten. Und weil ich mich an dem Tag mit meinen Freundinnen so gut verstand und ich noch nicht nach Hause wollte, hatte der alte Berkheimer bei meinem Vater durchgesetzt, dass ich noch bleiben konnte. Er versprach meinen Eltern, mich zu Hause abzuliefern. Sie willigten ein, warum auch nicht, der alte Berkheimer war schon damals ein angesehener Mann, und ich war froh, noch weiterspielen zu können.«

Gabriele Weißhaar stockte kurz. Sie nahm ihr Glas, das neben ihr auf dem Tisch stand, und trank einen Schluck. Dann fuhr sie fort. Ihre Stimme war wieder leiser, brüchiger geworden.

»Der Alte hat mich nach Hause gebracht. Aber nicht direkt. Unterwegs ist er in einen Waldweg gefahren und hat dort nach ein paar Metern angehalten, an einer Stelle, die man von der Straße nicht einsehen konnte. Ich hab nicht geahnt, was er vorhatte. Ich dachte, er muss mal pinkeln oder so etwas. Aber er ist gar nicht ausgestiegen aus dem Auto. Plötzlich hat er mich so komisch angesehen, mit so einem süßlichen Grinsen, richtig ekelhaft. Und schon hatte ich seine Hand auf meinem Knie. Er hat an mir herumgefummelt, mir unter den Rock gegriffen. Ich war völlig starr, konnte mich gar nicht bewegen. Ich konnte das einfach nicht fassen, was da mit mir geschah. Ich habe versucht, seine Hand wegzudrücken, aber das hat ihn nicht beeindruckt. Er hat einfach weitergemacht, vielleicht hat ihm das ja auch noch gefallen, dass ich mich etwas gewehrt habe. Aber schließlich habe ich ihn einfach machen lassen. Er war so ein großer, kräftiger Mensch, und ich ein kleines Kind. Er hat geschwitzt und sich immer wieder den Schweiß aus dem Gesicht gewischt. Und dann ging seine Hand auch in seine Hose. Als plötzlich Leute auf dem Waldweg auftauchten, sie waren aber noch weit weg, hat er sofort aufgehört. Hat das Auto gestartet und ist weggefahren. Ich glaube, ich habe mich nicht eine Sekunde bewegt, so lange, bis wir endlich vor unserem Haus standen.«

Gabriele Weißhaar atmete tief durch, ehe sie den Schluss der Geschichte erzählte.

»Er hat gesagt: Das hat dir doch auch gefallen. Dabei hat er wieder gegrinst. Mir ist richtig schlecht geworden. Dann hat er mir geschmeichelt, hat gesagt, dass ich später sicher einmal eine sehr hübsche Frau werden würde, und der Typ, der mich bekomme, einen Glückstreffer landen würde. Lauter solche Sachen. Als er mich endlich aus dem Auto ließ, hat er nur noch gesagt, ich soll gefälligst meine Klappe halten. Ich hab Angst gehabt, als ich ausgestiegen bin. Und irgendwie, hab ich gedacht, ich hab irgendetwas falsch gemacht. So blöd war ich. Ich hab nichts erzählt zu Hause. Aber ich konnte es nicht lange verheimlichen. Diese Geschichte im Wald hat mich nicht mehr losgelassen. Ich musste immer daran denken. Ich wusste doch damals über das alles überhaupt nicht Bescheid. Ich konnte mich nicht mehr richtig konzentrieren. Das wirkte sich natürlich auf die Schule aus. Meine Noten wurden schlechter. Ich hab's dann irgendwann doch meiner Mutter erzählt. Ich hatte Glück, sie hat mir geglaubt. Aber sie war nicht empört, was ich eigentlich erwartet hatte. Sie blieb ganz ruhig. Sie hat gemeint, ich soll das erst einmal für mich behalten und auch nichts meinem Vater sagen.«

Gabriele Weißhaar machte eine kurze Pause.

»Meine Mutter hat mir später erzählt, dass sie zu Berkheimers Frau gegangen ist. Es ist aber nicht viel dabei herausgekommen. Sie hat meine Mutter überredet, stillzuhalten, und ihr offenbar versprochen, aufzupassen, dass so etwas in Zukunft nicht wieder vorkommt. Ich weiß, auch meine Eltern haben sich letztlich nicht getraut, das öffentlich zu machen. Es stand so viel auf dem Spiel: Wird das publik, könnte das den Berkheimern schaden, und wenn sie vielleicht sogar das Werk dichtmachen müssen, weil der Alte einfährt, dann kann gleich der ganze Ort einpacken. Meine Mutter hat mich deshalb gebeten, alles für mich zu behalten. Und dann hat sie alles noch verharmlost. Es sei doch letztlich gar nicht so viel passiert, das würde ich sicher bald alles vergessen, alles sei nur ein böser Traum, mehr nicht. Und was sollte ich tun? Ich, das kleine Mädchen? Ich verstand zwar die Welt nicht mehr, aber ich bin ruhig geblieben, meiner Mutter zuliebe. Klar, ich wollte nicht schuld sein, dass wegen mir der ganze Ort ins Unglück stürzt. Und ich habe gehofft, dass ich wirklich alles bald vergessen würde. Aber ich habe es nicht vergessen, die ganzen Jahre nicht. Und jetzt sitze ich hier, und diese Geschichte beschäftigt mich immer noch. Und das Schlimme ist, ich hab so etwas erlebt, Annemarie auch, vielleicht gibt es ja noch mehr Mädchen hier im Dorf, die solche Geschichten erzählen könnten. Wer kann das ausschließen?«

Ich konnte es nicht. Ich saß nur da, mit offenem Mund, und wusste nicht mehr weiter. Viele Fragen schossen mir durch den Kopf. Wie sollte ich mit dieser Geschichte umgehen? Wie konnte ich den beiden Frauen nun helfen? Wenn ich darüber berichtete, würde es ihnen dann besser gehen, oder würde ich alles nur noch schlimmer machen? Warum hatten die Frauen denn nicht schon früher mit jemandem außerhalb der Familie darüber geredet, mit einem Psychologen oder mit wem auch immer? Warum hatten sie sich jetzt ausgerechnet mich ausgesucht? Ich war kein Therapeut, kein Psychologe?

Das war die eine Seite. Die andere: Würde meine Redaktion bei der ganzen Geschichte überhaupt mitziehen? Die Berkheimer-Familie war doch sicher ein wichtiger Anzeigen-Kunde, würde die Zeitung überhaupt einen solchen Artikel bringen? Und: Sollte ich mit dem, was ich da erfahren hatte, nicht lieber zur Polizei gehen? Aber, wenn alles bereits verjährt war …? Aber die Rolle nur des guten, verständnisvollen und stummen Zuhörers wollte ich auch nicht spielen. Mir brummte der Kopf.

Reichlich verwirrt sah ich die beiden Frauen an.

»Wie sollen wir nun weiter vorgehen?«, fragte ich vorsichtig. »Dieses Gespräch ist ja bisher, wie Sie sagten, vertraulich. Ich soll und kann keine Zeile darüber schreiben, oder haben Sie sich inzwischen anders entschieden?«

Wieder entstand eine kleine Pause.

»Wir wollten, dass Sie sich zuerst anhören, was wir zu sagen haben.«

»Und dann darüber reden, wie wir weiter vorgehen?«, fiel Gabriele Weißhaar ihrer Freundin ins Wort.

»Gut, reden wir darüber.«

Aber zuerst redete niemand. Es herrschte völlige Stille, die Annemarie Junginger schließlich beendete.

»Ich möchte Ihnen etwas vorschlagen.«

Mit einem Nicken signalisierte ich, dass ich darauf gespannt war, was sie zu sagen hatte.

»Ich möchte, dass Sie darüber schreiben, aber keine Namen nennen. Nicht unsere, und nicht die der beiden Berkheimer. Ich möchte, dass alles vorerst anonym bleibt. Erzählen Sie einfach unsere Geschichte und wir sehen, was passiert. Eine Reportage über zwei Frauen, die in ihrer Kindheit missbraucht wurden und die nun nicht mehr schweigen wollen. Kein Mensch in Tübingen oder Reutlingen wird wissen, um wen es sich handelt.«

»Die Leute hier aber schon«, wandte ich ein.

»Die wahrscheinlich schon. Aber die sollen es ja auch wissen.«

»Was passiert, wenn die Polizei bei mir auftaucht und nach Ihren Namen fragt?«

»Das ist okay. Wir stehen zu dem, was wir Ihnen erzählt haben. Schicken Sie die Polizisten zu uns und wir werden ihnen die Geschichte noch einmal schildern, in allen Einzelheiten, nicht wahr Gaby?«

Annemarie Jungingers Freundin nickte zustimmend.

»Die Geschichte kann Ihnen viel Ärger einbringen«, gab ich zu bedenken.

»Ja. Aber was ist die Alternative? Für immer schweigen? Das nette, kleine Dorf hier hat jahrzehntelang alles unter den Teppich gekehrt. Sollen die Leute doch einmal lesen, schwarz auf weiß, was in ihrer heilen Welt alles passiert ist. Auch wenn sie jede Woche noch so eifrig den Hof und die Straße kehren, nur die Oberfläche bleibt sauber, darunter, unter dem Pflaster, da ist kein Strand, wie man immer sagt, da ist nur Dreck«, meinte Annemarie Junginger verbittert.

Wir saßen eine Weile sprachlos beieinander. Aber wir mussten irgendwie vorankommen.

»Gut, sehen wir, was dabei herauskommt. Ich möchte Ihnen als Erstes noch einen Tag Zeit lassen, um alles zu überdenken. Vielleicht ändern Sie noch Ihre Meinung.«

Annemarie Junginger ließ sich nicht viel Zeit mit ihrer Antwort.

»Das können wir so machen, aber ich glaube nicht, dass ich meine Meinung ändern werde. Was ist mit dir, Gabriele?«

Ihre Freundin schüttelte den Kopf.

Wir verabredeten, am nächsten Tag miteinander zu telefonieren. Ich versprach, bis zu diesem Zeitpunkt eine erste Fassung meines Artikels zu schreiben und ihn per E-Mail an Gabriele Weißhaar zu schicken. Die beiden Frauen sollten mir dann signalisieren, ob der Artikel so veröffentlicht werden konnte oder ob sie noch etwas ändern wollten. Sie waren damit einverstanden.

Ich verabschiedete mich von den beiden Frauen und verließ die *Sonne* durch die Hintertür. Ich wollte der Wirtin auf meinem Weg nach draußen nicht mehr begegnen.

Als ich in meinem Auto saß, wartete ich ein paar Sekunden, bis ich den Motor anließ. Ich war deprimiert und erregt zugleich. Es war erschreckend, was diese beiden Frauen seit Jahren mit sich herumtrugen. Dass sie nun nicht mehr schweigen und nach so vielen Jahren ihre Geschichte erzählen wollten, bewunderte ich.

Für mich war es eine Story, die man nicht jeden Tag auf dem Tisch liegen hat. Ich hoffte auch, dass dieser Schuss nicht für die beiden Frauen oder für mich nach hinten losging, wenn sie sich dafür entschieden, dass ihre Erlebnisse in der Zeitung abgedruckt werden.

Ich brauchte ein paar Fotos für den Artikel. Natürlich konnte ich ein Agenturbild nehmen, das zum Inhalt passte. Doch ich wollte auch ein Bild, das auf die Gegend hinweist, in der sich diese Geschichte abspielte.

Deshalb lief ich nun, mit einem Fotoapparat in der Hand, den Kreuzweg zur Wurmlinger Kapelle hoch. Von dort oben hat man eine wunderbare Sicht, vor allem auch auf das Rottenburger Hinterland. Das Bild dieser idyllischen Landschaft sollte meinen Artikel über die beiden Frauen illustrieren. Es sollte der Kontrast zum Inhalt der Geschichte sein, auch in einer so harmonisch wirkenden Gegend konnten Dinge, wie die von Annemarie Junginger, geschehen.

Weil ich recht zügig lief und meine sportlichen Jahre schon etwas der Vergangenheit angehörten, geriet ich schnell außer Atem. Mit jedem Schritt Richtung Kapelle spürte ich mehr Schweißperlen auf meiner Stirn, obwohl es gar nicht mehr so schwül wie noch vor ein paar Tagen war.

Als ich endlich das weiße und weithin sichtbare Bauwerk, das Ludwig Uhland in seinem Gedicht *Droben stehet die Kapelle* beschrieben hat, erreicht hatte, bot sich mir eine einmalige Aussicht. In sanften Wellen breiteten sich die zahllosen Felder, Wiesen und Wälder vor mir aus. Das Licht war perfekt, die Luft klar, das Foto würde sogar einem Laien wie mir gelingen.

Mein Blick ging über Ammer- und Neckartal, streifte Rottenburg und endete schließlich an dem Ort, an dem ich das Interview vor zwei Tagen geführt hatte.

Ich lehnte mich auf die Brüstung, die den oberen Friedhof der St.-Remigius-Kapelle umgibt, und setzte meine Kamera an. Ich schoss ein paar Fotos von der Landschaft, die so unbefangen und harmlos wirkte. Alles schien im Lot, heute Abend war die Welt dort unten noch in Ordnung, übermorgen früh würde sie es für einige Leute sicher nicht mehr sein.

In meinen Gedanken ging ich noch einmal den gestrigen Tag durch. Ich hatte mich nach dem Interview ausführlich mit Micha Becker besprochen. Zu meiner Überraschung hatte er von Anfang nichts dagegen, die Geschichte ins Blatt zu setzen. Er wollte sogar, dass diese Story, ohne vorherige Absprache mit der Chefredaktion, so schnell wie möglich erschien. Manchmal überraschte mich Micha doch noch mit seiner Geradlinigkeit und seinem journalistischen Eifer. Ich hatte mit mehr Widerstand gerechnet, doch für ihn war Kindesmissbrauch ein sehr aktuelles Thema, das ins Blatt gerückt werden musste. Die Leute sollten sehen, dass diese Geschichten nicht fernab in irgendwelchen Privatschulen, Internaten oder Klöstern passierten, sondern auch hier mitten unter uns.

Micha Becker hatte vorgeschlagen, das Agenturbild einer gestellten Missbrauchsszene und eines meiner Landschaftsfotos in den Artikel zu integrieren. Allerdings nahm er später ein Bild, das Landschaft und Kapelle zeigte, also hätte ich mir den Weg auf den Kapellenberg sparen können.

Ich hatte meinen Artikel, zumindest die erste Version davon, heute Morgen geschrieben und ihn Becker und den beiden Frauen vorgelegt. Alles war recht anonym gehalten, aber mit ein klein wenig Mühe, Fantasie und Vorstellungskraft, und natürlich dem Täterwissen, konnte man die

Menschen, die hinter dieser Geschichte standen, erkennen. Und so sollte es ja auch sein. Annemarie Junginger hatte ein paar kleine Veränderungen vorgenommen, aber danach war der umfangreiche Artikel fertig und wartete auf seine Veröffentlichung.

Walter Berkheimer lehnte sich mit einer Hand an den Rahmen des Esszimmerfensters. Sein Gesicht war aschfahl, seine Knie zitterten. Hinter ihm auf dem Tisch lag neben seinem Frühstücksgeschirr weit ausgebreitet die Tageszeitung. In das Papier saugte sich langsam die Kaffeelache, die aus der Tasse stammte, die der Seniorchef der Berkheimer Werke in seiner ersten Erregung über den Artikel voller Wut umgestoßen hatte.

Jetzt stand er am Fenster und starrte auf das große Fabrikgelände. Vor ihm erhoben sich die riesigen Lagerhallen und das mehrgeschossige Bürogebäude, das er erst vor wenigen Jahren hatte errichten lassen. Die Investitionen waren mit den Banken genau abgesprochen, es war alles so kalkuliert, dass er die Kredite abzahlen konnte, ohne in Schwierigkeiten zu geraten. Nur durfte nichts Außergewöhnliches passieren.

Von seinen Eltern hatte er nichts geerbt, alles hatte Walter Berkheimer alleine aufgebaut, aus dem Nichts, nur mit seiner Arbeitskraft und seinen Ideen. Aus einem kleinen Betrieb war heute ein großes Unternehmen geworden, das inzwischen sogar nach Fernost exportierte. Selbst durch schwierige Zeiten mit Kurzarbeit und schlechter Auftragslage hatte er die Firma geführt. Entlassungen waren für ihn keine Option gewesen. Berkheimer hatte sich immer für seine Mitarbeiter und deren Familien verantwortlich gefühlt. Das ganze Dorf hatte in all den Jahren gewaltig von ihm profitiert. Nicht nur wegen der vielen Arbeitsplätze, fast alle Menschen im Ort waren irgendwie von den Berkheimer Werken abhängig. Der Firmenchef hatte auch einiges Geld aus seiner eigenen Kasse in die Entwicklung des Ortes und in eine Vielzahl von sozialen Projekten gesteckt.

Was hätte sich denn dieses kleine Drecksnest leisten können ohne ihn, fragte sich Berkheimer. Darauf gab es nur eine Antwort: Nichts. Keine aufsehenerregende Gemeindehalle, sicher auch nicht das neue, moderne Rathaus. Und nicht die beiden Kindergärten und das kleine Heimatmuseum, auf das er besonders stolz war.

Fast fünfzig Jahre war er der Chef der Berkheimer-Werke gewesen. Erst vor drei Jahren hatte er den Betrieb endgültig Albert, dem Ältesten seiner Söhne, überschrieben. Er sollte das Unternehmen weiterführen, so erfolgreich, wie er es selbst getan hatte. Auch Frieder, der jüngere Sohn, arbeitete in der Firma. Aber er hatte nicht Alberts betriebswirtschaftliche Qualitäten. Und seine Tochter Ella hatte nie Interesse für das Unternehmen gezeigt, war früh von Zuhause ausgezogen und lebte jetzt, glücklich verheiratet, in Hamburg. Die Familie war intakt, trotz aller Meinungsverschiedenheiten, die es immer wieder gegeben hatte. In welcher Familie gab es die nicht.

Aber was würde jetzt dieser Artikel anrichten? Der Schreiber hatte keine Namen genannt, alles anonym gelassen, aber wer in dem Dorf lebte, wer sein Unternehmen kannte, der wusste doch, wer gemeint war. Und wenn das einer wusste, dann wusste es gleich das ganze Dorf, und dann jeder im Gäu, jeder im Ammertal, jeder in Rottenburg. Das ging doch rum wie ein Lauffeuer.

Und wenn die Polizei davon Wind bekam? Um sich selbst machte er sich keine Sorgen, diese kleine Geschichte mit dem Mädchen war unbedeutend und sicher längst verjährt. Und außerdem: Wer würde ihr schon glauben, nach all den Jahren, wenn am Ende sein Wort gegen ihres stand. Natürlich würde er alles abstreiten und der Fantasie einer pubertären Göre zurechnen. Strafrechtlich, da war er sich sicher, hatte er nichts zu befürchten. Dafür hatte er seine Anwälte. Die würden die Geschichte auseinanderpflücken. Aber wie wirkte sich das auf das Ansehen der Firma aus? Wenn gar die Polizei hier auftauchte, überall herumschnüffelte im Ort, dann kamen wahrscheinlich all die Neider aus ihren Löchern herausgekrochen. Ein erfolgreicher Mann wie er hatte auch viele Feinde, das war normal. Dieses elende Schmierblatt würde sicher mit jeder Geschichte weiter seinen Namen in den Schmutz ziehen.

»Verdammt«, fluchte Berkheimer laut und schlug mit der Faust gegen den Fensterrahmen.

Seine Gedanken kreisten weiter um den Artikel. Wie würden sie im Schützenverein und im Albverein reagieren, denen er seit Jahren vorstand? Bei den großen Festen waren immer die ganzen Familien dabei, mit ihren Kindern. Und jetzt? Würden sie ihn meiden? Müsste er alle seine Ämter niederlegen?

Aber am meisten machte er sich Sorgen um den anderen Mann, der in dem Zeitungsartikel erwähnt wurde. Es konnte sich eigentlich nur um einen seiner beiden Söhne handeln. Und das traf ihn tief. Konnte Albert so aus der Art geschlagen sein? Er hatte ihm als Kind einige Sorgen bereitet, aber so etwas? Unmöglich. Und Frieder? Ein jugendliches Sexmonster? Der trug doch als Kind schon die Kröten über die Straße, damit sie nicht überfahren wurden.

Die anfängliche Wut wich einer Niedergeschlagenheit. Würde der Artikel am Ende sein ganzes Lebenswerk zerstören?

Doch die Wut kam schnell zurück. An all dem war doch sicher nur dieses Drecksweib schuld. Wer sonst? Nur sie konnte hinter der Geschichte stecken. Weil sie einfach ihren

Schnabel nicht halten konnte und sich so groß vorkam, weil sie in die große, weite Welt hinausgezogen und nicht hier in der Provinz geblieben war. Sie hat doch sicher diese Frau angestachelt, die alte Geschichte wieder aufzuwärmen.

Er hatte gleich kein gutes Gefühl gehabt, als er von dieser »Amerikanerin« gehört hatte. Der ganze Ort war in Aufruhr, weil jeder die Frau für etwas Besonderes hielt. Aber hatte sich überhaupt jemand mal gefragt, warum sie denn nach all den Jahren wieder hier aufgetaucht war? Hätte sie denn nicht für immer drüben auf der anderen Seite des Ozeans bleiben können? Sie hatte doch hier nichts mehr verloren. Er kannte ihre Familie von früher. Ihr Vater war inzwischen gestorben, ihre Mutter im Pflegeheim, das Elternhaus hatte er selbst gekauft, über einen Strohmann natürlich, dann renovieren lassen und für gutes Geld weiterverscherbelt. Was wollte sie hier? Sich rächen? Nach so vielen Jahren?

Verdammt. Dieser eine Artikel konnte ihm wirklich schaden. Er war ein wohlhabender, angesehener Mann, nicht zuletzt auch im Unternehmerverband. Das Bundesverdienstkreuz wartete auf ihn. Das hatte man ihm vor Kurzem zugeflüstert.

»Man sollte den beiden Weibern den Hals umdrehen, und diesem dämlichen Journalisten gleich mit«, murmelte er vor sich hin.

In selben Augenblick hörte er hinter sich ein Geräusch. Er drehte sich erschrocken um. In der Mitte des Zimmers stand seine Frau Dorothea.

»Was ist los, Walter?«, fragte sie besorgt, nachdem sie gesehen hatte, wie blass er im Gesicht war.

»Nichts, Dorothea, nichts, was dich beunruhigen sollte.« Er musste ihr vorerst alles verheimlichen und später, wenn es notwendig war, die Geschichte sehr schonend beibringen, denn seit einigen Jahren war seine Frau an Zucker erkrankt und hatte Herzprobleme.

»Du hast den Kaffee umgeschüttet. Sieh dir den großen Fleck auf der Tischdecke an.« Sie schüttelte den Kopf und wollte zum Tisch gehen, um aufzuräumen. Doch Walter Berkheimer war schneller. Er stellte die Tasse wieder auf den Untersetzer und nahm die Zeitung vom Tisch.

»Gibt es etwas Neues?«, fragte sie ihren Mann. Sie selbst las keine Zeitung, sondern ließ sich lieber alles Wichtige, was sich in der Welt ereignete, von ihm erzählen.

»In Reutlingen gab es ein Unwetter. Gewitter, Platzregen und Hagel. Der Schaden geht in die Millionen.«

»Ach«, sagte Dorothea Berkheimer nur, »da haben wir aber Glück gehabt.«

»Ja, da haben wir Glück gehabt. Das Unwetter ist an uns vorbeigezogen.«

»Jetzt sag schon, was ist denn los mit dir?«, fragte ihn seine Frau wieder, ohne aufzusehen. Sie war gerade dabei, das Frühstücksgeschirr zusammenzustellen, um es in die Küche zu tragen. Sie wollte den Tisch frei machen, damit sie die Tischdecke abziehen und in die Waschmaschine stecken konnte. Ihr Mann hielt immer noch die Zeitung in der Hand.

»Liest du die Zeitung noch oder kann ich sie wegräumen?«, fragte sie.

Jetzt sah sie ihm in die Augen. Irgendetwas stimmte nicht, das spürte sie deutlich. Doch noch ehe sie weiterreden konnte, wurde sie von einem ihrer Söhne unterbrochen. Sie hatte ihn gar nicht kommen hören, jetzt stand Albert plötzlich im Esszimmer. Sie war völlig irritiert, weil sich die beiden Männer eine Weile mit ernstem Blick anstarrten, ohne ein Wort zu reden. In den Augen ihres Mannes sah sie sogar so etwas wie Wut.

»Ich muss mit dir reden«, sagte Berkheimer zu seinem Sohn.

Albert zuckte zusammen.

»Und wo steckt der Frieder? Den brauch ich auch.«

Ich war noch nicht aus der Dusche, geschweige denn aus dem Bett, geschweige denn aufgewacht, als das Telefon klingelte. Ich drehte dem Störer demonstrativ den Rücken zu, aber das Telefon gab keine Ruhe. Im Drehen fiel mein Blick kurz auf meinen Wecker, der auf dem Nachttisch stand. Die digitale Anzeige entlockte mir ein Stöhnen: 7.45 Uhr. Wer so zeitig anruft, gehört zu der Spezies Frühaufsteher, mit der ich nur sehr schwer kompatibel bin. Aber an Weiterschlafen war nicht zu denken. Das Klingeln hörte nicht auf. Ich versuchte, mit einem Kissen das Telefon zum Schweigen zu bringen, verfehlte allerdings den Apparat um Daunenbreite.

Trotzdem herrschte für einen Augenblick Ruhe. Das Klingeln hatte aufgehört. Stille war eingekehrt. Aber nur für Sekunden. Der Mensch am anderen Ende der Leitung wollte mir offenbar signalisieren, dass er mich dringend zu sprechen wünschte. Ich ließ mich überzeugen, was blieb mir auch anderes übrig, und schälte mich aus dem Bett. Beim hundertsten Klingelton erreichte ich den Apparat und nahm den Hörer ab. Mein Gesprächspartner übernahm das Reden. Für mich war es noch zu früh.

»Habe ich Sie etwa geweckt?« Oberstaatsanwalt Gramer war schon früh am Morgen mit Humor geschlagen. Ein Brummen war meine Antwort.

»Das tut mir leid.«

»Nein, das tut es Ihnen nicht«, grummelte ich zurück.

»Stimmt. Warum sollen Sie schlafen, wenn ich arbeiten muss. Und das auch noch wegen Ihnen.«

»Wie?«

»Herr Blum, was würden wir nur machen, wenn wir Sie nicht hätten. Langweilen, die Zeit totschlagen, aus dem Fenster auf das so beschauliche Tübingen starren«, sagte Oberstaatsanwalt Gramer.

»Sie haben mich aber sicher nicht aus Langeweile angerufen?«

»Nein, ganz bestimmt nicht. Nicht um diese Uhrzeit. Freiwillig tue ich mir Ihre Reibeisenstimme am Morgen nicht an. Ich habe um halb neun eine Gerichtsverhandlung im Landgericht, und vorher muss ich noch mein anderes Tagesprogramm abarbeiten. Dazu gehört Ihr wunderbarer Artikel.« Irgendwie klang das Wort »wunderbar« bei Gramer leicht ironisch.

»Welcher Artikel?«

»Gibt es so viele von Ihnen heute in der Zeitung?«

»Nein.«

»Genau.«

»Sie meinen den Artikel über das nette, kleine Dorf im Rottenburgischen? Sie haben ihn schon gelesen, so früh am Morgen?«

»Ja, hab ich, beim Frühstück. Und mir hat mein Kaffee danach gar nicht mehr geschmeckt. Und das ist nicht gut für meine Umwelt. Und für Sie deshalb auch nicht. Da dachte ich mir, wenn ich diese schlechte Laune habe, warum soll der gute Herr Journalist nicht etwas davon abbekommen.«

»Und das noch auf nüchternen Magen«, antwortete ich.

Jetzt war ich zwar noch nicht hellwach, aber mein Gehirn kam langsam auf Touren. Ich hörte genau zu, was Gramer zu sagen hatte.

»Wissen Sie, Missbrauch, mit Kindern, ein ganz heikles Thema. Wenn wir da nicht gleich die Ermittlungsmaschinerie anwerfen, gibt's Ärger. Und den kann ich nicht brauchen.«

»Aber der Missbrauch liegt schon ewig zurück. Das ist sicherlich alles verjährt. Da müssen Sie nichts mehr unternehmen.«

»Sie sagen das, der große Fachmann in juristischen Fragen.« Ich glaubte ein leises, verächtliches Lachen am anderen Ende der Leitung vernommen zu haben. Gramer hatte wirklich schlechte Laune.

»Wenn Sie erlauben, möchte ich mir lieber selber ein Bild von der Sache machen. Nur ein kleiner Tipp noch am Rande: Ich denke, im Strafrecht kenne ich mich besser aus als Sie.«

»Gut, gut. Wie kann ich Ihnen weiterhelfen? Irgendetwas möchten Sie doch von mir, sonst hätten Sie mich nicht angerufen.«

»Das haben Sie sehr gut erraten. Aber das möchte ich mit Ihnen nicht am Telefon besprechen. Kommen Sie um zehn ins Gerichtsgebäude in der Doblerstraße. Der Prozess, in dem ich gerade bin, wird nicht so lange dauern. Wir gehen dann in dieses Café an der Ecke und Sie erzählen mir, was Sie über den Fall wissen. Alles. Nicht nur das, was in Ihrem Artikel steht«, sagte Gramer und legte auf.

Mein Morgen war mir gründlich verdorben, ich war richtig wach. Dennoch brauchte ich etwas Zeit, um mich von meinem Bett zu lösen. Eine halbe Stunde, vielleicht auch mehr, dann hatte ich es geschafft. Die Dusche machte mich zum vollends präsentablen Menschen. Nach meinem Frühstück samt ausgiebigem Blick in die Zeitung machte ich mich auf den Weg Richtung Landgericht. Ich hetzte die Stufen zum Schwurgerichtssaal hinauf, weil ich etwas spät dran war. Gramer erwartete mich ungeduldig.

»Na, endlich, der rasende Reporter, es freut mich, Sie außer Atem zu sehen.«

»Ich wurde aufgehalten«, log ich.

»Wer kann Sie schon aufhalten?« Gramer schaute mich inquisitorisch durch seine dicken Brillengläser an.

»Ach, ich …«

»Lassen Sie's. Keine weiteren Unwahrheiten. Ich habe heute schon genug davon gehört.« Er nickte mit seinem Kopf in Richtung Schwurgerichtssaal.

»Kommen Sie mit«, meinte er trocken. Er ließ mir keine weitere Sekunde zum Durchatmen. Sekunden später verließen wir das Gerichtsgebäude. Gleich daneben war eine italienische Café Bar. Wir setzten uns an einen der Tische vor dem Lokal. Es war schon recht warm an diesem Morgen, aber noch zu früh für andere Gäste.

»Na, dann schießen Sie mal los«, forderte mich Gramer auf. Und ich schoss los und erzählte ihm alles, was ich wusste, oder zumindest das, was ich ihm erzählen wollte, damit er zufrieden war. Ein gut gelaunter Oberstaatsanwalt ist immer besser als ein schlecht gelaunter. Das galt vor allem für Gramer, der eine meiner wichtigsten Informationsquellen war.

Monika Langer war verzweifelt. Sie konnte ihrem Gegenüber nicht in die Augen schauen.

»Was soll ich denn machen? Ich bin auf das Geld angewiesen, sonst komme ich nicht über die Runden.« Sie ließ sich auf einen Sessel fallen.

»Die Gemeinde hat mich fest im Übernachtungskalender stehen. Sie schickt mir immer wieder Gäste ins Haus, weil wir hier im Ort kein Hotel haben. Aber jetzt? Ich werde keine Gäste mehr bekommen. Seit Ihre Geschichte vor drei Tagen im Blatt stand, schneidet man mich. Keiner kommt direkt zu mir und sagt etwas. Sie gehen mir einfach aus dem Weg, wechseln den Bürgersteig, wenn ich ihnen begegne, oder gehen aus dem Geschäft, wenn ich etwas einkaufe. Nur weil Sie hier bei mir wohnen.« Monika Langer saß zusammengekauert im Sessel. Sie war blass im Gesicht und zitterte leicht, als sie Annemarie Junginger eine Tasse Tee einschenkte. Sie hatte die Heimkehrerin aus den USA, die seit ein paar Tagen bei ihr wohnte, zu sich ins Wohnzimmer gerufen und versuchte, ihr zu erklären, warum sie so bald wie möglich wieder ausziehen sollte.

»Ich bin nicht wirklich überrascht, dass die Leute hier so reagieren«, entgegnete Annemarie Junginger. »Ich habe es nicht anders erwartet. Ich bin allenfalls erstaunt, wie schnell die Geschichte hier herumgeht. Es stehen doch keine Namen in dem Artikel.«

»Nein, aber jeder weiß inzwischen, wer gemeint ist. Es war für niemanden hier schwer zu erkennen. Und die Verbindung zu Ihnen herzustellen, erforderte keine große Fantasie. Sie tauchen im Dorf auf, und kurz danach steht diese Geschichte in der Zeitung. Jeder kann sich denken, dass Sie dafür verantwortlich sind.«

Monika Langer legte eine Haarsträhne, die ihr ins Gesicht gerutscht war, zurecht.

»Und seit die Polizei bei den Berkheimers aufgetaucht ist, ist auch dem Letzten im Dorf klar geworden, um wen es sich in dem Artikel handelt. Sie können sich doch vorstellen, dass hier in diesem kleinen Dorf keiner etwas für sich behalten kann. Jeder ist wild darauf, Neuigkeiten weiter zu verbreiten.«

»Ja, das funktioniert noch genauso wie früher«, sagte Annemarie ironisch. Sie schüttelte den Kopf.

»Ja, da ist es wieder, mein liebes, kleines Dorf. Diese Idylle. Voller Scheinheiligkeit. Am Sonntag in die Kirche, und dann über Gott und die Welt herziehen. Aber wenn jemand von außen am Lack kratzt, halten sie wie Pech und Schwefel zusammen. Sie wollen nicht, dass ihre heile Welt, die sie sich zurechtgebastelt haben, von jemandem, der nicht mehr zur Dorfgemeinschaft gehört, befleckt wird. Da wird gekehrt, was das Zeug hält, und das nicht nur am Samstag.«

Monika Langers Gesicht wirkte immer verzweifelter. Sie fühlte sich in der Zwickmühle.

»Ich kann Sie ja verstehen und ich finde es auch mutig, dass Sie Ihre Geschichte erzählt haben. Aber musste denn alles gleich in der Zeitung stehen?«

»Was hätte ich den Ihrer Meinung nach tun sollen? Zu Berkheimer gehen und ihm die Schweinereien, die er gemacht hat, ins Gesicht brüllen? Was hätte das denn gebracht? Nichts. Gar nichts. Er hätte mich wahrscheinlich nur ausgelacht. Und alles wäre wieder unterm Teppich geblieben.«

»Aber ist es so besser?«, fragte Monika Langer. »Was glauben Sie, was das für einen Wirbel auslöst? Wenn es hier im Dorf jeder weiß, dann wissen es sicher auch gleich die Leute in Rottenburg. Und danach im ganzen Gäu. Das spricht sich schnell rum, glauben Sie mir.«

Annemarie Junginger antwortete nicht, sondern nahm langsam die Tasse auf und trank in aller Ruhe einen Schluck Tee. Über den Rand der Tasse musterte sie ihr Gegenüber. Monika Langer hatte ihre blonden Haare zu einem Pferdeschwanz gebunden. Sie rutschte weiter unruhig auf dem Sofa hin und her und knetete gleichzeitig immer wieder ihre Hände.

Annemarie Jungingers Vermieterin versuchte, ihre Strategie zu ändern.

»Eine gute Freundin hat mir heute Morgen gesagt, dass die Leute im Dorf Ihnen nicht glauben. Sie sind der Meinung, dass Sie und ihre Freundin sich das alles bei einem Bier in der Kneipe ausgedacht haben, um sich an Berkheimer zu rächen.«

»Warum sollte ich mir so etwas ausdenken?«

»Aus Neid, weil Sie damals den Albert nicht bekommen haben. Alle sagen, Sie seien wie wild hinter ihm her gewesen. Was man verstehen kann: Er ist der Sohn des reichsten Mannes hier, eine gute Partie. Er erbt die Firma und hat Geld bis zum Abwinken. Viele Mädchen waren schon hinter ihm her, so schlecht sieht er ja nicht aus. Aber Sie seien bei ihm, wie viele andere auch, abgeblitzt. Und Sie hätten das nicht ertragen. Das ist nicht meine Meinung, aber so etwas erzählt man hier.«

»Das ist absoluter Quatsch. Mir wird schlecht, wenn ich so etwas höre.«

»Aber die Gerüchte sind da.«

Annemarie Junginger wollte gerade antworten, als das Telefon klingelte.

»Entschuldigen Sie bitte einen Augenblick.«

Monika Langer stand auf und ging aus dem Zimmer. Es dauerte nicht lange und sie kehrte mit entsetztem Gesichtsausdruck zurück.

»Was ist los?«, fragte Annemarie Junginger.

»Meine Freundin hat gerade angerufen. Ein paar Leute haben sich über Facebook verabredet. Sie wollen hierher kommen und sich vor dem Haus versammeln. Sie sagte, die Leute sind nicht gut auf Sie zu sprechen, sie wollen, dass Sie endlich aus dem Dorf verschwinden.«

»Ein Flashmob? Ich dachte eigentlich, das Dorf wäre rückständiger, aber die sozialen Medien sind offenbar auch hier schon bekannt. Und mit ihnen kann man herrlich Gerüchte verbreiten. Ob die Geschichte stimmt oder nicht, ist doch egal, Hauptsache sie steht im Netz. Was wollen die Leute denn vor Ihrem Haus tun?«

»Ich weiß es nicht. Demonstrieren?«

»Demonstrieren? Mit selbst gemalten Schildern? *Ami go home* oder so etwas Ähnliches? Dass ich nicht lache. Die wollen nicht demonstrieren, die wollen mir Angst einjagen. Die wollen mich einschüchtern. Die wollen mich mit allen Mittel aus dem Dorf vertreiben, weil ich ihre heile Welt zerstöre.«

Monika Langer sagte nichts.

»Das war einmal mein Dorf, meine Heimat«, meinte Annemarie Junginger verbittert.

»Ich hab hier meine Kindheit verbracht. Ich hatte hier Freunde, meine Familie. Das alles hat man mir damals genommen. Und jetzt wollen Sie mich wieder fertigmachen. Aber ich sage Ihnen, ich gebe nicht klein bei. Diesmal nicht.«

Die beiden Frauen sahen sich kurz an.

»Und Ihnen gefällt es hier?«, fragte Annemarie Junginger verächtlich.

Kurz war es völlig ruhig im Zimmer, dann folgte ein Ausbruch, mit dem Annemarie nicht gerechnet hatte.

»Nein, ganz und gar nicht«, schrie Monika Langer. Sie zitterte am ganzen Körper. »Ich wohne hier in einem Haus, das viel zu groß und vor allem viel zu teuer für uns ist. Mein Ex-Mann zahlt nicht. Ich muss jeden Monat sehen, wie wir über die Runden kommen. Das Wasser steht uns manchmal bis zum Hals. Es gibt Tage, da weiß ich nicht, wie ich das Geld fürs Essen zusammenkratzen soll. Ich renne den ganzen Tag herum, muss den ganzen Haushalt alleine schmeißen. Putzen, waschen, aufräumen, jeden Tag das Gleiche, ich hab kaum eine freie Minute, in der ich mich einmal hinsetzen und irgendetwas für mich tun kann. Glauben Sie mir, so habe ich mir mein Leben nicht vorgestellt.«

»Dann verkaufen Sie doch das Haus und ziehen woanders hin.«

»Liebend gerne, aber es geht nicht. Es steckt zu viel Geld in dieser Bude. Der Kredit. Mein Ex hat es mir vorgerechnet: Wenn wir jetzt verkaufen, haben wir noch mehr Schulden als vorher, aber kein Haus, keine Bleibe mehr.«

Bei den letzten Sätzen war Monika Langer immer leiser geworden. Ihre Augen waren feucht. Sie zog sich ein Taschentuch aus einer Packung, die auf dem Couchtisch lag. Annemarie Junginger sah fast mitleidig auf ihre Vermieterin hinab. Ihr Entschluss stand fest.

»Ich gehe in mein Zimmer und packe meine Sachen«, sagte sie ruhig.

Monika Langer schluchzte laut, als Annemarie Junginger das Zimmer verließ.

Und Sie glauben, an der Geschichte ist nichts dran?«, fragte Bürgermeister Bernhard Reiter zögerlich. Er blickt seinem Gegenüber, dem Stuttgarter Staranwalt Dr. Adam Kolb-Batholdy, unruhig in die Augen und wischte sich mit einem Tuch über die Stirn. Es war nicht nur sein Übergewicht und die Hitze, die ihn zum Schwitzen brachten. Auch das, was ihm bevorstand, öffnete seine Schweißporen.

»Alles erstunken und erlogen. Ich sage Ihnen doch, es gibt Hinweise, dass die beiden Frauen den Berkheimers schon immer nicht wohl gesonnen waren. Ich weiß, dass sich diese Amerikanerin den Sohn, den Albert, angeln wollte. Aber es hat nicht geklappt. Was sollte er auch mit solch einer grauen Maus? Da hätte er sicher Besseres haben können. Schade, dass er die Richtige nicht gefunden hat. Das wäre günstiger für unsere Sache. Eine kleine Familie mit ein paar Kindern, das würde die »Amerikanerin«, die verstoßene Ex, alt aussehen lassen.«

Reiter wusste nicht, was er dazu sagen sollte, deshalb zuckte er mit den Schultern. Er war noch nicht so lange im Ort, daher kannte er die alten Familienbeziehungen nicht und konnte mit dem Namen Junginger nichts anfangen. Dafür aber umso mehr mit dem Namen Berkheimer. Und auf den durfte nichts kommen, das wäre nicht gut für den Ort.

Kolb-Bartholdy ließ sich nicht bremsen.

»Die ist doch damals einfach abgehauen, wie ich gehört habe, und hat ihre Eltern im Stich gelassen. Jetzt plötzlich kommt sie zurück und sieht, was aus den Berkheimer-Werken geworden ist und was sie hätte erreichen können, wenn Albert Berkheimer damals nur auf sie abgefahren wäre. Sie holt sich noch eine zweite Frau mit ins Boot und schon steht die Geschichte. Glauben Sie mir, das sind zwei frustrierte alte Frauen, die sich auf diese Weise noch einmal in den Mittelpunkt stellen wollen.«

»Ich weiß nicht …«

Kolb-Bartholdy fiel ihm ins Wort.

»Zweifeln Sie etwa an der Aufrichtigkeit und an der Honorigkeit der alt eingesessenen Familie Berkheimer? Sicher nicht. Wollen Sie etwa, dass sie von irgendwelchen dahergelaufenen Weibern als Sex-Monster abgestempelt wird? Das wollen Sie doch nicht, oder?«

Reiter gefiel der Ton nicht, den der Anwalt anschlug, aber er sagte nichts, schüttelte nur den Kopf. Kolb-Bartholdy rieb sich die Hände.

»Warten Sie ab, ich werde diese beiden Frauen nach Strich und Faden auseinandernehmen. Die wissen hinterher nicht mehr, wo hinten und vorne ist. Und dann dürfen sie bluten. Zivilklage, Schadensersatz in Millionenhöhe, denen werden die Augen tränen. Die werden bis zum Jüngsten Tag keinen Fuß mehr auf den Boden bringen.«

Reiter nickte kurz. Er wünschte sich, selbst so viel Selbstvertrauen wie der Staranwalt aus der Landeshauptstadt zu haben. Reiter war sich seiner Sache nicht ganz so sicher. Warum sollten die Frauen plötzlich so eine Geschichte erfinden, völlig aus dem Nichts, nur um sich an Berkheimer zu rächen? Nur um im Mittelpunkt zu stehen? Was sollte ihnen das bringen? Sie konnten sich doch denken, was diese Geschichte für einen Wirbel auslösen würde. Wieder wischte sich Reiter die Stirn.

Aber auf der anderen Seite stand die Zukunft des Dorfes auf dem Spiel. Nicht auszudenken, was passieren würde, wenn die Berkheimer-Werke in eine Krise gerieten oder gar ihren Firmensitz verlegen würden. Das Dorf lebte von der Gewerbesteuer der Berkheimers. Die meisten Einwohner arbeiteten in der Firma. Ohne die Berkheimer-Werke können wir einpacken, dachte Reiter.

Er stand stöhnend auf, ging zur gegenüberliegenden Wand und betrachtete eine große Luftaufnahme seines Dorfes, das in eine sanfte Hügellandschaft eingebettet war.

Es wirkte alles so still und friedlich. Nicht auszudenken, wenn der Name des Dorfes in Zukunft nur noch mit Kindesmissbrauch in Verbindung gebracht werden würde. Das ganze Dorf käme in Verruf, wenn erst mal die großen Medien auf den Zug aufspringen würden. Reiter zerdrückte das Taschentuch in seiner Hand.

»Und Sie glauben, eine Bürgerversammlung ist eine gute Idee?«

»Natürlich ist sie das. Wir müssen offensiv vorgehen, wir dürfen uns nicht verstecken. Glauben Sie mir, Angriff ist die beste Verteidigung. Wir müssen schnell zurückschlagen, der Gegenseite keine Ruhe gönnen. Als Erstes werden wir allen zeigen, welchen Rückhalt die Berkheimers hier in der Bevölkerung besitzen. Wir ziehen die Bürgerversammlung groß auf. Wir dürfen die Geschichte doch nicht diesem kleinen Schmierblatt überlassen. Der Lokalschreiberling glaubt wohl, er hätte seine große Sensation gefunden. Hier gibt es sonst doch nichts anderes zu berichten, als irgendwelche Kleintierzüchtertreffen. Aber der wird sich die Augen reiben. Ich habe einen Journalisten aus Stuttgart an der Hand. Der wird für uns in der überregionalen Zeitung einen Artikel schreiben, der sich gewaschen hat. Da kann der Schmierer seinen Computer abschalten. Die Frauen werden ganz schön bescheuert dastehen. Glauben Sie mir, ich weiß, was ich tue.« Kolb-Bartholdy lachte siegessicher.

Reiter dagegen war es immer noch nicht ganz wohl bei der Sache. Er wollte nicht, dass alles noch schlimmer werden würde. Aber konnte es das überhaupt? War nicht jetzt schon alles schlimm genug? Der Landrat hatte sich schon bei ihm gemeldet und nachgefragt, was los sei und ob er alles im Griff habe. Aber Reiter gab nach.

»Gut, nehmen wird die Gemeindehalle. Für welchen Tag sollen wir denn die Bürgerversammlung anberaumen?

»Nein, nicht die Gemeindehalle, die ist zu groß, zu unübersichtlich. Wir wissen doch gar nicht, wie viel Leute kommen. Stellen Sie sich vor, die Halle ist halb leer, wie sieht das denn aus? Schlecht, ganz schlecht. Das könnte so wirken, als ob die Mehrheit der Bevölkerung nicht auf unserer Seite steht. Wir machen das anders, wir gehen in den katholischen Gemeindesaal, der ist viel besser für so etwas geeignet.«

»Aber der ist doch viel zu klein. Und ich weiß auch nicht, ob da die Kirche mitmacht.«

»Die macht mit, die kann gar nicht anders. Wer zahlt denn die Restaurierung der großen Orgel und des Kirchturms?«

Reiter schaute den Anwalt mit großen Augen an.

»Sehen Sie, ich habe alles genau geplant. Wissen Sie, der Saal soll etwas zu klein sein. Stellen Sie sich das doch vor: Die Leute drängeln in den Gemeindesaal, weil sie befürchten keinen Platz mehr zu bekommen. Sie befürchten, was zu verpassen. Das schürt die Emotionen. Siebzig, achtzig Leute reichen, und der Saal ist übervoll. Und so viele bekommen wir sicher zusammen. Das wird eine Riesengeschichte.«

Reiter folgte weiter der Brandrede Kolb-Bartholdys.

»Die Stimmung ist schon angeheizt, bevor es überhaupt losgeht. Alle hocken ganz eng aufeinander, stehen vielleicht auch am Rand des Saals herum. Ich bringe die Menge zum Kochen und zeige ihnen, wie die Rechtslage ist und wer eindeutig zu den Guten und wer zu den Bösen gehört. Keine Angst, ich mache so etwas nicht zum ersten Mal.«

Reiter schaute den Staranwalt, der sich in Rage geredet hatte, skeptisch an. Er mochte diesen aufgeblasenen Angeber, der im Porsche vorgefahren war, nicht sonderlich. Doch Kolb-Bartholdy ließ sich nicht aufhalten.

»Ich habe bereits mit dem Pfarrer gesprochen.« Der Anwalt grinste.

»Er ist auf unserer Seite. Ihm gefällt auch nicht, was die

beiden Frauen dem Dorf angetan haben. Und denken Sie an die Spende für die Renovierung der Kirchenorgel. Der Pfarrer denkt auch daran.«

Die Skepsis bei Reiter ging langsam in Bewunderung über. Der Staranwalt aus Stuttgart schien wirklich alles im Griff zu haben. Er verstand sein Handwerk, das war nicht zu übersehen. Vielleicht sollte er ihn einfach gewähren lassen und sich im Hintergrund halten. Dann konnte er, wenn etwas schief ging, die Geschichte immer noch auf den Anwalt schieben, und er selbst war fein raus.

»Gut, so machen wir es«, sagte der Bürgermeister, der immer noch stark schwitzte.

»Na, also, warum nicht gleich so. Ich kann also auf die Unterstützung der Gemeinde bei der Vorbereitung der Bürgerversammlung zählen?«

»Ja, können Sie.«

Nach der Zusage verdoppelten sich gleich noch die Schweißperlen auf Reiters Stirn und die Flecken unter den Achseln seines Hemdes vergrößerten sich.

Hoffentlich geht das gut, dachte Reiter, während er sah, wie Kolb-Bartholdy sein Handy aus der Tasche zog und telefonierend den Raum verließ.

Ja, es gibt Tage, da steht das Telefon nicht still. Ein solcher Tag war heute. Zuerst meldete sich Redakteur Micha Becker gut gelaunt bei mir.

»Schön zu sehen, dass dein Artikel für so viel Wirbel gesorgt hat. Das tut unserer Auflage gut, die schon seit Monaten schrumpft. Man spricht über uns, jeder muss die Zeitung gelesen haben und wartet darauf, was morgen drinsteht. Das ist gut so. Wir müssen die Sache unbedingt am Köcheln halten. Heute hat sich ein Anwalt bei mir gemeldet. Er hat uns gedroht, wenn wir weiter so einseitig berichten würden, hängt er uns eine Klage an den Hals. Also sind wir in der richtigen Spur. Nur getroffene Hunde bellen.«

»Einseitig? Ich hab versucht, die Berkheimers zu erreichen. Aber die wollen nicht mit uns sprechen«, antwortete ich.

»Das hab ich ihm auch gesagt.«

»Und?«

»Er will uns eine Erklärung der Berkheimers schicken.«

»Die eigentlich von ihm, dem Anwalt, stammt.«

»Genau. Das ist übrigens der Kolb-Bartholdy. Den müsstest du als Gerichtsreporter doch kennen? Er wirft sich immer auf die heiklen Fälle, das schafft Aufsehen und bringt Geld.«

»Ja, ich kenn ihn. Der Staranwalt aus Stuttgart. Ein unsympathischer Bursche. Habe ihn schon ein- oder zweimal bei Prozessen erlebt. Stellt laufend irgendwelche Beweis- oder Befangenheitsanträge, um den Prozess in die Länge zu ziehen und irgendwelche Gründe für eine spätere Revision zu finden. Ein Schwätzer, wie er im Buche steht.«

»Na, ich sehe, dann seid ihr ja gute Freunde.«

»Wie geht's denn nun weiter? Ich hab doch noch eure Rückendeckung, oder?«

»Klar hast du die, Luka. Haben wir dich jemals im Stich gelassen?«

Auf diese Frage wollte ich lieber nicht antworten. Aber im Grunde stimmte es schon. Mit Micha Becker hatte ich eine Person in der Redaktion, die mir immer den Rücken frei hielt.

»Was machen wir nun als Nächstes?«, fragte ich nach.

»Das kann ich dir sagen. Zuerst warten wir mal auf die Erklärung des Anwalts. Dann folgt das nächste Highlight. Der Anwalt hat's schon angekündigt und mir gleich auch eine Mail zukommen lassen. Morgen wird es in deinem Lieblingsdorf eine Bürgerversammlung geben. Jetzt rate mal zu welchem Thema.«

»Ich kann es mir denken.«

»Ja, mein lieber Luka, die Berichterstattung in unserer Zeitung sorgt für Aufsehen. Ich kann mich nicht erinnern, wann wir das letzte Mal durch unsere Artikel eine Bürgerversammlung ausgelöst haben. Ist doch gut so. Es brodelt weiter und wir können darüber berichten. Wir halten die Leser bei der Stange. Und zu deiner Freude, darfst du über diese Versammlung berichten, ist doch auch dein Fall. Aber ich rate dir, zieh eine kugelsichere Weste an. Die Luft wird bleihaltig, das kannst du dir doch denken. Du hast dir dort nicht unbedingt Freunde geschaffen.« Becker lachte lauthals.

»Ich weiß nicht, ob ich auch darüber lachen kann.«

»Da muss man als Sensationsreporter durch. Sei doch froh, endlich ist mal was los im Gäu. Und ich sage dir, man blickt auf uns.«

»Übertreib nicht.«

»Doch, doch. Sogar eine überregionale Zeitung hat sich schon bei mir gemeldet. Die wollen auf den Zug aufspringen. Du wirst sehen, du kommst noch in die Tagesschau, Luka. Aber vergiss dann ja nicht, meinen Namen zu erwähnen.« Wieder lachte Becker.

Bei dem Gedanken an die Bürgerversammlung war mir nicht wohl zumute.

»Meinst du nicht, es wäre besser jemand anderen zu dieser Versammlung zu schicken?«

»Hast du kalte Füße? Nein, nein. Du hast dir die Suppe eingebrockt, jetzt löffle sie gefälligst auch aus, natürlich pulitzerpreisverdächtig, versteht sich. Keine Angst. Ich schick dir einen Fotografen zur Verstärkung. Ach, übrigens, die Moderation der Veranstaltung hat nicht nur der Bürgermeister. Auch der Anwalt wird dabei sein. Da kommt doch Freude auf, nicht wahr?«

Meine Antwort war ein Brummen.

»Und ruf vorher vielleicht noch einmal deine Informantinnen an. Um sicher zu gehen, dass sie dir nicht plötzlich von der Stange springen. Alles klar?«

»Alles klar«, sagte ich und legte auf.

Der zweite Anruf kam von Nelly. Normalerweise hätte es mich gefreut, ihre Stimme zu hören. Aber nach Beckers Anruf war ich noch richtig aufgewühlt. Ich wusste nicht, was mir in den kommenden Tagen alles bevorstand. Nelly merkte mir meine Nervosität sofort an.

»Was ist los, Luka?«

Ich erzählte ihr die Geschichte. Sie hörte mir aufmerksam zu.

»Du hast das richtig gemacht, Luka. Bleib an der Sache dran. Hilf den beiden Frauen, lass sie nicht alleine in dieser Situation.«

Du hast gut reden, dachte ich, sagte aber »ja, werde ich schon machen.«

»Vielleicht brauchst du jemanden, der dir den Rücken stärkt.«

»Wie meinst du das?«

»Wie werde ich das schon meinen? Meinen Eltern geht es so weit ganz gut. Sie könnten durchaus ein paar Tage mal ohne mich auskommen, Lucky.« Nelly nannte mich »Lucky« immer nur in Situationen, in denen wir uns ganz nahe waren. Ich hörte es gerne und war gespannt darauf, welche Überraschung sie für mich auf Lager hatte.

»Ich habe zufällig in der Zeitung das Angebot eines Billigfliegers gesehen. Für fünfzig Euro von Dublin nach Stuttgart. Und da ich lange bei den Schwaben gearbeitet und gelebt habe, dachte ich mir, so ein günstiges Angebot kann ich mir doch nicht entgehen lassen. Also, habe ich spontan gebucht und komme in zwei Tagen über Stuttgart nach Tübingen. Freust du dich?«

Für einen Augenblick herrschte Funkstille.

»Ich höre, du bist begeistert«, merkte Nelly sarkastisch an.

Wieder einmal hatte ich nicht schnell genug reagiert. Deshalb versicherte ich ihr mindestens fünf Minuten lang ohne Unterbrechung meine allerhöchste Begeisterung. Ich freute mich wirklich, aber ich war mir nicht sicher, ob der Zeitpunkt für Nellys unverhoffte Rückkehr wirklich der beste war. Und noch ein zweiter Gedanke ergriff mich: Ich musste meine, nein unsere Wohnung, soweit auf Vorderfrau bringen, dass man in ihr, jedenfalls so wie Nelly sich das vorstellt, ordentlich leben konnte. Es wartete einige Hausarbeit auf mich.

»Ich hole dich vom Flughafen ab«, versprach ich.

»Das ist nett von dir.«

Nachdem sie aufgelegt hatte, saß ich noch einige Zeit mit dem Hörer in der Hand im Sessel und starrte gedankenverloren zum Fenster hinaus.

»Auf geht's«, sagte ich mir und machte mich auf Richtung Besenkammer. Ich wurde das Gefühl nicht los, dass trotz Putzfimmel einige Chaostage auf mich warteten.

Der dritte Anruf sorgte für die nächste Überraschung. Am anderen Ende der Leitung war Oberstaatsanwalt Gramer. Bevor ich etwas sagen konnte, schnauzte mich Gramer an.

»Ja, ich bin es schon wieder. Und danke, dass Sie mir so viel Arbeit verschaffen. Als ob ich in meinem normalen Leben als Oberstaatsanwalt nicht schon genug zu tun hätte.«

»Was ist passiert?«

»Zuerst hatte ich einen unfreundlichen Anruf eines Stuttgarter Staranwaltes.« Das Wort »Staranwalt« hob Gramer besonders hervor.

»Lassen Sie mich raten. Kolb-Bartholdy?«

»Sie sind, wie immer, gut informiert, Herr Blum.«

»Was wollte der Herr Anwalt?«, fragte ich neugierig.

»Er wollte mir in mein Geschäft hineinpfuschen. Und das mag ich überhaupt nicht. Am liebsten hätte er es gehabt, dass ich gegen die Zeitung, sprich gegen Sie ermittle, und nicht mehr gegen Berkheimer. So ein aufgeblasener Fatzke.« Das Wort hatte ich schon lange nicht mehr gehört. »Diesen arroganten Sack hab ich gefressen. Zuerst lässt er sich von seiner Sekretärin verbinden und dann meldet er sich mit »Hier, Doktor, Doktor Kolb-Bartholdy.«

Ich musste lächeln. Gramer konnte aufgeblasene Anwälte nicht ausstehen.

»Und? Gegen wen ermitteln Sie nun?«

»Das Gespräch verlief sehr unbefriedigend für den Herrn Doktor, Doktor Kolb. Natürlich lass ich Berkheimer nicht von der Angel. Auch wenn er mit seinen Beziehungen nach ganz oben wedelt. Und schon gar nicht, wenn er dabei noch versucht, mir durch seinen Anwalt zu drohen. Was glaubt denn dieser Schwarzkittel, wen er vor sich hat? Einen dummen Bauernburschen aus der Provinz, mit dem er umspringen kann, wie er will. Da hat er sich geschnitten, der Herr Doktor, Doktor Kolb-Bartholdy. Wir können hier auch ordentlich auf die Pauke hauen.« Gramer war richtig in Fahrt.

»So schnell ist er mich nicht los. Im Gegenteil. Ein Unwetter braut sich langsam zusammen. Der Herr Doktor weiß nämlich noch gar nicht alles. Das könnte noch sehr schwierig für ihn werden.«

»Wie meinen Sie das?«

»Seit wir bei den Berkheimers waren, haben wir zwei anonyme Anrufe erhalten. In beiden Fällen waren es Frauen. An denen sind wir dran. Ich glaube, Sie haben da in ein Wespennest gestochen.«

»Was haben die beiden anonymen Anruferinnen Ihnen erzählt?«

»Das wüssten Sie wohl gerne. Aber das hören Sie von

mir nicht, noch nicht. Ich will ja auch mal die Nase vorn haben und nicht alles aus der Zeitung erfahren.«

»Anonym heißt, Sie wissen nicht, wer die beiden Anruferinnen waren?«, ließ ich nicht locker.

»Noch nicht. Aber ich bin guter Dinge, dass wir das herausfinden. Ich glaube, dass dann der alte Berkheimer und sein Filius nicht so einfach davonkommen. Von wegen Verjährung. Aber das, was ich Ihnen erzählt habe, ist noch nichts für die Presse. Haben Sie das verstanden?«

»Na, klar.«

Zu mehr kam ich nicht mehr, denn Gramer hatte nach einem kurzen »keine Zeit mehr, mein Handy klingelt« bereits aufgelegt. Aber ich wusste, dass Gramer mich mit seinem Anruf neugierig machen wollte. Ich sollte an der Sache dran bleiben. Aus seiner Stimme hatte ich herausgehört, wie er es auskostete, mir gegenüber einen Wissensvorsprung zu haben. Unser kleiner Wettbewerb konnte weitergehen.

Das *Hornissennest* schwärmte aus. Es war ein perfekter Tag für einen Ausflug. Strahlend blauer Himmel, die Sonne schien und die Temperaturen waren schon am frühen Morgen sehr angenehm.

Die Erzieherinnen des Wurmlinger Kindergartens hatten die Kleinen vor dem Haus um sich geschart. Der Lärm war groß, die drei Frauen hatten Mühe, die kleinen *Hornissen*, die ständig schreiend hin und her rannten, einzufangen. Die Kinder waren so aufgeregt, weil sie den ganzen Tag unterwegs sein sollten.

Die Erzieherinnen hatten für die Tour rund um die Wurmlinger Kapelle viele Spiele und Überraschungen eingeplant, um die kleinen Wilden bei Laune zu halten. Zum Mittag wollten sie auf halber Höhe an einem Grillplatz unterhalb der Kapelle, von dem aus man einen herrlichen Blick übers Ammertal hat, mit den Kindern Würste ins Lagerfeuer halten. Die Kleinen trugen alle notwendigen Utensilien fürs Grillen in ihren Rucksäcken.

Nach einigen Minuten war es den Frauen gelungen, dass sich die Kleinen in Zweierreihen vor dem Kindergarten aufstellten. Mit viel Gekicher hatten sich die Pärchen die Hand gegeben und warteten darauf, dass es nun endlich losging.

»Ich bin froh, wenn wir alle wieder gesund zu Hause sind«, stöhnte Magda Trost, die noch nicht lange als Erzieherin im Wurmlinger Kindergarten arbeitete.

»Das kannst du laut sagen. Die kleinen Teufel sind heute ziemlich aufgedreht. Aber es wird schon gut gehen, keine Sorge. Wir sind zu dritt, das sollte doch reichen, um die wilde Horde zu bändigen.« Sie gab ihrer Kollegin einen aufmunternden Klaps auf den Rücken.

Schließlich waren alle bereit und der *Hornissen*-Zug setzte sich in Bewegung. Zuerst ging es Richtung Festplatz. Aber so richtig vorwärts kam die Gruppe nicht.

»Der Leon hat mich gehauen.«

»Lena hat mich geschubst.«

»Paul will mich nicht an der Hand nehmen.«

Immer wieder mussten die Erzieherinnen kleine Streitigkeiten schlichten.

»Mensch, jetzt reißt euch doch einmal zusammen. So kommen wir ja nie vorwärts. Und wir wollen heute Mittag dort oben auf dem Berg unsere Würste grillen. Jetzt wartet einmal ab, gleich sind wir beim Festplatz und da gibt es das erste Suchspiel«, versuchte Magda Trost die Kleinen zu beruhigen. Mit wenig Erfolg, denn wieder schubsten sich ein paar Jungs hin und her. Einer von ihnen zog ein Mädchen an den Zöpfen, das sofort zu schreien anfing.

»Liebe deinen Nächsten«, kommentierte ihre Kollegin die kleinen Scharmützel unter den Kindern und verdrehte die Augen.

Die Gruppe zog weiter. Einige Minuten später hatte sie den Festplatz erreicht. Die Kinder stellten sich im Halbkreis um die Erzieherinnen auf.

»So, meine Lieben, jetzt gibt es das erste Spiel.«

Die Kinder schauten die drei Frauen gespannt an.

»Da oben seht ihr die Kapelle. Die ist schon uralt. Viel älter als ihr es seid. Als die gebaut wurde, wart ihr noch gar nicht auf der Welt.«

»Ich bin aber schon fast sechs«, mischte sich der kleine Tim ein.

»Ja, ich weiß, aber stell dir vor, die Kapelle ist sogar noch älter als ich«, ließ sich Magda Trost nicht aus der Ruhe bringen.

Alle lachten und Tim bekam einen roten Kopf. Schließlich schauten die Kinder nach oben. Magda Trost zeigte auf das Gotteshaus.

»Die erste Kapelle auf unserem Kapellenberg wurde schon 1050 in der Zeit von Papst Leo IX. als Grabkapelle des Stifters Graf Anselm von Calw gebaut. Der gotische Nachfolgebau brannte 1644 ab. Die bis heute erhalten gebliebene barocke Kapelle wurde 1685 eingeweiht.«

Magda Trost hatte den Text über das alte Bauwerk im Internet gefunden und auf einige Stichworte zusammengestrichen. Aber keines der Kinder hörte zu. Sie interessierten sich nicht für die Geschichte, sie warteten auf das erste Spiel.

»So, Bildungsauftrag erfüllt, jetzt wird gespielt«, meinte Magda Trost trocken.

Die Kinder fingen vor Freude zu kreischen an.

»Aber, bitte, nicht so laut. Das erste Spiel muss man sehr ruhig spielen.«

Die Kinder blickten enttäuscht ihre Erzieherin an.

»Also, hört mir zu. Die Kapelle dort oben gehört doch dem lieben Gott. Und der hat vor vielen, vielen Jahren seinen Sohn auf die Erde geschickt.«

»Die Geschichte habe ich schon in der Kinderkirche vom Pfarrer gehört«, meldete sich einer der Jungs.

»Schön, Leon, dann weißt du ja schon alles. Ich mache jetzt aber trotzdem weiter.«

»Ich kenne die Geschichte auch schon«, sagte Lea.

»Ich auch«, fügte ihre Freundin schnell hinzu.

»Jetzt wartet doch mal einen Augenblick, bis ich fertig bin. Also, Gottes Sohn, ich meine Jesus, der …«

»Kenn ich«, rief wieder Leo.

»Ich auch«, sagte Tim.

»Jesus hat alle Sünden der Menschen auf sich genommen, er wurde verraten, verurteilt und ans Kreuz genagelt. So. Und am …« Magda Trost redete sehr schnell und laut, dass die Kinder sie nicht wieder unterbrechen konnten. Sie kam aber nicht sehr weit.

»Das muss dem Jesus aber sehr wehgetan haben«, meldete sich der kleine Tim.

»Ja, bestimmt«, sagte Magdas Kollegin.

»Gut, ich geb's auf. Schaut mal in diese Richtung. Dort gibt es einen Weg, und der führt hinauf zur Kapelle.« Magda Trost zeigte nach Osten.

Die Kleinen rannten sofort los.

»Halt, Kinder, ihr wisst doch noch gar nicht, worum es geht. Und Luis komm bitte zurück zu uns.«

Luis rannte hüpfend zur Gruppe zurück, um sofort wieder seine Startposition einzunehmen. Auch die anderen waren kaum mehr zu halten.

»Also. Dort hinauf zur Wurmlinger Kapelle führt ein sogenannter Kreuzweg. Auf ihm findet ihr die einzelnen Stationen des Leidenswegs Christi, von der Verurteilung bis zur Kreuzigung. Sucht nun die erste Station, eine kleine Säule mit einem Bild, und sagt mir, was darauf zu sehen ist und was dort steht. Wer zuerst wieder bei mir ist, bekommt eine kleine Belohnung.«

Die Kinder schwärmten aus und rannten in der Gegend herum. Kaum einer hatte genau zugehört. Leon und Tim, die nicht sonderlich gut miteinander auskamen, fingen gleich wieder an, sich gegenseitig zu schubsen. Lea war gestolpert und auf den Asphalt gefallen und hatte sich die Knie aufgeschürft. Sie brüllte wie am Spieß.

»Das fängt ja gut an«, stöhnte Magda Trost.

Drei Kinder hatten allerdings genauer zugehört. Sie wollten sich gerne die Belohnung ergattern und rannten gemeinsam den Weg zur Kapelle hinauf. Sie schauten sich jeden Baum und Strauch genau an. Sie wussten, das vorgegebene Ziel konnte nicht weit sein.

Magdas Kollegin hatte das Trio kurz aus den Augen verloren. Sie ging ein paar Schritte Richtung Kreuzweg, weil sie sich Sorgen machte, dass die Kleinen sich verlaufen könnten. Magda Trost versuchte dagegen mit einer weiteren Kollegin, die anderen Kinder einzufangen und in die richtige Richtung zu lotsen. Zuerst mussten sie allerdings kleine Streitereien schlichten.

Als ihre andere Kollegin schon fast die erste Station des Kreuzwegs erreicht hatte, kamen ihr die Kinder atemlos entgegengerannt. Erst kurz vor ihr blieben sie stehen.

»Wir haben es gefunden, wir haben es gefunden.«

»Gut, dann erzählt mir mal, was ihr auf dem Bild gesehen habt?«

»Da sitzt ein Mann auf einem Stuhl und hält etwas in der Hand«, berichtete Jan-Noah aufgeregt.

»Und daneben steht der Jesus und sieht ganz traurig aus. Und gefesselt ist er auch«, fügte die kleine Laura hinzu.

»Und Jan-Noah, du kannst doch schon lesen. Was steht denn über dem Jesus.«

Der Kleine überlegte, so als ob er die Wörter, die er gesehen hatte, Buchstabe für Buchstabe zusammensetzte.

»Schuldlos verurteilt«, sagte er stolz, weil er den anderen zeigen konnte, wie gut er das Alphabet beherrschte.

»Und neben dem Bild vom Kreuzweg da hängt ein Mann im Baum. An einem Strick. Und der Mann sieht ganz komisch aus«, sagten nun alle drei fast gleichzeitig.

Das Wort »Gelandet«, das auf der Anzeigetafel aufleuchtete, und die kleinen, grün blinkenden Leuchten, signalisierten mir, dass es nicht mehr lange dauern konnte, bis Nelly wieder vor mir stand. Ich hatte zwei Tage intensiv an meiner Wohnung gearbeitet und sie wieder in den Zustand zurückversetzt, in dem sie gewesen war, als Nelly sie verlassen hatte, um zu ihren Eltern nach Irland zu fliegen. Nachdem aller Müll beseitigt und der Kühlschrank so voll wie schon lange nicht mehr war, hatte ich mich in mein Auto gesetzt und war zum Stuttgarter Flughafen gefahren. Es war wieder ein schöner Tag. Die Sonne schien, es war nicht zu heiß. Für den Nachmittag war allerdings ein Gewitter angesagt.

Ich stand nun vor dem Gate, aus dem die Reisenden herausströmten, deren Flugzeuge kurz zuvor gelandet waren. Und unter ihnen sollte bald auch Nelly sein. Ich lief ungeduldig vor dem Gate hin und her. Als sich wieder die Schiebetüren öffneten, konnte ich sehen, dass Nelly gerade ihre Koffer vom Förderband holte. Im gleichen Augenblick summte mein Handy. Ich zog es aus der Tasche und las auf dem Display den Namen von Annemarie Junginger. Weil ich mir die Rückkehr Nellys von niemandem verderben lassen wollte, drückte ich das Gespräch weg.

»Jetzt nicht«, murmelte ich leise vor mich hin.

Als sich die Schiebetüren wieder öffneten, erschien auch

schon Nelly. Sie steuerte mit einem strahlenden Lächeln direkt auf mich zu. Ihre Figur zeichnete sich unter dem kurzen, eng anliegendem Kleid verführerisch ab. Ihre rötlichen Haare tanzten bei jedem Schritt auf ihren Schultern und die Zahl ihrer Sommersprossen hatte sich, soweit ich erkennen konnte, nicht verringert. Meine Hormone meldeten sich, als Nelly in meinen Armen lag. Nach einer gefühlten Stunde löste ich mich widerwillig aus ihrer Umarmung und nahm ihr die Koffer ab.

»Willkommen zu Hause«, sagte ich, während es mir wegen der schweren Koffer ins Kreuz fuhr. Ich unterdrückte ein Stöhnen.

Nelly schaute mich vielsagend an.

»Es ist schön, wieder hier zu sein. Aber ob das wirklich mein Zuhause …?«

»Lass uns das heute Abend bei einem Glas Rotwein, romantischer Musik und schummriger Beleuchtung genauer besprechen.«

Nelly schaute mich immer noch an.

»Gerne«, sagte sie nur und lächelte. Umwerfend.

Ich stellte zur Freude meines Rückens die schweren Koffer wieder ab und drückte Nelly noch einmal an mich. Diesmal allerdings spürte ich nicht wieder meine Hormone, sondern mein Handy, das in meiner Hosentasche vibrierte.

»Bei dir vibriert etwas«, sagte Nelly und lachte.

»Ja, ich weiß«, sagte ich.

»Willst du nicht nachschauen, wer dran ist? Vielleicht ist es wichtig.«

»Nein.«

Nelly schaute mich weiter an.

»Na, gut.«

Widerwillig gab ich nach. Ich wollte mich von niemandem stören lassen. Aber Nelly hatte recht. Wenn es wieder Annemarie Junginger war, musste es wichtig sein.

Ich ließ Nelly los und verdrückte mich in eine Ecke, um in Ruhe telefonieren zu können.

Am Telefon war tatsächlich Annemarie Junginger. Sie wirkte sehr nervös.

»Ja, was gibt es?«, brummte ich ins Telefon und lächelte gleichzeitig Nelly an. Doch das Lächeln sollte mir schnell vergehen.

»Haben Sie die Neuigkeit schon gehört?«

»Welche Neuigkeit?«

»Man hat den alten Berkheimer gefunden.«

»Wie, gefunden?«

»Tot. An einem Baum. Er hat sich aufgehängt. Nicht weit von der Wurmlinger Kapelle.«

»Was? Das gibt es doch nicht. Woher wissen Sie das?«

»Meine Freundin Anja hat mich gerade angerufen. Der ganze Ort spricht darüber, das ist doch klar.«

»Mein Gott, das klingt gar nicht gut«, sagte ich nur. Meine Gesichtsfarbe wechselte von gesund zu ungesund.

»Nein, das ist gar nicht gut. Das verändert alles. Man wird uns die Schuld an Berkheimers Selbstmord geben. Wer wird uns jetzt noch glauben? Jetzt heißt es doch: Der arme Mann, in die Enge getrieben von zwei Frauen, die sich an ihm rächen wollen. Es soll auch ein Abschiedsbrief existieren, aber ich habe natürlich keine Ahnung, was darin steht. Vielleicht ist das mit dem Brief auch nur ein Gerücht. Ich werde jetzt erst einmal etwas auf Tauchstation gehen. Meinen Heimatort habe ich ja schon Hals über Kopf verlassen – verlassen müssen.«

»Wieso, was ist passiert?«

»Ein paar Leute sind vor dem Haus aufmarschiert, in dem ich gewohnt habe. Sie wollten mir wohl zeigen, dass man mich nicht mehr im Dorf haben will. Und das war noch vor dem Selbstmord Berkheimers. Meine Vermieterin haben sie zuvor völlig eingeschüchtert. Ich wollte ihr keine Scherereien mehr bereiten. Ich hätte mir zwar etwas mehr

Zivilcourage gewünscht, aber sie muss ja mit den Leuten im Ort auskommen. Am liebsten würde ich wieder zurück in die Staaten. Lieber heute als morgen, aber die Polizei lässt mich derzeit nicht. Ich will gar nicht wissen, was da jetzt auf uns zukommt?«

»Wo sind Sie jetzt?«, fragte ich.

»In einem Hotel in Rottenburg.«

Es entstand eine kurze Pause.

»Ich habe Angst um meine Freundin Gaby. Man wird ihr sicher heftig zusetzen. Ich habe schon versucht, sie zu erreichen, aber sie geht nicht ans Telefon. Langsam kommen mir Zweifel, ob das richtig war, was wir gemacht haben.«

Am anderen Ende der Leitung war es lange still.

»Sind Sie noch da?«

»Ja, sicher. Ich denke, Sie sollten vielleicht auch lieber einen Bogen um den Ort machen. Auf der Beliebtheitsskala stehen Sie sicher nicht gerade ganz oben. Wenn Sie dort auftauchen, könnte es ungemütlich für Sie werden. Ich weiß, die Leute kennen keinen Spaß, wenn es um die Ehre des Dorfes und die der Berkheimer geht. Das werden Sie noch erleben.« Annemarie Junginger lachte bitter.

»Ich sollte eigentlich für meine Zeitung auf die Bürgerversammlung, die wird wohl jetzt ausfallen.«

»Von wegen. Wie ich von Anja gehört habe, wird sie nur um ein paar Tage verschoben. Die Berkheimers werden die Versammlung sicher nutzen, um ihren Namen reinzuwaschen und uns als Täter hinzustellen.«

Es drehte sich alles in meinem Kopf. Berkheimers Selbstmord spitzte die Situation völlig zu. Annemarie Junginger hatte recht, es konnte jetzt wirklich sehr unangenehm für mich werden.

»Der alte Berkheimer ist so ein feiger Hund. Stiehlt sich lieber einfach davon, als sich der Verantwortung zu stellen. Ich glaube, es wird Zeit, dass ich mir einen Anwalt nehme.

Können Sie mir jemanden empfehlen?«, fragte Annemarie Junginger.

Ich überlegte kurz, dann nannte ich ihr eine Reihe von Namen, die ich von meinen Terminen im Landgericht her kannte.

»Ich denke, wir sollten uns so bald wie möglich treffen«, schlug ich vor.

»Ja, das denke ich auch. Und Gaby sollte auch dabei sein. Ich hoffe, sie meldet sich bald bei mir. Ich versuche es nachher noch einmal bei ihr.«

Nachdem Annemarie Junginger aufgelegt hatte, setzte ich mich auf einen Stuhl im Wartebereich des Gates. Die Nachricht musste ich erst einmal verdauen. Nelly kam auf mich zu. Sie legte mir ihre Hand auf die Schulter.

»Was ist denn los? Du siehst gar nicht gut aus. Gibt es Ärger?«

Ich nickte und erzählte ihr, was passiert war.

Als Nächstes rief ich Micha Becker an. Die Neuigkeit war auch schon zu ihm durchgedrungen. Offizielle Statements der Polizei gab es aber noch nicht. Er versuchte, mich zu beruhigen.

»Wir machen das schon. Nachher sprechen wir mit der Chefredaktion darüber, wie wir weiter vorgehen. Wir werden sicher über Berkheimers Selbstmord berichten, aber das erledige ich dann von hier aus. Wir werden nun jeden weiteren Artikel immer vorher mit der Chefredaktion und unserer Rechtsabteilung abstimmen müssen«, vermutete er.

»Was wird aus der Bürgerversammlung?«

»Die ist verschoben.«

»Ich weiß. Berichten wir darüber?«

»Na, klar. Wenn wir jetzt kneifen, würden wir sehr blöd dastehen.«

»Aber wer geht da hin?«

»Du, natürlich, wie besprochen. Du bist am nächsten an der Geschichte dran. Ich ziehe die Fäden im Hintergrund. Es ist besser, es ist jemand hier in der Redaktion, der die neusten Entwicklungen im Haus gleich erfährt und dann sofort reagieren kann.«

»Bist du sicher, dass das eine gute Idee ist, wenn ich zur Bürgerversammlung gehe?«

»Wir haben niemand anderen, der besser darüber berichten könnte. Keine Angst, wir sind ein gutes Team, wir haben doch zusammen schon manches Ding gedreht. Sicher ist es besser, wenn du dich dort im Hintergrund hältst, aber ich denke, bis zur Versammlung haben sich die Gemüter wieder etwas beruhigt. Wir müssen wissen, was in den Leuten vorgeht. Auf welcher Seite sie stehen. Das ist wichtig. Und, jetzt, reiß dich mal zusammen. Was wir getan haben, war okay. Wir haben eine alte, ekelhafte Geschichte aufgedeckt. Ich weiß genau, wo hier die Guten und wo die Schlechten sitzen. Dass Berkheimer sich so aus der Verantwortung gestohlen hat, ist seine Entscheidung. Er ist ganz alleine dafür verantwortlich, nicht wir.«

Ich seufzte laut.

»Nur Mut, Luka. Ruf doch mal deinen Kontakt bei der Staatsanwaltschaft an. Vielleicht erfährst du mehr darüber, wie die dort jetzt vorgehen. Das wird eine ganz spannende Sache, sag ich dir. Du wirst sicher für den deutschen Journalistenpreis nominiert.«

Da war ich mir nicht so sicher. Seinen Optimismus teilte ich jedenfalls nicht. Es konnte mich schneller meinen Job kosten, als ich auf drei zählen konnte. Berkheimer war eine wichtige Persönlichkeit in der Region und er zählte natürlich zu den besten Anzeigenkunden unseres Blatts. Der

Verlag wäre sicher nicht gerade erfreut darüber, wenn das Anzeigenvolumen weiter zurückging.

Ich hatte den beiden Frauen vollkommen vertraut. Ich musste mich nun darauf verlassen, dass sie wirklich die Wahrheit gesagt hatten. Die wichtige Frage war nun: Hielt die Geschichte dem ganzen Druck stand, der sich nun aufbauen würde? Wenn die Berkheimers weiter alles abstreiten, so wie es aus der ersten Erklärung des Anwalts herauszulesen war, dann hieß es Aussage gegen Aussage. Und wenn man ihnen nichts nachweisen konnte, was passierte dann? Aber diese Gedanken kamen zu spät. Ich steckte mitten in dieser Sache drin, die ich mit meinem Artikel losgetreten hatte.

Mit blieb nicht viel Zeit. Ich musste weiter recherchieren, mit Annemarie Junginger und ihrer Freundin sprechen, mir die Berkheimer-Werke genauer anschauen und vielleicht noch irgendeinen Informanten im Dorf auftreiben. Ich brauchte mehr Hintergrundmaterial, das war meine einzige Chance, die Story der beiden Frauen zu stärken und mich aus der Schusslinie zu nehmen.

Ich nahm meine Umgebung und damit Nelly gar nicht mehr so richtig wahr. Ich zog mein Smartphone aus der Tasche und rief Gramer an. Doch es meldete sich nur die Mailbox. Wahrscheinlich war der Oberstaatsanwalt wieder in einer Verhandlung. Ich hinterließ die Nachricht, dass Gramer mich so schnell wie möglich anrufen sollte. Nelly schüttelte mich sanft.

»Sicher ist das alles sehr wichtig, Luka. Aber lass uns doch erst einmal nach Hause fahren. Dort kannst du weiter telefonieren. Ich möchte nicht den ganzen Tag auf dem Stuttgarter Flughafen verbringen«, meldete sie sich zu Wort.

Ich blickte schuldbewusst auf.

»Ja, sicher, tut mir leid.«

Ich sah mich um. Menschen hetzten durch die Gänge

oder starrten gebannt auf die Anzeigetafeln, um zu sehen, ob der Flug, den sie erwarteten, Verspätung hatte. Vor dem Gate staute sich wieder eine Menschenmenge. Der nächste Flieger war gerade gelandet, alle standen aufgeregt vor dem Gate. Man spürte deutlich die Vorfreude der Wartenden. Der Geruch von Kaffee stieg mir in die Nase, der sich mit dem eher unangenehmen Duft eines Schnellimbisses vermischte. Eine Lautsprecherdurchsage, die irgendwelche Passagiere für irgendein Flugzeug aufrief, füllte das Gebäude. Nelly hatte recht. Es war nicht sehr gemütlich hier. Und Gramer konnte ich auch von Zuhause anrufen.

»Komm, lass uns gehen«, sagte ich zu Nelly, die mich immer noch aus ihrem Sommersprossengesicht heraus anlächelte. Sie konnte offenbar nichts so schnell erschüttern. Sonnenlicht fiel auf ihre seidig glänzenden Haare. Sie sah umwerfend aus.

Ich nahm ihre Koffer und im gleichen Moment fuhr es mir wieder in den Rücken. Ich stöhnte auf.

»Luka, die Koffer haben zwei Griffe, die man ausfahren kann. Die nimmt man dann in die Hand und zieht die Koffer, die Rollen haben, hinter sich her. Ist einfacher so. Du musst sie nicht tragen. Ich glaube dir auch so, dass du jede Menge Muskeln hast. Alles klar?«

Nelly lachte. Ich schaute die beiden schweren Koffer an, die ich in Händen hielt. Ich setzte sie sofort ab und folgte Nellys Anweisungen.

»Alles klar«, sagte ich nur. Während sie mir von Irland erzählte, rollten wir dem Ausgang zu. Mit Nelly an meiner Seite stieg meine Stimmung rasch an. Hätte ich allerdings gewusst, welche Überraschungen mich in den kommenden Tagen noch erwarten würden, wären mir Nelly und die Sonne vielleicht nicht so strahlend erschienen.

Aber nicht, dass du dich aus dem Staub machst.« Oskar Gnatz lehnte sich auf seinem Stuhl gemütlich zurück und zeigte seinem Gegenüber ein breites Grinsen.

Gabriel Maute verdrehte die Augen.

»Sicher nicht, Ossi. Meinst du, ich will noch länger sitzen. Die drei Jahre reichen mir. Ich will raus aus dem Knast, und zwar so bald wie möglich.«

»Das kann ich verstehen, Alter. Ja, ja, ab in die Freiheit.« Gnatz seufzte tief. »Du hast es gut, du kannst gehen, wohin du willst. Aber was ist mit mir? Ich muss hinter Mauern bleiben, ich hab lebenslänglich.«

Gnatz lachte laut, wie er am liebsten immer über seine eigenen Witze lachte. Seit über zehn Jahren war er Justizvollzugsbeamter in der Strafanstalt. Er liebte seinen Job nicht besonders, aber er hatte sich mit ihm arrangiert. Jemand muss es ja machen, sagte er sich immer. Manche seiner Freunde machten sich lustig über ihn, nannten ihn einfach »den Schließer«. Das Wort gefiel Gnatz nicht sonderlich. Aber er ließ sich nichts anmerken. Sollten sie doch über ihn reden, diese Schwachköpfe. Ihnen ging es als Mechaniker oder Fließbandarbeiter auch nicht besser.

Und was wollten sie denn? Er hatte einen sicheren Beruf, denn Knastis gab es immer. Eine Welt ohne Verbrecher wäre schön, aber wohl wenig realistisch. Und jeden Monat hatte er sein Gehalt auf dem Konto, so sicher, wie das Amen in der Kirche oder das abendliche Schließen der Zellen. Gut, es war kein üppiges Gehalt, große Sprünge konnte man damit nicht machen, aber es reichte zum Leben.

»Jetzt komm, gib nicht so an. Du kannst doch jeden Abend pünktlich nach Hause, ich nicht. Ich muss in die Zelle. Tür zu, Licht aus, eingesperrt in vier Wänden. Was glaubst du, wie mir das auf den Geist geht.«

»Vergiss nicht, ich bin verheiratet, ich kann dir sagen, das ist wie im Gefängnis. Mein Aufpasser und meine Zelle warten jeden Abend zu Hause auf mich.«

»Ach Gott, wie schrecklich. Was ist? Hast du eine Domina zu Hause? Mit Leder, Lack und Peitsche?« Er machte eine eindeutige Handbewegung.

»Mann, Alter, hast du eine versaute Fantasie. Das kommt wohl von den einsamen Nächten in der Zelle. Nein, keine Domina mit Peitsche, aber eine, die mich mit ihrem Gesundheitsfraß nervt.«

»Da gibt es aber Leute, die sind schlechter dran, Ossi. Du kommst müde nach Hause und hast sicher sofort das Essen auf dem Tisch. Ein kühles Bier dazu, das ist doch nicht schlecht.«

»Hast du eine Ahnung. Mit Bier wird das auch nicht besser. Ich sag dir, sie ist gerade auf dem Gemüse-Trip. Jeden Abend Brokkoli oder irgend so was Grünes. Und Salat, bis er dir zu den Ohren rauskommt. Das sieht alles immer gleich aus und schmeckt zum Kotzen. Ich bin doch keine Kuh. Ich will was Richtiges zum Beißen, ein ordentliches Steak oder so was.«

»Na, so schlimm wird's schon nicht sein.«

»Hast du eine Ahnung, ich hab so was von Kohldampf, ich könnt jetzt ein halbes Schwein verdrücken«, brummte Gnatz und schüttelte mit dem Kopf.

»Hör auf zu jammern. Man könnte ja meinen, du wärst der Knasti.«

Nach einer kurzen Pause fragte Maute: »Was ist? Kann ich jetzt endlich gehen? Es ist dringend.«

»Ja, mach schon. Die Toilette ist dort unten, immer den Gang entlang, auf der rechten Seite. Beeil dich. Ich muss dich wieder zurückbringen. Die Zelle wartet. Es wird höchste Zeit, wir sind schon spät dran.«

Gnatz hatte schon öfters Häftlinge beim Behördengang begleitet. Es war nicht seine erste »Ausführung«, wie das im Justizdeutsch hieß. Die Leute, die er »ausgeführt« hatte, waren bisher immer recht zuverlässig gewesen. Keiner hatte versucht, sich abzusetzen. Und auch Maute vertraute er. Wo sollte er auch hin? Noch ein paar Monate im Knast, den Rest dann zur Bewährung ausgesetzt, das würde er doch sicher nicht aufs Spiel setzen. So dumm war der nicht. Gabriel Maute hielt sich den Bauch und stöhnte.

»Das Essen heute Mittag ist mir gar nicht bekommen. Alles muss raus«, sagte er in Anlehnung an einen Werbeslogan, »das kann aber schon zwei, drei Minuten dauern. Werd also nicht ungeduldig.«

»Jetzt mach schon hinne. Aber komm auf keine dummen Gedanken«, sagte Gnatz unwirsch.

»Kannst ja zur Kontrolle mitkommen und mir meinen …«

»Komm hau ab, ich bin doch nicht pervers.«

Maute stand lachend auf und ging Richtung Toiletten.

»Okay. Dann halt nicht. Bin gleich zurück.«

Gnatz nickte mit dem Kopf. Sein Blick folgte Maute, wie er den Gang hinunterlief und dann rechts in der Tür verschwand.

Gnatz lehnte sich wieder zurück und sah sich um. Die Behördengebäude waren alle gleich, dachte Gnatz. Rechteckige Kästen, endlose, kahle Gänge, mit irgendwelchen Plakaten an den Wänden, die niemand beachtete. Dazwischen ein verstaubtes Gemälde, das Kunst darstellen sollte, das aber nur da hing, weil der Staat damals noch etwas Geld übrig hatte und das Bild sicher niemand anderes hatte kaufen wollen.

Vielleicht verdeckt es auch nur ein Loch in der Wand, dachte Gnatz und lächelte. Die Wände im Gang waren reichlich angegraut, sie hatten sicher schon lange keine Farbe mehr gesehen. Und die Luft roch abgestanden.

Jemand könnte mal die Fenster öffnen, murmelte Gnatz. Aber wahrscheinlich ging das gar nicht mehr. Die Fenster waren alt und so verzogen, dass man sie schon mit aller Kraft aus dem Rahmen reißen musste, um sie öffnen zu können.

Gnatz stand auf und streckte sich. Seine Schultern schmerzten. Sport würde sicherlich helfen, aber wenn er abends nach Hause kam, war er zu müde. Dann hatte er keine Lust mehr, zu trainieren, dann war nur noch ausgedehntes Couching vor dem Fernseher angesagt.

Er schaute auf die Uhr. Noch eine Stunde, dann war Feierabend. Hoffentlich beeilte sich Maute. Gnatz musste noch einiges an Papierkram für die Anstalt erledigen und er hatte keine Lust, auch nur eine Minute länger in der JVA zu verbringen als notwendig.

Gnatz ging ein paar Schritte den Gang entlang. Er lehnte seinen Kopf an die Scheibe und schaute nach draußen. Wolken hatten sich vor die Sonne geschoben. Hoffentlich gab es nicht wieder Regen. Er wollte nicht, dass die sonnigen Tage schon vorbei waren. Die Sonne hellte auch das triste Leben in der Justizvollzugsanstalt auf. Langsam wurde er unruhig. Wo blieb Maute? Vielleicht sollte er doch mal nach ihm sehen. Er blieb etwas zu lange weg.

Seine Schritte wurden immer schneller, als er den Gang entlang Richtung Männertoiletten lief. Vor der Tür blieb Gnatz stehen, zögerte kurz, die Klinke nach unten zu drücken. Er sah sich nervös nach allen Seiten um. Kein Mensch war zu sehen, alles war ruhig, es schien, als sei niemand mehr im Gebäude. Gnatz wartete noch eine Sekunde, starrte dabei auf das schmutzige Männer-Symbol, das direkt vor seinen Augen hing, und drückte schließlich die Tür auf.

Er befand sich in einem weiß gekachelten Vorraum, in dem es links zwei Waschbecken gab. Zwischen ihnen stand ein großer Korb, der voll mit gebrauchten Papierhandtüchern war. An den beiden Becken hielt sich niemand auf. Geradeaus ging es weiter in den Raum mit den Pissoirs und den Kabinen. Dort war kein Mensch zu sehen, wie auch kein Geräusch zu hören war. Verdammt, wo steckte Maute?

»Maute, du Sack, wo bist du? Mach keinen Blödsinn«, schrie Gnatz verzweifelt.

Er lief die einzelnen Kabinen ab, die alle geschlossen waren. Er riss eine Tür nach der anderen auf, stürmte jedes Mal einen Schritt in die Kabine. Bei der Letzten war es ein Schritt zu viel. Die Tür federte heftig zurück. Noch ehe er schützend seine Hände nach oben reißen konnte, knallte die Tür mit voller Wucht gegen seinen Kopf. Sie traf ihn genau an der Schläfe.

Erst wurde es ganz hell vor seinen Augen, dann stockdunkel. Gnatz sackte bewusstlos zu Boden.

Je näher der Tag der Bürgerversammlung rückte, desto unruhiger wurde ich. Das spürte auch Nelly.

»Mach dir keine Sorgen, es wird schon gut gehen«, versuchte sie mich zu beruhigen. Der Satz kam mir bekannt vor. Ich hatte ihn schon oft von ihr gehört, und meist hatte sie recht behalten, aber eben nicht immer.

Nach Nellys Rückkehr hatte ich die Berkheimer-Geschichte für kurze Zeit in den Hintergrund gerückt. Ich brauchte die Ruhe vor dem Sturm, der unweigerlich am Horizont aufzuziehen drohte.

Micha Becker hatte einen einfühlsamen, kurzen Artikel über den Suizid Berkheimers geschrieben. Auch seine Ankündigung für die Bürgerversammlung war sehr vorsichtig verfasst. Ich hoffte, dass sich damit die Gemüter etwas beruhigt hatten. Gramer hatte ich trotz mehrerer Versuche immer noch nicht erreicht. Auch Annemarie Junginger hielt ihr Versprechen nicht ein, mich anzurufen. Ich wollte aber mit beiden unbedingt noch vor der Bürgerversammlung reden. Doch bald sollte mich noch eine andere Geschichte beschäftigen.

Nelly kam gerade aus dem Badezimmer, als das Telefon

klingelte. Um ihre Haare hatte sie ein Handtuch gewickelt. Sonst trug sie nichts als das Sonnenlicht auf dem Körper, das durch die Fenster herein strömte und sich schmeichelnd auf sie legte.

»Was ist?«, fragte Nelly, lächelte mich an und schlenderte weiter ins Schlafzimmer.

Ich geriet in einen schweren, inneren Konflikt: Telefon oder Nelly?

Gerade als ich mich entschieden hatte und auf dem Weg ins Schlafzimmer war, rief Nelly: »Gehst du bitte ans Telefon, vielleicht ist es meine Mutter. Ich habe ihr auch deine Telefonnummer gegeben.«

Verdammt! Ich erreichte das Telefon gerade noch rechtzeitig. Aber am anderen Ende der Leitung waren weder Nellys Mutter, Oberstaatsanwalt Gramer noch Annemarie Junginger, sondern zu meiner Überraschung Hauptkommissar Hemmerle vom Morddezernat der Kriminalpolizei. Mit ihm hatte ich überhaupt nicht gerechnet, aber vielleicht arbeitete er in der Berkheimer-Sache mit Gramer zusammen. Vielleicht gab es neue Erkenntnisse. Aber deshalb würde er mich sicher nicht anrufen.

»Störe ich Sie gerade?«, fragte Hemmerle.

Er störte, aber das konnte ich ihm ja nicht sagen, deshalb verneinte ich seine Frage.

»Gut. Das freut mich. Wie geht es Ihnen?«

»Sehr gut.«

»Schön. Und Ihrer Freundin?«

»Auch gut.«

»Ist sie nicht mehr in Irland?«

»Nein. Sie ist wieder zurück.«

»Schön für sie.«

»Ja.«

»Gut.«

Wir bewegten uns recht einsilbig voran. Ich spürte deutlich, dass Hemmerle mir etwas mitteilen wollte, was ihm aber offenbar nicht leicht fiel. Wenn wir uns in der Vergangenheit getroffen hatten, war es meist um eine Leiche gegangen, die man irgendwo gefunden hatte. Vielleicht ging es ja jetzt wirklich um Berkheimer. Ich wartete gespannt darauf, was er von mir wollte.

Es entstand eine kurze Pause. Darauf versuchte ich einen Neuanfang.

»Warum rufen Sie mich an, Herr Hemmerle? Sie wollten sich doch sicher nicht nur nach meiner Gesundheit erkundigen.«

»Nein, da haben Sie recht.«

»Also, worum geht es?«

»Gut, es ist vor Kurzem, genauer vorgestern, etwas passiert, und wir wissen nicht so recht, was wir davon halten sollen.«

»Interessant. Sie meinen sicher die Berkheimer-Geschichte.«

»Nein, die meine ich nicht.«

Ich war überrascht. Es ging nicht um Berkheimer? Um wen sonst? Ich versuchte meine Unsicherheit etwas zu überspielen.

»Ein anderer Fall? Wie soll ich das verstehen? Die Polizei tappt wieder mal im Dunkeln. Und ruft deshalb bei einem Journalisten an, weil sie dringend seine Hilfe bei der Aufklärung des Falles braucht?«

Hemmerle lachte spitz.

»Nein, sicher nicht, nicht von Ihnen. Es ist womöglich eher umgekehrt. Sie brauchen unsere Hilfe. Aber wie gesagt, wir wissen noch nicht, wie wir mit der Geschichte umgehen sollen.«

»Mit welcher Geschichte? Es wäre nett, wenn Sie etwas konkreter würden.«

Wieder entstand eine kurze Pause.

»Tja, wie soll ich es ausdrücken, ohne Sie zu beunruhigen? Es könnte sein, dass Sie in Gefahr sind.«

Dieser Versuch war fehlgeschlagen. Ich war beunruhigt und schluckte schwer.

»Wie meinen Sie das? Geht es doch um die Berkheimer-Geschichte?«

»Nein, nein. Das habe ich doch gesagt. Nicht direkt. Aber vielleicht hat es entfernt damit zu tun. Ich weiß es nicht, noch nicht.«

Hemmerle sprach in Rätseln, die ich noch nicht lösen konnte.

»Meine Kollegen in Rottenburg haben mich auf eine komische Sache aufmerksam gemacht…«

Der Kommissar brach ab.

Ich wartete wortlos, bis er endlich fortfuhr.

»Bei unseren weiteren Ermittlungen in dieser Sache sind wir auf Sie gestoßen.«

»Auf mich? Wie meinen Sie das? Um was geht es denn? Muss ich mir doch Sorgen machen?«

»Nein, nein. Wir haben alles im Griff, und wir passen auf Sie auf«, meinte Hemmerle trocken.

Beruhigend klang das nicht.

»Wenn Sie so etwas sagen, dann muss ich mir erst recht Sorgen machen. Was ist passiert?«

»Wir besprechen das besser nicht am Telefon. Kommen Sie doch übermorgen bei mir vorbei. Sie wissen ja, wo Sie mich finden.«

Das hörte sich nicht gut an, gar nicht gut. Und nahm mir auch die Lust für einen sofortigen Ortswechsel ins Schlafzimmer. Außerdem war ich zu spät. Nelly hatte schon das Handtuch gegen ein Kleid eingetauscht, das bei näherem Hinsehen aber nicht wesentlich größer als das Handtuch war.

Was? Ich soll das Kindermädchen spielen? Nur weil irgend so ein Typ sich aus dem Staub gemacht hat?«

Makeda Nuru war merklich aufgebracht. Hemmerle dagegen zeigte sich nicht sonderlich überrascht vom Gefühlsausbruch seiner Kollegin. Er war es gewohnt, dass die junge Polizistin kein Blatt vor den Mund nahm. Es freute ihn, dass sie so direkt war und in ihrem Job aufging. Während ihrer Ausbildung hatte sie immer zu den Besten gezählt, sie war eine gute Polizistin. Allerdings musste sie noch lernen, ihr Temperament zu zügeln.

»Kindermädchen würde ich es nicht nennen.«

»Wie denn?«

»Sie sollen sich nur um einen Mann kümmern, der leicht in Schwierigkeiten gerät, weil er seine lange Nase immer in Dinge steckt, die ihn nichts angehen. Man könnte sagen, er zieht den Schlamassel förmlich an.

»Kann er nicht auf sich selber aufpassen.«

»Nein, kann er nicht. Jedenfalls ist ihm das noch nie gelungen.« Hemmerle schmunzelte.

»Und in diesem Fall kann er es auch gar nicht, weil er noch gar nicht weiß, was ihm blühen könnte. Ich weiß es ja selbst noch nicht.«

»Also, noch mal. Beim Freigang ...«

»Beim begleiteten Ausgang«, verbesserte Hemmerle die Polizistin.

»Beim begleiteten Ausgang hat sich ein Knastbruder abgesetzt. Und der könnte ...«

»Bitte setzen Sie sich doch. Sie machen mich ganz nervös, wenn Sie so vor mir herumtanzen«, unterbrach Hemmerle seine Kollegin erneut. Den Kommissar machte noch etwas anderes nervös. Die Deutsch-Äthiopierin sah mit ihren langen dunklen Haaren, die sie beim Dienst meist zu einem Zopf zusammengeflochten hatte, und den glänzenden braunen Augen verdammt gut aus. Und ihre Figur war einwandfrei, auch wenn man das bei den unförmigen, blauen

Polizeiuniformen oft nicht sonderlich gut erkennen konnte. Makeda Nuru setzte sich widerwillig auf den Stuhl vor Hemmerles Schreibtisch.

»So besser?«

»Ja, viel besser.« Hemmerle betrachtete die dunkelhäutige Polizistin. Er war froh, dass sie in seinem Team war. Mit ihr konnte er zeigen, dass seine Polizei weltoffen war und keine Ressentiments gegen irgendwelche Hautfarben hatte. Allerdings fiel das bei Makeda auch leicht.

»Dieser Typ, wie heißt er doch gleich?«

»Maute, Gabriel Maute.«

»Dieser Maute, der könnte für uns gefährlich werden?«

»Für uns wahrscheinlich nicht, aber für Herrn Blum, für den Sie das Kindermädchen spielen sollen. Jetzt sag ich das auch schon.«

Makeda Nuru griente.

»Und Blum und Maute, wie gehören die zusammen?«

»Gar nicht. Die haben sich noch nie gesehen. Und wir wollen, wenn irgendwie möglich, auch verhindern, dass sie sich begegnen. Maute ist ein etwas schwieriger Mensch. Was kann ich über ihn sagen? Das Übliche: Schwere Kindheit, früh auffällig, hat als Jugendlicher schon Drogen konsumiert. Leicht beeinflussbar, macht gerne, was andere Leute sagen, wenn etwas für ihn dabei herausspringt. Und hat keine Probleme, auch mal zuzulangen, wenn's ihm aufgetragen wird. War ein paar Mal wegen Körperverletzungsdelikten angeklagt. Wir haben ihn vor seiner letzten Verhaftung auch vermehrt im Umfeld unserer Rocker hier gesehen.«

»Und wieso will er was von Blum, wenn er ihn doch gar nicht kennt?«

»Es geht um den Mann, der wahrscheinlich hinter Maute und der ganzen Ausbruchsaktion steht.«

»Und das ist?«

»Ein Mann namens Bender. Der Bruder eines ehemaligen Reutlinger Rennfahrers. Vor Jahren hat er uns ganz schön auf Trab gehalten. Er hatte einen brutalen Rachefeldzug gegen Blum gestartet. Es ging um eine Artikelserie, in der sein Rennfahrer-Bruder schlecht weggekommen war. Ich kann nicht ausschließen, dass dieser Feldzug noch nicht zu Ende ist, auch wenn er gegenwärtig im Knast ist. Es gibt Hinweise, dass er Blum immer noch im Visier hat. Nun, selbst kann er nicht viel unternehmen. Er sitzt im Rollstuhl. Das ist bei seiner Festnahme passiert. Er hatte damals Blum und dessen Freundin entführt. Wir mussten alles riskieren, um die beiden aus Benders Gewalt zu befreien. Dabei wurde er schwer verletzt, was er sich selbst zuzuschreiben hat. Die Ärzte konnten zwar sein Leben retten, aber die Lähmung seiner Beine nicht verhindern. Makeda Nuru hörte interessiert zu.

»Aber ich möchte nicht so sehr ins Detail gehen. Nur so viel: Bender und Maute haben sich im Knast kennen gelernt. Sind wohl gute Freunde geworden. Nach der Flucht Mautes hat man in seiner Zelle, in der Matratze versteckt, Zeitungsartikel von Blum gefunden, alte und neue. Auch einen Artikel über die Geschichte mit dieser Amerikanerin, die behauptet in ihrer Kindheit über Jahre hinweg missbraucht worden zu sein. Und einen über den Selbstmord dieses Fabrikanten Berkheimer. Sie wissen, wovon ich rede?«

Makeda Nuru nickte.

»Am Rande der Zeitungsartikel haben wir ein paar handschriftliche Notizen gefunden. Sie sind nicht zu entziffern. Die stammen sehr wahrscheinlich von Bender, auch wenn er dazu nichts sagen will.«

»Sie meinen, er könnte Maute aufgehetzt haben, auf Blum loszugehen? Wegen dieser alten Geschichte?«, fragte die Polizistin.

»Könnte sein. Könnte aber auch nicht sein. Vielleicht höre ich nur die Flöhe husten. Aber ich hasse den Satz:

Hinterher ist man immer schlauer. Alle weiteren Details über Maute und Bender können Sie hier den beiden Akten entnehmen. Und schauen Sie sich die Fotos von Maute an. Damit Sie ihn erkennen, wenn er Ihnen begegnet.«

»Und was soll ich tun, wenn er mir über den Weg läuft?«

»Die Kollegen holen. Könnte gut sein, dass Maute bewaffnet ist und sich nicht so einfach festnehmen lässt. Warten Sie, bis Sie genügend Leute beisammen haben, um ihn sicher schließen zu können. Bitte unternehmen Sie keinen Alleingang. Ich will, dass in dieser Sache niemandem etwas passiert.«

»Alles klar. Und wo soll ich anfangen?«

»Das ist eine Frage, die ich leicht beantworten kann. Gehen Sie morgen zu der Bürgerversammlung in diesem Berkheimer-Dorf. Aber bitte in Zivil. Dort treffen Sie sicher einige Ihrer Kollegen. Die werden sich in erster Linie aber um die Veranstaltung und nicht um Blum kümmern.«

Am nächsten Tag setzte ich mich mit einem mulmigen Gefühl in mein Auto. Nelly hatte, trotz meiner Einwände, darauf bestanden mit zur Bürgerversammlung zu kommen. Was ich auch versuchte, ich konnte es ihr nicht ausreden.

Wir krochen mit Tempo 30 schweigsam durch Tübingen, die Stille war kaum zu ertragen. Über Poltringen und Reusten erreichten wir eine gute halbe Stunde später das Berkheimer-Dorf. Es war nicht schwer zum Veranstaltungsort, dem katholischen Gemeindezentrum, zu finden. Es schien, als ob das ganze Dorf auf den Beinen war. Niemand wollte sich das große Ereignis entgehen lassen. Ich machte mir deshalb Hoffnungen, in der Masse unerkannt untertauchen zu können. Vielleicht würde niemand den unscheinbaren Journalisten in der Ecke beachten. Doch ich sollte mich täuschen.

Da die meisten Leute in dem kleinen Dorf zu Fuß unterwegs waren, fand ich recht nahe am Gemeindezentrum einen Parkplatz. Als ich aus meinem Auto ausstieg, kam Kostas Papastathopoulos, der Fotograf des Lokalblatts, den alle wegen seines unaussprechlichen Nachnamens nur Kosta nannten, sofort auf mich zugerannt. Er trug immer eine beige Weste mit unzähligen Taschen, in denen seine Objektive und Linsen steckten. Vor seinen Bauch hielt er eine Kamera mit Teleobjektiv.

»Luka, ich sag dir, da drinnen ist schon der Teufel los. Die Leute reißen sich um jeden freien Platz. Ich bin kaum durch die Menge gekommen. Die Stimmung ist ziemlich aufgeheizt, dabei hat es noch gar nicht angefangen«, sagte er und deutete in Richtung Gemeindezentrum.

»Das klingt nicht gut. Ich glaube, ich versuche, mich etwas im Hintergrund zu halten«, antwortete ich.

Kosta grinste.

»Wird wohl besser sein, mein Freund. Wird kein Zuckerschlecken, aber macht Spaß. Endlich ist in diesem faden Kaff mal was los. Misch dich doch unter die Kollegen. Sind viele Fotografen und Journalisten da. Deine Geschichte hat für viel Wirbel gesorgt. Respekt.«

Ich lächelte gequält.

»Ja, ich weiß.«

Kosta klopfte mir aufmunternd auf die Schulter.

»Auf, nur Mut, komm, mein Freund, stürzen wir uns ins Getümmel.«

»Geh schon vor, ich komme gleich nach«, sagte ich und wandte mich Nelly zu.

Ich einigte mich mit ihr darauf, dass sie vorerst im Wagen bleiben sollte. Ich atmete tief durch und lief zum Gemeindehaus. Vorsichtig schaute ich mich nach allen Seiten um. Keines der Gesichter um mich herum kam mir bekannt vor.

In einer Seitenstraße entdeckte ich zwei Polizeifahrzeuge. Ich war etwas erleichtert. Hilfe war also in der Nähe, wenn sie mir an den Kragen wollten.

Ich schlug Selbigen erst einmal hoch und tauchte in die Masse ein, die zum Gemeindehaus strömte. Niemand schenkte mir größere Beachtung, alle waren mit ihren Gedanken bereits bei der Versammlung.

Ich drückte mich durch die Eingangstür des katholischen Gemeindehauses. Im Vorraum waren Bilder der Dorfkirche, die aus allen Richtungen fotografiert worden war, ausgestellt. Sie erinnerten an die umfangreiche Sanierung des Gebäudes, die Berkheimer großzügig unterstützt hatte.

Über dem Eingang zum Saal hing ein großes Kruzifix. Viel weiter kam ich nicht. Der Saal war proppenvoll und immer noch versuchten Leute, in den nicht allzu großen Raum zu drängen. Alle Sitzplätze waren, soweit ich sehen konnte, belegt. Auch am Rand gab es kaum noch einen Stehplatz. Ich stellte mich zu einer Gruppe von Leuten, die in eine heftige Diskussion vertieft waren. Ich schnappte einige Satzfetzen auf. Die Männer stritten sich offenbar darüber, ob diese Bürgerversammlung wirklich nötig war oder ob sie das Dorf nicht in ein schlechtes Licht rückte. Einer der Männer drehte sich um und musterte mich misstrauisch von Kopf bis Fuß. Für ihn war ich ein Fremder und damit in dieser Situation automatisch suspekt. Aber er erkannte mich nicht, denn er kehrte schnell wieder zu seiner Diskussion zurück. Ich verdrückte mich, schob mich durch die Menge in eine andere Ecke des Saales. Plötzlich tauchte Kosta neben mir auf.

»Ich hab eine Reihe von Fotos gemacht. Ich hab' auch den Anwalt erwischt, wie er durch eine Seitentür ins Gebäude gekommen ist«, flüsterte er mir zu.

»Gut.«

»Ich warte noch, bis die Veranstaltung begonnen hat,

schieße ein paar Fotos und dann hau ich ab. Ich muss noch zu einem anderen Termin. Entscheidungsspiel in der Verbandsliga. Die Fotos von hier kannst du dir in der Redaktion anschauen.«

Ich nickte ihm zu und konzentrierte mich dann auf das Geschehen auf der Bühne. Die Veranstaltung begann.

Zuerst trat der Dorfpfarrer ans Rednerpult. Er konnte sich anfangs nur mit Mühe über den Geräuschpegel, der im Gemeindesaal herrschte, hinwegsetzen. Doch nach kurzer Zeit war es völlig still im Saal. Die Show kann beginnen, dachte ich.

Der Pfarrer, der nach seinem Körperbau zu schließen nicht gerade ein Kostverächter war, sprach mit salbungsvoller Stimme davon, wie sehr das Dorf wegen der tragischen Geschehnisse aufgewühlt sei. Der überraschende Tod Walter Berkheimers habe die Gemeinde sehr erschüttert. Noch vor wenigen Wochen hätten Ruhe und Frieden geherrscht und niemand im Dorf habe sich große Sorgen machen müssen. Nun aber sei alles in Wallung, was immer der Dorfpfarrer auch darunter verstand.

»In diesen schweren Momenten sorgt unser Glaube für Rückhalt. Nur wer in Gott vertraut, findet aus jedem finsteren Tal wieder hinauf zur Sonne«, predigte der Pfarrer.

Die nächsten Worte sprach er zu den Mitgliedern der Familie Berkheimer, die in der ersten Reihe saßen. Von meinem Stehplatz in der Ecke aus konnte ich sie aber nicht sehen.

»Liebe Familie Berkheimer, mein tiefes Mitgefühl gehört heute Ihnen. Sie müssen in diesen schlimmen Tagen viel Leid erfahren.«

Der Pfarrer wechselte unversehens in einen kämpferischen Ton. Die Nächstenliebe war offensichtlich abgehakt. Er ging verbal zum Angriff über.

»Aber seien Sie gewiss, für den Zustand der Welt, vor allem für das Leid, ist nicht der Schöpfer allein verantwortlich. Es gibt den bösen Feind Gottes, der unablässig seine böse Saat ausstreut, der versucht, die guten Werke, die Gott geschaffen hat, zu zerstören, der versucht, die Menschen, Gottes Ebenbild, dazu zu verführen, falsches Zeugnis gegenüber den Nächsten abzulegen.«

Es war völlig still im Saal, und ich wartete auf ordentlich Pulverdampf und den Auftritt des Leibhaftigen. Ich fühlte mich um Jahrhunderte zurückversetzt. Der Pfarrer schaute mit starrem Blick in den Saal, so als ob er jemanden suchen würde.

»Diese böse Macht ist an den vielen menschlichen Tragödien ursächlich beteiligt. Aber die, die des rechten Glaubens sind«, er richtete wieder seinen Blick auf die Berkheimer-Familie, »werden dieser Macht widerstehen. Und Gott wird diejenigen bestrafen, die dieses Leid ausgelöst haben …«

Die restlichen Worte gingen in lautstarker allgemeiner Zustimmung unter und mir wurde fast übel. In welche Teufelsaustreibung war ich hier denn geraten? Live im 21. Jahrhundert.

Als die Unruhe im Saal weiter anstieg, versuchte sich Bürgermeister Bernhard Reiter, per Mikrofon Gehör zu verschaffen.

Dass er auf derselben Seite wie sein Pfarrer stand, war nicht zu überhören. Nach ein paar nichtssagenden Worten ergriff er sofort Partei.

»Der Ort hat unserer lieben Familie Berkheimer, die nun einen so großen Verlust zu beklagen hat, viel zu verdanken. Vielen Menschen im Ort hat Walter Berkheimer zu einer Arbeitsstelle, zu einem Auskommen verholfen, mit dem man seine Familie ordentlich ernähren kann. Wir alle hier haben vom Erfolg des Unternehmens profitiert. Schauen Sie sich doch um. Der Ort wäre nicht das, was er heute ist, ohne die Berkheimers. Er war ein Wohltäter, der immer ein offenes Ohr für viele wichtige soziale Projekte hatte.«

Der Großteil der Zuhörer applaudierte. Einige Pressefotografen hatten sich zur Bühne durchgekämpft und lichteten den Bürgermeister ab, als er erneut eine kämpferische Pose auf der Bühne einnahm. Gerade als er weiterreden wollte, wurde er von einem Zuhörer unterbrochen.

»Wir wollen die Presse hier nicht haben. Die hat schon für genug Unheil gesorgt. Die Lügenschreiber sollen verschwinden, sie sollen den Saal verlassen, wir wollen unter uns sein«, rief der Mann in den Saal.

Dies war der Zeitpunkt, auf den Kolb-Bartholdy gewartet hatte. Er riss Reiter das Mikrofon aus der Hand. Allerdings war er dabei so ungeschickt, dass er mit Mikrofon und Lautsprecher eine pfeifende Rückkopplung verursachte, die vielen Leuten schmerzhaft in die Ohren fuhr. Der Anwalt ließ sich von diesen Misstönen aber nicht von seiner Brandrede, die er offenbar zuvor eifrig einstudiert hatte, abhalten.

»Natürlich soll die Presse dabei sein. Wir haben Pressefreiheit im Land, ein hohes Gut«, meinte Kolb-Bartholdy und legte Pathos in seine Stimme. »Wir haben hier in der Region zum Glück nicht nur eine Zeitung, die ein Monopol besitzt und letztlich schreiben kann, was sie will. Heute sind hier noch andere Journalisten, andere Medien vertreten, und sie werden endlich die Wahrheit sagen und schreiben, sie werden berichten, was hier in diesem Ort, der bisher vor allem der Familie Berkheimer wegen immer nur für positive Schlagzeilen gesorgt hat, wirklich passiert ist. Endlich wird die Wahrheit ans Licht kommen und das perfide Lügengebäude wie ein Kartenhaus in sich zusammenstürzen.«

Beifall brandete auf. Kolb-Bartholdy, der einen maßgeschneiderten grauen Anzug trug, nickte jemandem zu, der in der ersten Reihe sitzen musste, den ich aber ebenfalls nicht sehen konnte.

Da er mich mit dieser Wahrheits-Bemerkung nicht gemeint haben konnte, war mir klar, dass der Staranwalt seine journalistischen Vasallen aus Stuttgart mitgebracht hatte. Kolb-Bartholdy setzte sein überlegenes Lächeln auf.

»Wenn Sie sich nun fragen, wer ist denn dieser Mann hier auf der Bühne, der so deutliche Worte spricht. Mein Name ist Kolb-Bartholdy, ich bin ein erfahrener Anwalt, der aus Stuttgart extra hierhergekommen ist, um die Familie Berkheimer bei der Wahrnehmung ihrer Interessen zu vertreten. Und diese Aufgabe werde ich mit ganzer Kraft erledigen, denn es kann nicht sein, dass der Name einer Familie, die so viel für eine Region und ihre Menschen getan hat, so in den Dreck gezogen wird. Hier werden Menschen zu Tätern gemacht, die unschuldig, und damit die wahren Opfer in dieser Geschichte sind. Ich werden Ihnen zeigen, was ich meine, wenn ich von Opfern spreche.«

Kolb-Bartholdy holte ein Schriftstück aus seinem Anzug, das er langsam öffnete.

»Hier habe ich den Abschiedsbrief von Walter Berkheimer, den seine Frau mir gegeben hat. Ich werde hier nicht alles zitieren, das wäre zu privat, aber einen Satz werde ich Ihnen vorlesen, diesen einen Satz in diesem Brief, der alles klar und deutlich macht. Und der heißt: Ich bin unschuldig.« Kolb-Bartholdy ließ die Worte wirken.

»Diesen Satz hat Walter Berkheimer geschrieben. Und es folgt noch ein Zusatz, der mich sehr betroffen macht: Ich kann nicht mehr, ich bin mit meiner Kraft am Ende.« Es folgte eine dramatische Pause. »Was wollen Sie noch mehr hören? Das ist die Wahrheit in dieser Geschichte«.

Zwei Frauen, die vor mir standen, verließen plötzlich ihren Platz. So konnte ich auf die erste Reihe sehen, in der die Berkheimer-Familie saß. Die Witwe hielt ein Taschentuch an ihre Augen. Ihr Sohn Albert hatte seinen Arm tröstend um sie gelegt. Auf der anderen Seite saßen noch ein Mann und eine Frau, die wohl die beiden anderen Kinder von Walter Berkheimer waren. Alle waren sie in schwarz gekleidet.

Kolb-Bartholdy war in seinem Element. Seine Stimme fing nun fast an, sich zu überschlagen.

»Für Walter Berkheimer waren die Vorwürfe, die man an ihn richtete, zu viel. Aber es geht ja nicht nur um ihn. Auch der Name seines Sohnes Albert soll in den Schmutz gezogen werden. Aber das werde ich zu verhindern wissen. Ich werde diese Behauptungen zerlegen und das wird mir nicht schwer fallen. Haben Sie sich denn noch nicht gefragt, warum diese Frau nie zur Polizei gegangen ist. Ich sage Ihnen warum: Den Missbrauch hat es nie gegeben. Und die Polizei hätte das sofort erkannt. Diese Frau hat den angeblichen Missbrauch frei erfunden, und in irgendeinem Hinterzimmer hat sie dann noch ihre Freundin mit in die Sache hineingezogen. Und ich sage Ihnen, warum sie das getan hat: Sie wollte damals Frau Berkheimer werden, sich in ein gemachtes Nest setzen. Sie hat alles versucht, aber sie hatte keinen Erfolg. Sie ist bei Albert Berkheimer abgeblitzt. Offensichtlich hat sie das nie verwinden können. Nun ist sie zurückgekehrt, um es ihm heimzuzahlen. Sie war vor ein paar Tagen bei meinem Mandanten, aber er hat sie vor die Tür gesetzt. Was sie von ihm wollte, steht hier in dieser eidesstattlichen Versicherung von Albert Berkheimer. Damit werde ich zur Polizei gehen und sie anzeigen.«

Kolb-Bartholdy zog ein zweites Schriftstück hervor und hielt es vor sich in den Raum. Im Zuhörerraum kam es zu lautstarken Tumulten. Ein Mann in meiner Nähe flüsterte seinem Nachbarn etwas zu und deutete dabei mit dem Zeigefinger auf mich. Daraus entstand eine kleine Kettenreaktion. Die beiden wandten sich einer Gruppe von Männern zu, die nach ein paar Sekunden ebenfalls zu mir herübersahen. Da sie nicht gerade freundlich wirkten, zog ich es vor, mich langsam Richtung Ausgang zu verdrücken. Bis jetzt war alles gut gegangen, ich wollte nichts mehr riskieren. Ich hatte genug gehört.

Im Foyer stürmten plötzlich die beiden Frauen an mir vorüber, die im Saal vor mir gestanden hatten.

»Warum sollte eine Frau so etwas auf sich nehmen, wenn an der ganzen Geschichte nichts dran ist. Das glaub ich nicht«, sagte sie zu ihrer Gesprächspartnerin.

»Ich kann dieses scheinheilige Getue auch nicht mehr hören. Jeder im Dorf weiß doch, dass der Alte und auch sein Sohn hinter jedem hübschen Rock her waren. Und jetzt wollen sie ihnen einen Heiligenschein aufsetzen.«

Offensichtlich waren doch nicht alle aufseiten des männlichen Teils der Berkheimer-Familie.

Im Hintergrund wurde der Lärm im Saal immer größer. Offensichtlich hatte nun eine Diskussion zwischen dem Anwalt auf der Bühne und den Leuten im Publikum begonnen. Ich drehte mich kurz um und sah den Mann, der mit dem Finger auf mich gezeigt hatte, in der Tür. Allerdings wurde er im nächsten Augenblick von einem anderen zur Seite gezogen. Die beiden verschwanden wieder in der Menge.

Ich verließ eilig das Gemeindezentrum. Die Dämmerung hatte inzwischen eingesetzt. Ich konnte nur noch schemenhaft die Menschen auf der Straße erkennen. Ich hielt kurz an und überlegte, wo ich meinen Wagen abgestellt hatte.

Hoffentlich wartete Nelly noch im Auto auf mich, dachte ich. Im nächsten Augenblick hörte ich hinter mir eine Stimme.

»Und was glauben Sie?«

Erschrocken drehte ich mich um. Vor mir stand eine schmächtige Frau, die ich in ihrem speziellen Aufzug fast nicht erkannt hätte. Es war Annemarie Junginger. Sie trug eine Strickmütze, die sie tief in die Stirn gezogen hatte. Mit ihrer abgewetzten Hose und dem Kapuzenpullover sah sie nicht mehr so elegant aus, wie ich sie zuvor angetroffen hatte. Außerdem war sie reichlich blass im Gesicht.

»Ach, Sie sind das? Ich hätte Sie fast nicht erkannt.

Waren Sie auch da drinnen?«, fragte ich und deutete mit dem Kopf in Richtung Gemeindezentrum.

»Nein. Ich hab mich nur bis zum Eingang vorgewagt. Das war mir zu gefährlich, nicht, dass mich noch jemand erkennt. Ich bin dort drinnen sicherlich nicht gerne gesehen. Aber ich hab alles gehört, was man hören muss. Ich kann es nicht fassen. Jetzt wollen Sie uns zu Tätern machen, jetzt werden wir ein zweites Mal missbraucht.« Sie schaute erst zu Boden und mir dann mit ernstem Blick ins Gesicht. »Und Sie? Was meinen Sie jetzt? Sie haben das doch eben da drinnen gehört. Der theatralische Auftritt dieses Dreigestirns. Diese angeblichen Beweise, sie sind alle erlogen. Ich war nie bei Albert. Was soll ich bei diesem Arschloch. Und die eidesstattliche Versicherung. Unglaublich. Da verschlägt's mir die Sprache. Mir wird schlecht, wenn ich das höre. Aber was meinen Sie, glaubt uns nach dieser Schmierenkomödie noch jemand? Schreiben Sie morgen auch, dass die beiden verrückten Weiber sich das alles nur in einem Hinterzimmer ausgedacht haben. Ich bekomme langsam meine Zweifel. Wahrscheinlich wäre es besser gewesen, Ihnen diese Geschichte nie zu erzählen. Ich habe doch nicht gewollt, dass sich der alte Berkheimer an den Baum hängt. Jetzt hält man mir vor, dass ich ihn auf dem Gewissen habe. Glauben Sie mir, so etwas habe ich doch nie gewollt…«

Annemarie Junginger brach ab. Der Lichtstrahl einer Straßenlaterne fiel auf ihr Gesicht und ich sah, dass ihre Augen feucht waren. Ich versuchte, sie zu beruhigen.

»Ich war überrascht, wie aggressiv es da drinnen zuging. Darüber werde ich in jedem Fall schreiben. Ich denke, wir sollten auch in die Offensive gehen.«

»Meinen Sie? Aber was soll das bringen? Noch einen Toten? Ich sage Ihnen etwas: Ich habe einfach nur Angst.«

»Nachdem ich das da drinnen erlebt habe, kann ich Sie verstehen. Mir geht es, ehrlich gesagt, ähnlich. Ich weiß nicht, wozu diese Leute letztendlich fähig sind, wenn man sie so aufhetzt.«

»Herr Blum, mit diesem Gedanken können wir gleich anfangen. Ich habe seit Tagen nichts mehr von meiner Freundin gehört. Ich mache mir Sorgen um sie. Ich glaube, sie wollte jemanden treffen, das hat sie das letzte Mal angedeutet. Mehr wollte sie aber nicht dazu sagen.«

Weiter kam Annemarie Junginger nicht, lautes Geschrei unterbrach unser Gespräch.

Nelly hatte mit ihren Augen Luka Blum verfolgt, wie er in der Menschenmenge verschwunden war. Danach wartete sie ein paar Minuten, aber sie hielt es im Auto nicht mehr länger aus. Es gefiel ihr nicht, einfach nur untätig herumzusitzen und zu warten.

Sie öffnete die Tür und schaute sich um. Das katholische Gemeindezentrum lag mitten in einem Wohngebiet, das in den achtziger Jahren entstanden sein musste. Es waren die klassischen Einfamilienhäuser, die irgendwie alle gleich aussahen. Sie standen schön in Reih und Glied, nur die Anbauten, die über die Jahre entstanden waren, sorgten für Abwechslung. Nelly schlenderte die Straße entlang. Viele Menschen kamen ihr entgegen. Sie wusste genau, wohin sie wollten.

In einigen Hundert Meter Entfernung entdeckte Nelly den Kirchturm, der das Dorf so eindrucksvoll überragte. Sie wunderte sich, dass das Gemeindezentrum nicht direkt bei der Kirche lag. Als sie die Hauptstraße erreicht hatte, stieß sie auf ein Straßenschild, das auf die Berkheimer-Werke hinwies. Um dorthin zu gehen, fehlte Nelly allerdings die Zeit.

Sie machte kehrt und begab sich auf den Weg zurück zum Gemeindezentrum. Vor dem Gebäude standen einige Menschen, die sich miteinander unterhielten. Offenbar hatten sie keinen Platz mehr im Gemeindesaal gefunden. Nelly stellte sich in ihre Nähe und versuchte zu verstehen, worüber sich die Menschen unterhielten. Sie schnappte nur ein paar Satzfetzen auf. Der ansteigende Lärm, der durch die offenen Türen des Gemeindezentrums nach draußen drang, hinderte sie daran, den Inhalt der Unterhaltung zu entschlüsseln. Offenbar hatte die Veranstaltung drinnen im Saal gerade begonnen.

Als sie zum Fuß der Treppe gelangte, die zum Gemeindezentrum führte, sah sie einen Mann, der an einer Mauer lehnte. Er schien sie zu beobachten. Er wirkte unsympathisch. Der Mann war dunkel gekleidet und hatte die Kapuze seines Shirts über den Kopf gezogen. Als er merkte, dass sie ihn weiter ansah, blickte er in eine andere Richtung. Er war allein, kein anderer Mensch stand bei ihm. Nelly wunderte sich, warum er hier herumlungerte, obwohl die Veranstaltung drinnen schon angefangen hatte. War er nicht wegen der Bürgerversammlung hierhergekommen? Aber auf was wartete er dann?

Nelly hatte das Gefühl, dass hier etwas nicht stimmte. Sie änderte ihre Richtung, ging nun zu den Treppen und dann hinauf zum Eingang des Zentrums.

Weit kam sie aber nicht. Vor ihr baute sich eine Wand von Rücken auf. Der Gemeindesaal war überfüllt. Die Leute in der letzten Reihe stellten sich auf Zehenspitzen, um einen Blick ins Innere zu ergattern. Ein paar gaben nach ein paar Minuten resigniert auf und machten sich auf den Nachhauseweg.

»Das hat doch keinen Sinn, man sieht und hört ja nichts«, sagte ein etwas kleiner und rundlicher Mann zu seiner Frau, die enttäuscht dreinblickte.

»Ja, schade. Ich hätte gerne diesen Anwalt gehört«, antwortete sie. Nelly blickte den beiden nach, wie sie das katholische Gemeindezentrum verließen. Sie stellte sich in die letzte Reihe. Aber auch sie bekam nicht mit, was drinnen vorging.

»Jetzt spricht gerade der Bürgermeister«, hörte sie jemanden rufen.

Nelly blieb eine Weile dort stehen. Als sie sich umdrehte und nach draußen schaute, stand plötzlich der Kapuzenmann, dem sie vor ein paar Minuten unten an der Mauer begegnet war, in wenigen Metern Entfernung vor ihr. Als er merkte, dass Nelly ihn anstarrte, zog er sich in eine Ecke zurück und verschwand so aus ihrem Blickfeld. Im gleichen Augenblick tauchte Kosta, der Fotograf auf.

»Mir reicht's jetzt. Ich hau ab.« Er lächelte Nelly kurz an und deutete auf seine Kamera.

»Hab alles, was ich brauche hier drin. Den Rest dieses Geschwätzes muss ich mir nicht mehr antun. Außerdem herrschen dort drinnen bald Saunatemperaturen«, sagte er, verdrehte die Augen und ging Richtung Treppe.

Nelly nickte nur und wollte ihn fragen, ob er Luka gesehen habe. Doch Kosta war schon zu weit weg. Er hatte es offensichtlich eilig. Sie wandte sich wieder dem Geschehen im Saal zu. Es war lauter geworden. Offensichtlich hatte der Redner etwas gesagt, was die Zuhörer aufregte.

Nelly suchte nach Luka, konnte ihn aber nirgendwo entdecken. Sie war etwas ratlos, was sie jetzt tun sollte. Sie fing langsam an, sich zu langweilen. Vielleicht wäre es doch besser gewesen, zu Hause zu bleiben. Sie drehte sich um und ging Richtung Ausgang. Als sie draußen stand, merkte sie, dass die Dämmerung eingesetzt hatte. Plötzlich sah sie wieder den Fremden. Er hielt irgendetwas in der Hand, aber sie konnte nicht erkennen, was es war, da er noch zu weit von ihr entfernt war. Als sie merkte, dass er sich auf sie zubewegte, lief sie los. Der Mann flößte ihr Angst ein. Sie wurde das Gefühl nicht los, dass er sie verfolgte.

Sie beeilte sich zum Auto zu kommen. Sie schloss die Fahrertür auf und setzte sich ans Steuer, um gleich losfahren zu können, wenn es notwendig war.

Sie blickte durch die Frontscheibe Richtung Gemeindezentrum. Nicht weit von ihr entfernt, glaubte sie, in der Dämmerung, die jetzt eingesetzt hatte, die Umrisse eines Mannes erkennen zu können. Außerdem sah sie, dass irgendein Zettel unter dem Scheibenwischer steckte. Sie öffnete kurz die Tür, um das Stück Papier abzuziehen. Im gleichen Augenblick nahm sie wahr, wie sich der Fremde in Bewegung setzte und sich ihr näherte. Plötzlich stockte er kurz. Warum er angehalten hatte, erfuhr sie Sekunden später. Hinter ihr gab es ein scheppерndes Geräusch. Sie drehte sich um und sah, wie zwei maskierte Gestalten auf die Rücklichter des Wagens einschlugen.

»Was soll das, ihr Idioten?«, schrie Nelly.

Das Duo schreckte auf, weil es offenbar nicht mit Nellys resolutem Auftreten gerechnet hatte. Jeder von beiden trug eine schwarze Sturmhaube, eine dunkle Jacke und klobige Bomberstiefel. Sie hielten Baseballschläger in ihren Händen. Für einen Augenblick rührten sie sich nicht von der Stelle. Sie wussten offenbar nicht, wie sie sich verhalten sollten. Wieder schrie Nelly die Sturmhauben-Männer an. Sie ging einen Schritt auf sie zu. Im selben Augenblick hörte sie einen weiteren Schrei auf ihrer rechten Seite. Eine Frau stürmte heran. Ihr folgten ein paar Männer in Uniform.

»Verdammt, die Bullen«, schrie einer aus dem Schläger-Duo. Die beiden drehten sich sofort um und rannten davon.

Kurz darauf war die dunkelhäutige Frau mit den Polizisten auf Nellys Höhe. Sie lief noch ein paar Schritte weiter, merkte aber sofort, dass die Verfolgung der beiden Schläger sinnlos war. Sie waren bereits über Zäune und Gärten in der Dämmerung verschwunden. Die Frau kehrte zu Nelly zurück und gab sich als Polizistin zu erkennen.

»Alles in Ordnung?«, fragte sie Nelly.

»Bei mir schon, aber schauen Sie sich das Auto an.« Nelly deutete auf die Scherben, die zu den Rücklichtern von Lukas Wagen gehörten, und die nun verstreut auf der Straße herumlagen.

Gabriele Weißhaar spürte eine große Unruhe in sich. Ihre Hände waren feucht, als sie sie vom Lenkrad nahm. Sie schaute aus dem Fenster ihres Wagens in die Dämmerung und fragte sich, was in den nächsten Minuten auf sie zukommen würde?

Draußen war noch alles ruhig. Die Abendstimmung senkte sich im Gegensatz zu ihren eigenen Gefühlen ruhig und friedlich auf die Landschaft und ließ die roten Ziegeldächer des kleinen Ortes, der sich an der Ammer entlang zog, und die Wiesen drum herum, wie durch einen Weichzeichner betrachtet, erscheinen.

Gabriele geriet ins Grübeln. In den vergangenen Tagen war in ihrem Leben alles durcheinandergeraten. Nachdem sie mit dem Journalisten von der Tageszeitung gesprochen hatte, war nichts mehr wie vorher. Ihr Mann sprach kaum noch ein Wort mit ihr. Er ging ihr merklich aus dem Weg. Es war nicht schwer zu erahnen, was ihn umtrieb: Die Angst, den Arbeitsplatz zu verlieren, das unangenehme Gefühl, dass im Dorf plötzlich jeder über ihn und seine Familie redete. Weil er nicht mit ihr sprach, wusste sie nicht, ob er ihr glaubte.

Ihre Kinder kamen blass und verstört von der Schule nach Hause, weil der größte Teil der Schulfreunde sie seit Tagen links liegen ließ oder gehässig zu ihnen war. Ihre Tochter hatte ihr unter Tränen die Situation in der Schule geschildert.

Die Kinder taten ihr leid. Sie mussten für etwas büßen, wofür sie nichts konnten. Gabriele bereute langsam, dass sie sich von Annemarie zu dem Interview hatte überreden lassen. Was hatte es ihr gebracht? Nur Ärger, ihr und ihrer Familie.

Sicher hatte sie mit einigem Wirbel gerechnet. Dass die Stimmung im Dorf aber so umschlagen könnte, das hatte sie nicht erwartet. Zuvor war sie ein Teil dieser Gemeinschaft gewesen, jetzt war sie plötzlich nur noch ein Außenseiter, jemand der ausgegrenzt wird. Gabriele hatte sich inzwischen komplett von den Leuten im Dorf zurückgezogen. Sie verließ das Haus kaum noch. Und wenn, dann suchte sie nur Orte auf, an denen ihr niemand begegnen konnte. Ein Spaziergang durch die Landschaft vielleicht, wo sie schon von Weitem sehen konnte, ob sich ihr jemand näherte. Zum Einkaufen fuhr sie nach Tübingen. Nur mechanisch vollzog sie ihre Hausarbeit, kochte das Essen für ihre Familie, die dann meist stumm am Esstisch saß.

Sie hatte ein, zwei anonyme Anrufe erhalten, Beschimpfungen, deshalb ging sie jetzt nicht mehr ans Telefon. Sie wollte mit niemandem mehr reden, auch nicht mit Annemarie.

Doch dann hatte dieser Umschlag im Briefkasten gelegen. Sie hatte ihn automatisch geöffnet, gar nicht darüber nachgedacht, was darin stehen oder von wem er sein könnte. Sie zog einen Zettel heraus. Nur ein paar Zeilen standen darauf. Von einer Frau geschrieben, die sie kennen musste. Wahrscheinlich stammte sie aus dem Dorf.

Sie erschrak, als sie die Zeilen las. Die Frau schrieb, dass sie Ähnliches erlebt habe wie Gabriele und Annemarie. Seit Jahren habe sie überlegt, ob sie nicht zur Polizei gehen sollte. Sie habe mit einer Freundin gesprochen, die sie schließlich darin bestärkt habe, doch dann sei die Freundin bei einem Autounfall ums Leben gekommen. Danach habe sie nicht mehr gewusst, was sie tun solle, sie habe alle

Kraft verloren. Auch ihr Freund habe sie im Stich gelassen. Doch jetzt nach dem Artikel in der Zeitung habe sie wieder neuen Mut geschöpft, sie wolle nicht mehr länger schweigen und ihr unbedingt ihre Erlebnisse erzählen. Und am Schluss des Briefes stand die Aufforderung für ein Treffen. Heute Abend, hier oben, auf dem Parkplatz beim Bergcafé in Reusten. Ein schöner idyllischer Ort, eigentlich viel zu schön für ein Treffen unter diesen Umständen.

Der Brief war ohne Absender und Unterschrift gewesen. Gabriele hatte den Brief zuerst irritiert beiseitegelegt, dann in einer Schublade versteckt. Doch weil die Stimmung im Dorf sich so stark gegen sie gerichtet hatte, wollte sie wissen, was diese Frau zu sagen hatte. Wenn es noch jemanden gab, der solche Dinge erlebt hatte, konnte das ihre Position stärken. Und schließlich hatte sich die Frau ja sogar überlegt, zur Polizei zu gehen.

Zuerst hatte Gabriele gezögert, zu dem vorgeschlagenen Treffen zu gehen. Sollte sie wirklich noch weiter in dieser Geschichte herumrühren, noch jemanden mit da hinein ziehen? Würde nicht nur alles noch viel schlimmer werden? Doch dann hatte sich Gabriele spontan ins Auto gesetzt. Sie war alleine zu Hause gewesen. Ihr Mann war mit den Kindern zu seinen Eltern gefahren. Sie würden erst spät nach Hause kommen.

Gabriele war nicht wohl in ihrer Haut. Wer war die Frau? Konnte sie ihr überhaupt vertrauen?

War es überhaupt jemand, der ihr helfen wollte. Vielleicht wollte man sie auch nur reinlegen, alles war möglich. Vielleicht war es gar keine Frau, sondern ein Mann? Plötzlich bekam Gabriele Angst. Diese Möglichkeit hatte sie bisher gar nicht in Betracht gezogen. Aber warum sollte ein Mann den Brief geschrieben haben? Berkheimer? Nein, unmöglich, dachte Gabriele.

Sie sah wieder aus dem Fenster. Der Parkplatz beim Bergcafé war fast leer. Nur zwei Fahrzeuge standen dort, in denen aber niemand saß. Auch auf dem nahen Sportplatz war keine Menschenseele unterwegs.

Seit einer halben Stunde wartete sie nun schon auf die unbekannte Briefschreiberin. Sie war immer noch nicht aufgetaucht. Und es würde nicht mehr lange dauern, bis es völlig dunkel war. Sie musste etwas unternehmen. Gabriele öffnete die Fahrertür und stieg aus. Sie ging die paar Schritte hinunter ins Bergcafé. Dort saßen aber nur drei Männer an einem Tisch, die kurz aufsahen, als sie hereinkam, danach aber gleich wieder die Köpfe senkten und weiter diskutierten. Sie hatten mit dem Brief sicher nichts zu tun. Gabriele verließ das Lokal sofort wieder. Draußen war immer noch niemand zu sehen.

Als Gabriele ihr Auto erreicht hatte, stockte sie kurz. Am Ende der Lindenallee, die sich über den Bergrücken zog, hatte sie eine Bewegung wahrgenommen. Vielleicht hatte sie sich nur getäuscht. In diesem Zwielicht konnten einem die Augen durchaus einen Streich spielen. Trotzdem stieg sie nicht in ihr Auto ein, sondern ging weiter zu den Linden. Sie war schon lange nicht mehr hier auf dem Bergrücken über Reusten gewesen. Sie folgte dem Weg, der direkt zum Reustener Friedhof führte. Die Aussicht von hier oben in die beiden Täler links und rechts war sehr schön. Doch jetzt wirkte diese Landschaft nur unheimlich auf sie.

»Hallo, ist da jemand?«, rief sie in die Lindenallee. Sie bekam keine Antwort.

Sie lief ein paar Schritte weiter, blieb dann aber abrupt stehen. Sie hatte Stimmen gehört. Sie ging langsam bis zum Ende der Lindenallee. Verängstigt sah sie sich nach allen Seiten um. Es war niemand zu sehen. Links von ihr lag nach wie vor das Ammertal mit der Dachlandschaft Reustens, rechts fiel das Gelände ebenfalls steil ab. Sie zögerte einen Augenblick. Der nächste Baum, der ihr etwas Schutz hätte geben können, war einige Meter entfernt. Und weil das Gelände in Wellen weiter verlief, konnte sie auch nicht sehen, ob wirklich jemand vor ihr war.

Sie entschloss sich, wieder umzukehren und zum Auto zurück zu gehen.

Doch in diesem Augenblick hörte sie wieder Stimmen. Sie stammten von einem Mann und einer Frau. Sie stritten sich. Vorsichtig lief Gabriele ein paar Meter weiter. Dann rannte sie zu dem Baum, der rechts von ihr stand und der ihr Deckung gab. Weiter unten im Tal konnte sie den kleinen Weiher erkennen. Das Buschwerk vor ihr war allerdings so dicht, dass der Blick auf den Friedhof nicht frei war. Irgendwo in diesen Büschen mussten sich die beiden Menschen aufhalten. Plötzlich sah sie ihre Umrisse. Eine Frau rannte aus dem Buschwerk heraus. In kurzem Abstand folgte ihr ein Mann. Beide bewegten sich Richtung Friedhof.

Gabriele spürte ihr Herz, das wild klopfte. War dies vor ihr die Frau, die sie hatte treffen wollen? Und welche Rolle spielte der Mann? War er hinter der Frau her, wollte er ihr etwas antun? Und stellte er auch für sie selbst eine Gefahr dar? Verdammt, ihr Handy lag noch im Auto. Aber sie konnte doch jetzt nicht zurückgehen und die Frau alleine lassen. Sie musste sehen, was mit ihr passierte. Vielleicht brauchte sie Hilfe.

Gabriele verließ die Deckung des Baumes und rannte hinter den beiden her. Der Weg war uneben, ging erst ein Stück nach unten, um gleich wieder steil anzusteigen. Gabriele musste aufpassen, dass sie nicht stürzte, zumal auch die Dämmerung weiter fortgeschritten war und sich damit die Sicht verschlechtert hatte.

Im nächsten Augenblick hörte sie das Quietschen einer Türe. Die beiden vor ihr mussten den Friedhof erreicht haben, aber sehen konnte sie sie nicht. Gabriele erhöhte ihr Tempo. Allerdings achtete sie dabei nicht mehr genau auf den Weg, was ihr zum Verhängnis wurde. Sie stolperte über eine Wurzel und stürzte zu Boden. Sie schrie kurz auf, weil sie sich das Knie auf dem Boden angeschlagen hatte. Mühsam versuchte sie, sich wieder aufzurichten. Ihre Hose war aufgerissen, an dieser Stelle sickerte auch Blut durch. Das Knie schmerzte, aber es war nichts gebrochen, da war sie sich sicher. Gabriele humpelte ein Stück weiter. Sie war nun nicht mehr weit vom Friedhof entfernt.

Durch das Eisentor sah sie, wie die beiden, die sie verfolgte, auf der anderen Seite den Friedhof verließen. Der Mann hatte die Frau offensichtlich eingeholt und hielt sie fest. Doch im nächsten Augenblick war das seltsame Pärchen nach rechts verschwunden. Wieder hörte Gabriele Stimmen. Sie hatte den Friedhof nun ebenfalls erreicht. Sie öffnete das Eisentor und rannte zum anderen Ende des Friedhofs. Das Kriegerdenkmal stand schließlich nur noch ein paar Meter von ihr entfernt.

Gerade als Gabriele den Friedhof auf der anderen Seite verlassen hatte, hörte sie einen Schrei. Sie blickte nach rechts. Sie sah den breiten Rücken des Mannes. Er drückte die Frau in den Zaun. Es sah wie eine Art Ringkampf aus. Die Frau schlug wild um sich und kippte plötzlich nach hinten. Wieder ein Schrei und im nächsten Augenblick war die Frau verschwunden, sie musste nach unten gestürzt sein. Gabriele hörte ein dumpfes Geräusch, dann noch eins und schließlich das Aufschlagen eines Körpers auf einer Wasseroberfläche.

Gabriele schrie nun selbst aus Leibeskräften. Doch es war zu spät, sie konnte der Frau nicht mehr helfen. Und vor allem, sie musste sich jetzt um sich selbst kümmern. Der Mann hatte sich umgedreht und rannte auf sie zu.

Gabriele erkannte sofort, dass sie nun selbst in Lebensgefahr war. Sie drehte sich um und flüchtete über den Friedhof Richtung Auto. Doch sie war sich sicher, dass die Entfernung zu groß und der Mann zu schnell für sie waren, zumal ihr Knie immer noch sehr schmerzte und sie beim

Rennen behinderte. Sie schlug sich deshalb nach links in die dichten Büsche und hoffte, der Mann würde einfach weiter zum Bergcafé rennen. Sie wartete ein paar Sekunden, die ihr wie eine Ewigkeit vorkamen, und lauschte in die Dunkelheit. Sie hörte noch Geräusche, die wie Schritte klangen, doch dann war alles still. Gabriele wartete kurz, dann kroch sie vorsichtig im Schutz der Büsche weiter. Sie wollte nicht, dass der Mann begann, die Gegend zu durchsuchen, sie musste irgendwie ihr Auto erreichen und die Polizei verständigen.

Gabriele setzte darauf, dass die Dunkelheit ihr genügend Sichtschutz gab. Sie bewegte sich leise am Hang entlang. Über ihr auf der Spitze des kleinen Hügels stand ein Schild, das auf einen Geschichtspfad hinwies. Daneben tauchte plötzlich eine Gestalt auf. Gabriele rannte sofort los. Sie hätte keine Chance gegen den Mann gehabt, wenn er nicht überraschend das Gleichgewicht verloren hätte. Er musste über irgendetwas gestolpert sein. Der Mann verschwand aus ihrem Blickfeld. Sie hörte noch sein Stöhnen und einen lauten Fluch.

Gabriele rannte so schnell wie möglich die Lindenallee entlang. Ihre Lungen brannten. Nach ein paar Sekunden hörte sie wieder Schritte hinter sich, feste Schritte, die immer näherkamen. Der Mann musste wieder die Verfolgung aufgenommen haben. Plötzlich spürte sie seine Hände an ihrem Rücken. Instinktiv schlug sie um sich. Sie hatte Glück. Sie traf ihren Verfolger mit dem Ellbogen im Gesicht. Der Mann blieb stehen und stöhnte kurz auf. Dies gab Gabriele genug Zeit, wieder etwas Distanz zwischen sich und dem Verfolger zu bringen. Sie erreichte ihr Auto, das sie mit der Fernbedienung an ihrem Schlüssel bereits geöffnet hatte. Sie sprang in den Wagen und startete den Motor. Im selben Augenblick tauchte der Verfolger an ihrer Beifahrertür auf. Sie konnte ihn nicht erkennen, weil es inzwischen stockdunkel war und seine Kapuze, die er übergezogen hatte, einen undurchdringlichen Schatten auf sein Gesicht warf. Außerdem wollte sie jetzt keine Zeit mehr verlieren und nur noch weg aus der Gefahr, in der sie sich befand.

Gabriele hatte bereits alle Türen verriegelt. Der Mann schlug mit voller Wucht gegen die Seitenscheibe, die allerdings der Attacke standhielt. Gabriele gab Gas und fuhr vom Parkplatz einen holprigen, kleinen Hügel hinunter. Sie erreichte die Straße, die nach unten ins Dorf führte. Doch ihr Glück wendete sich. Auf der engen Straße kam ihr plötzlich ein Wagen entgegen. Gabriele riss das Steuer herum. Ihr Auto schleuderte von der Straße und krachte in eine Baumgruppe. Weil sie in der Eile keinen Gurt angelegt hatte, schoss ihr Körper wegen des heftigen Aufpralls mit voller Wucht nach vorne. Mit dem Kopf knallte sie gegen die Frontscheibe. Sie verlor sofort das Bewusstsein.

Die Erlebnisse bei der Bürgerversammlung steckten Nelly und mir auch den ganzen nächsten Tag noch in den Knochen. Umso schöner war dann die Nacht danach, in der wir gemeinsam die Eindrücke verarbeiteten. Eine gute Therapie. An viel Schlaf war bei dieser sehr körperbetonten Therapie aber nicht zu denken. Ihn holten wir dann am Vormittag nach, bis das Klingeln des Telefons uns gegen elf Uhr weckte.

Widerwillig nahm ich den Hörer ab. Es war wieder einmal Micha Becker, der mich aus meinen Träumen riss.

»Respekt. Dein Artikel wird gelesen, Luka.«

Ich murmelte etwas Unverständliches in den Hörer.

»Wir können uns vor Leserbriefen kaum retten. Fast alle sind gegen uns und pro Berkheimer. Ich hatte zwei anonyme Anrufer an der Strippe, die uns als Lügenblatt beschimpften. Ein weiterer Anrufer wollte uns Beweise liefern, dass die beiden Frauen nicht die Wahrheit sagen. Es wird spannend, und wir sollten in jedem Fall am Ball bleiben. Allerdings mischt sich jetzt unsere Chefredaktion immer mehr ein. Der Druck nimmt zu, auch an der Spitze, wahrscheinlich gibt es ein paar einflussreiche Leute im Hintergrund, die mit an den Strippen ziehen wollen. Ich muss jetzt jeden weiteren Artikel vorlegen.«

»Wollen sie uns zensieren?«

»Nein, glaube ich nicht. Noch nicht. Wir sollten nur jeden Schritt genau absprechen.«

»Ich habe heute Nachmittag einen Termin bei Hemmerle. Ich werde ihn mal fragen, ob er was Neues für uns hat«, sagte ich.

»Ja, mach das. Oh ja, ich hab auch noch etwas Abwechslung für dich. Eine Pressekonferenz, übermorgen, im Rathaus von Walddorfhäslach. Die Bürgermeisterin informiert über den neusten Stand der Ortskernsanierung. Interessiert dich doch sicher brennend.«

»Sicher.«

»Gut, und informiere mich, was es bei Hemmerle Neues gibt.«

Nachdem wir das Gespräch beendet hatten, ging ich direkt ins Badezimmer. Eine Dusche sollte meine Lebensgeister auffrischen. Nelly war allerdings schneller gewesen. Was kein Problem war, denn so eng ist eine Dusche auch wieder nicht, als dass sie nicht zwei Menschen, die sich gut verstehen, aufnehmen könnte. Und bis zum Termin im Polizeihochhaus war noch etwas Zeit.

»Tut mir echt leid um ihr Rücklicht«, meinte Kommissar Hemmerle trocken. Er konnte ein leichtes Grinsen nicht verbergen.

»Ja, danke, ich werde es dem Rücklicht ausrichten.«

»Kommen Sie, stehen Sie nicht so herum, Sie machen mich nervös. Setzen Sie sich.«

Hemmerle deutete auf einen einfachen Stuhl, der vor seinem Schreibtisch stand. Zwischen die beiden kleinen Aktenberge hindurch, die sich links und rechts von ihm auftürmten, schaute mich Hemmerle immer noch schelmisch grinsend an.

»Sieht nach viel Arbeit aus.« Ich deutete auf die Aktenordner.

»Ach wissen Sie, das Böse gibt nie auf. Und das ist gut so. Damit verdiene ich schließlich meine Brötchen. Ohne die Kriminellen wäre ich arbeitslos. Ja, und dann habe ich ja auch noch Sie, Herr Blum. Sie allein sorgen schon für genug Arbeit.«

Den Satz hatte ich schon öfters gehört. Wir sahen uns für einen Augenblick stumm an.

»War wohl eine recht aufgeheizte Stimmung gestern«, unterbrach Hemmerle die Stille.

»Ja, das kann man so sagen.«

»Ging gerade noch mal gut, oder?«

Ich nickte.

»Ziemlich rabiat, diese jungen Leute von heute. Wahrscheinlich hat sie jemand gegen Sie aufgehetzt. Gut, dass nicht mehr passiert ist. Gut, dass Ihre Freundin nichts abbekommen hat. Das wäre schlimmer gewesen.«

»Ja, ich bin froh, dass es so ausgegangen ist. Das mit dem Rücklicht werde ich verschmerzen können. Wir hatten Glück, dass gleich einer ihrer Kollegen zur Stelle war.«

»Kollegin«, verbesserte mich Hemmerle.

»Ja, stimmt. Kollegin. Das war kein Zufall, oder?«

Hemmerle lachte auf.

»Nein, war es nicht. Aber das wissen Sie doch schon. Nachdem Sie für so viel Wirbel gesorgt haben, dachte ich, ich stelle Ihnen eine Aufpasserin an Ihre Seite.«

»Sie hat sich als Kindermädchen bezeichnet. Aber Sie

haben sie doch nicht nur wegen der Bürgerversammlung auf mich angesetzt.«

Das Lächeln verschwand aus Hemmerles Gesicht. Er zog seine Lesebrille ab, behielt sie aber in der Hand.

»Nein, da haben Sie recht. Aber, wo fange ich am besten an?«

»Dabei kann ich Ihnen nicht helfen. Ich habe keine Ahnung, worum es geht.«

Hemmerle schien mich nicht zu hören.

»Es gibt da eine etwas seltsame Geschichte, die mich beunruhigt«, sagte der Kommissar, legte seine Brille weg und nahm einen Kugelschreiber vom Tisch, den er mit den Fingern hin und her drehte.

»Sollte die Geschichte auch mich beunruhigen?«

»Nun…« Hemmerle brach ab und nahm nach ein paar Sekunden einen neuen Anlauf.

»Können Sie sich an den Namen Bender erinnern?«

Klar konnte ich das. Allerdings löste die Erinnerung bei mir keine guten Gefühle aus.

»Wenn Sie den Rennfahrer Bruno Bender aus Reutlingen meinen, dann ja.«

»Ja, ich weiß, das war keine schöne Geschichte…«

»Nein, sicher nicht.«

Bender war in Reutlingen einmal eine große Nummer gewesen. Jeder kannte den Rennfahrer und seine Erfolge. Doch nach der Wende hatte er sich wie viele andere mit Wohnungen im Osten verspekuliert. Den Tiefpunkt seiner Karriere erlebte Bender, als er in der Metzinger Outlet-City ein paar Jacken hatte mitgehen lassen. Er kam vor Gericht. Über den Prozess hatte ich damals berichtet. Die Folgen waren schwerwiegend: Die Banken drehten ihm den Geldhahn zu, Bender war pleite. Seine Frau verließ ihn, sein Haus wurde gepfändet.

Ich machte mir später Vorwürfe, als ich hörte, was mein Artikel alles angerichtet hatte. Allerdings war ich rechtlich aus dem Schneider. Mein Lokalchef übernahm damals die Verantwortung. Er hatte darauf bestanden, den Namen Benders in dem Artikel zu erwähnen. Der Rennfahrer sei schließlich eine Person der Zeitgeschichte, meinte er, womit er nicht ganz unrecht hatte. Und letztlich trug Bender an dem ganzen Schlamassel selbst die Hauptschuld. Hätte er die Luxus-Klamotten doch auf dem Kleiderständer hängen lassen.

Die Geschichte endete tragisch. Bender nahm sich das Leben, praktisch vor den Augen seines Bruders. Danach begann dessen Rachefeldzug gegen mich. Er ging dabei über Leichen und entführte auch Nelly, nur um mich leiden zu sehen. Und alles nur wegen dieses Zeitungsartikels.

»Sie erinnern sich noch, dass Benders Bruder Mathias damals bei unserer Befreiungsaktion schwer verletzt wurde.«

»Wie könnte ich das vergessen.«

»Nun, Bender wurde im Krankenhaus wieder zusammengeflickt, er sitzt aber seit der Zeit im Rollstuhl.«

»Ich weiß, einer Ihrer Kollegen hat es mir einmal gesagt.«

»Und Sie wissen ja auch, dass er zu lebenslanger Haft verurteilt wurde. Aber er kam zuerst gar nicht ins Gefängnis, sondern in ein psychiatrisches Krankenhaus, weil der Gutachter ihm im Prozess eine schwere psychische Störung attestiert hat. Viel gebracht hat es nicht. Er kam wieder ins Gefängnis. Die Ärzte halten ihn immer noch für hochgefährlich. Seit drei Monaten geht es ihm sehr schlecht. Was er genau hat, weiß ich nicht. Die Ärzte haben mir gesagt, dass es nicht sicher ist, ob er es packt. Er soll demnächst in ein Justizvollzugskrankenhaus verlegt werden.«

Langsam schwante mir Schlimmes.

»Vielleicht könnte ich einen Schluck Wasser haben«, bat ich Hemmerle.

»Ja, sicher, kein Problem.« Hemmerle erhob sich und

ging zu einem kleinen Rollschrank, auf dem ein Tablett mit mehreren Flaschen stand. Er nahm eine davon, kam zurück und stellte die Mineralwasserflasche vor mich auf den Schreibtisch.

»Moment, ein Glas brauchen Sie ja auch noch.«

»Wäre nicht schlecht.«

Hemmerle ging wieder zum Schrank und holte eines der Gläser, die neben den Flaschen aufgetürmt waren.

»Hier, das sollte helfen«, sagte er, stellte das Glas neben die Sprudelflasche und setzte sich wieder hinter den Schreibtisch. Während ich mir das Wasser einschenkte, fuhr er fort.

»Wo waren wir stehen geblieben?«

»Bender soll ins Krankenhaus verlegt werden.«

»Richtig. Aber im Augenblick ist er noch im Knast.«

»Das klingt alles sehr tragisch, aber was hat Benders Situation mit mir zu tun?«

»Ich habe ausführlich mit dem JVA-Leiter gesprochen. Bender hat in der Anstalt mit einem Mann namens Maute Freundschaft geschlossen. Gabriel Maute. Ein etwas einfach gestrickter Gauner und Drogendealer, der gerne mal zuschlägt. Wir hatten ihn mehrmals wegen Körperverletzungsdelikten und Diebstählen am Wickel. Er hat auch Stoff vertickt, Kokain. War dringend notwendig, ihn von der Straße zu holen. Wir haben ihn in den Entzug gesteckt.«

»Mir ist immer noch nicht klar, was das ...«

»Nur Geduld, Herr Blum. Wir kommen jetzt zu der Stelle, die für Sie interessant werden könnte. Maute hat sich bei einem begleiteten Ausgang abgesetzt.«

»Und was hat das mit mir zu tun?« Ich nahm einen Schluck aus dem Sprudelglas und merkte, wie ich zu schwitzen begann.

»Maute hätte nur noch wenige Monate hinter Gitter verbringen müssen, dann hätte man ihn zur Bewährung auf freien Fuß gesetzt. Aber nun ist er fort. Eigentlich völliger

Blödsinn. Wenn man ihn jetzt schnappt, wandert er gleich wieder in den Bau und das für lange Zeit. Warum haut so einer ab, frag ich Sie?«

Ich zuckte mit den Schultern.

»Doch nur, weil er etwas Wichtiges zu erledigen hat, für sich oder für jemand anderen.«

»Wie ist er aus dem Knast entkommen? Mit Bettlaken oder Hubschrauber?«

»So lustig ist das nicht.« Hemmerle erzählte mir die Geschichte von Mautes Flucht.

»Dem Beamten, der zu dem Zeitpunkt bei ihm war, ist das nicht gut bekommen. Er liegt im Krankenhaus. Sein Gesicht sieht ziemlich lädiert aus. Wir haben alle Hebel in Bewegung gesetzt, aber wir haben Maute noch nicht gefunden.«

Ich wartete darauf, dass die Geschichte noch weiter ging.

»Mathias Bender war wohl so eine Art Vaterfigur für Maute, hat sich um ihn gekümmert. Meinte jedenfalls der Anstaltsleiter. Sonst hatte Maute keine Freunde dort. Nach seiner Flucht haben wir sein Zimmer durchsucht. Jetzt raten Sie mal, was wir dort gefunden haben?«

Hemmerle wartete meine Antwort nicht ab.

»Artikel von Ihnen, die Sie über diese Missbrauchsgeschichte geschrieben haben. Und einen Artikel über Berkheimers Suizid. Die gleichen Artikel haben wir auch bei Bender gefunden. Kocht hier eine alte Geschichte wieder hoch? Macht Bender Sie nun für den Tod Berkheimers verantwortlich? Der Selbstmord könnte bei ihm etwas ausgelöst haben. Erinnerungen an damals. Sie wissen, was ich meine?«

Ich nickte.

»Bender selbst kann nicht abhauen, weil er im Rollstuhl sitzt, aber vielleicht hat er Maute als seinen verlängerten Arm losgeschickt, um es Ihnen heimzuzahlen.«

»Und jetzt wollen Sie mich vor ihm warnen.«

»Warnen vielleicht nicht direkt. Sagen wir, seien Sie in den kommenden Wochen etwas auf der Hut. Wissen Sie, ich habe keine Lust, Sie wieder mal aus irgendeiner Patsche herauszuholen. Ich habe noch genug vom letzten Mal.«

»Wie stellen Sie sich das vor? Ich kann doch nicht zu Hause herumsitzen und Löcher in die Wand starren.«

»Nein, brauchen Sie auch nicht. Aber halten Sie sich einfach etwas zurück. Vielleicht sehen wir das auch völlig falsch. Vielleicht hat das alles gar nichts mit Ihnen zu tun.«

»Ich hab doch ein Kindermädchen, da kann nichts schief gehen.«

»Die kann aber nicht überall sein. Sie soll in erster Linie Kontakt mit Ihnen halten.«

In diesem Augenblick klopfte es an der Tür.

»Ja?«, rief Hemmerle.

Die Tür öffnete sich und das »Kindermädchen« kam herein.

»Sie haben sich ja schon kennengelernt«, sagte Hemmerle.

»Ja, ich hatte die Ehre.«

»Frau Makeda Nuru ist eine unserer besten Beamtinnen hier im Haus. Sie ist eine echte Schwäbin, auch wenn man ihr das nicht unbedingt ansieht. Sie ist unsere Geheimwaffe bei Nachteinsätzen, da wird sie nicht gleich entdeckt.«

Während Hemmerle lachte, stöhnte Makeda Nuru auf.

»Diese blöden Sprüche muss ich mir täglich anhören. Diese Bleichgesichter sind ja nur neidisch auf meinen gesunden Teint. Aber ich kann die Sprüche wirklich nicht mehr ertragen: Sprüche wie ›Sie sprechen aber gut Deutsch‹ und ›Wo kommen Sie denn her‹. Und wenn ich dann antworte: Ich bin eine Schwäbin, ich bin in Tübingen geboren und in der Nähe von Rottenburg aufgewachsen. Auf dem Land. Ich bin hier zu Hause. Dann sollten Sie mal die Gesichter sehen.«

Makeda Nuru lachte, während Hemmerle leicht angesäuert wirkte.

»Ich möchte Ihnen mal eine kleine Geschichte erzählen, die ich von meinen Eltern habe. In Äthiopien sagt man, dass Gott die Menschen aus Lehm geschaffen hat, im Backofen. Beim ersten Versuch hat er die Form zu früh herausgeholt. Die Lehmmasse war noch ganz hell, nicht richtig durchgebacken. Beim zweiten Versuch wollte er es besser machen. Aber diesmal ließ er die Form zu lange im Ofen. Sie kam ganz schwarz und verbrannt heraus. Erst beim dritten Versuch ist ihm der Mensch richtig gelungen, mit einem perfekten hellen Braun, so wie die Menschen in Äthiopien eben aussehen.«

Makeda Nuru strahlte dabei übers ganze Gesicht. Ich musste zugeben, an der Geschichte konnte was dran sein. Aber eine Backversion hatte sie vergessen, die irische mit den vielen Sommersprossen und den roten Haaren, die war wirklich auch gelungen.

Nach einer kurzen Dreierrunde war alles besprochen. Ich konnte nach weiteren Ermahnungen Hemmerles wieder gehen, was mir nicht unrecht war.

Als ich Minuten später vor meinem Auto stand und gerade die Tür öffnete, klingelte mein Smartphone. Es war Annemarie Junginger. Sie war völlig aufgelöst.

»Gabriele hatte einen schweren Unfall. Sie liegt im Krankenhaus.«

»Was?«

»Ich habe es von Anja erfahren.«

Die Nachricht musste sich erst einmal setzen.

»Was ist passiert?«

»Sie hatte einen Autounfall, beim Bergcafé in Reusten. Aber sie hat überlebt.«

Die Kneipe am Rande der Reutlinger Altstadt war fast leer. Nur in der hinteren Ecke saß ein Mann, der ein großes Glas Bier vor sich stehen hatte. Es war nur noch halb voll. Sein Körper war nach vorne gebeugt, seinen Kopf hatte er auf seine beiden Hände gestützt. Er starrte auf die dunkle Holzplatte des Tisches.

Der Mann sah erst auf, als die Tür der Kneipe aufging. Für einen kurzen Augenblick drang helles Tageslicht ins Innere des Lokals, dessen Fenster abgedunkelt waren. Ein Muskelpaket mit einer dunklen Lederjacke und ebensolchen Hosen war hereingekommen. Er musterte kurz die einzelnen Tische des Lokals.

Der Wirt hinter dem Tresen blickte nicht auf. Es schien so, als habe er den Neuankömmling, der nun direkt auf die hintere Ecke des Schankraumes zusteuerte, gar nicht bemerkt.

»Maute?«, fragte der Muskelprotz den Mann am Tisch.

Ein kurzes Nicken war die einzige Antwort.

»Ich hab was für dich, Alter.«

Der Neuankömmling setzte sich an den Tisch und zog seine Jacke aus.

Maute starrte auf die Arme des Mannes. Sie waren über und über tätowiert. Auch auf dem breiten Nacken des Mannes, dessen Haare kurz geschoren waren, konnte Maute Teile eines Tattoos entdecken.

»Wo ist das Geld?«

»Hier.« Maute schob seine rechte Hand in die Jacke.

Die Gesichtszüge des Muskelpakets spannten sich sofort an. Er fuhr mit einer Hand ebenfalls unter seine Jacke, die direkt neben ihm lag. Für einen Augenblick herrschte völlige Stille. Auch der Wirt hinterm Tresen bewegte sich nicht. Als Maute einen Umschlag aus der Innentasche zog, entspannte sich der Muskelprotz wieder. Er schob seinen massigen Körper nach vorne, sodass niemand sehen konnte, was sich auf diesem Teil des Tisches abspielte. Der

Muskelmann griff sich den Umschlag, prüfte kurz den Inhalt und steckte ihn dann in seine Jackentasche.

Maute sah sein Gegenüber fragend an.

»Die Ware findest du unter deinem Sitz.«

»Wo?«

»Unter dem Sitz«, knurrte das Muskelpaket.

Der Mann legte seine Hand auf Mautes Arm und drückte fest zu.

»Du kannst mir vertrauen.«

Maute spürte den Schmerz, gab aber keinen Mucks von sich, bis die Eisenhand ihn wieder losließ.

»Okay«, sagte Maute nur.

Der Mann zog wieder seine Jacke an.

»Du wartest, bis ich weg bin.«

Maute nickte.

Der Muskelprotz stand auf, beugte sich noch einmal zu Maute hinunter, fasste ihn am Kragen und zog ihn zu sich her.

»Ich war nie hier. Du kennst mich nicht, verstanden?«

Wieder nickte Maute, diesmal allerdings etwas heftiger. Das Muskelpaket ließ ihn los, drehte sich um und ging zur Tür. Wieder schaute der Wirt nicht auf.

Maute rutschte unruhig auf der Bank hin und her. Er beobachtete den Wirt, der aber keine Regung zeigte. Maute wartete einen Augenblick, dann scannte er mit seinen Augen den Hohlraum unter der Bank. In der hinteren Ecke lag ein kleines Bündel. Langsam schob er seinen Körper nach unten. Er ließ dabei den Wirt hinter dem Tresen nicht aus den Augen. Doch der regte sich nicht. Die Zeitschrift vor ihm schien seine ganze Aufmerksamkeit auf sich zu ziehen.

Maute griff sich das Bündel und steckte es schnell in seine Jackentasche. Er spürte dabei das harte Metall unter dem Leinentuch. Maute atmete tief durch. Er trank sein Bier aus, stand auf und verließ das Lokal.

Beim Hinausgehen legte er einen Fünf-Euro-Schein für das Bier auf den Tresen.

Der Wirt murmelte etwas Undeutliches, zog den Schein zu sich herüber und sah Maute nach, der gerade das Lokal verließ.

Für Makeda Nuru hieß das Dorf jetzt nur noch Berkheim. So viel gehörte der Unternehmerfamilie im Ort, so viel Geld hatte sie in alle möglichen Projekte gesteckt, dass, wie sie fand, der Name am besten passte.

Sie war nun auf der Fahrt nach »Berkheim«, in einem Zivilfahrzeug der Polizei. Niemand sollte auf den ersten Blick sehen, dass sie dienstlich unterwegs war. Hemmerle hatte sie losgeschickt. Sie sollte »undercover« vor Ort die Lage peilen, sollte kontrollieren, ob es irgendetwas Ungewöhnliches gab, sollte Stimmungen einfangen, so hatte der Hauptkommissar ihr den Auftrag beschrieben.

Makeda kannte sich aus in der Gegend. Sie war früher öfter durch den Ort gekommen, im Bus auf dem Weg zur Schule in Rottenburg. Heute lag dieses Leben für sie weit zurück. Sie wollte nicht mehr auf dem Land wohnen, wo die soziale Kontrolle zu groß war. Deshalb war sie nach Tübingen gezogen. Und nur zwei Jahre später waren ihre Eltern ihr gefolgt. Sie lebten nun nur zwei Straßenzüge weiter.

Ehe Makeda losgefahren war, hatte sie »Berkheim« auf Google Maps studiert. Eine Stelle des Dorfes hatte sie sich genauer angesehen: die Berkheimer Werke. Sie mussten extrem gewachsen sein, denn so groß hatte sie das Unternehmen nicht in Erinnerung.

Als sie »Berkheim« erreicht hatte, kamen alte Erinnerungen zurück. Zuerst fuhr sie zu den Berkheimer Werken, die von Mauern und Zäunen umgeben waren. Makeda hielt am Straßenrand kurz an. Durch eines der Betriebstore konnte sie zahlreiche Angestellte auf dem Firmengelände beobachten. Wie viele Menschen mochten wohl hier eine Arbeitsstelle gefunden haben? Sie versuchte, ihre Zahl abzuschätzen, gab aber schnell auf. Am Hauptgebäude entdeckte sie ein großes Plakat. »Wir trauern um unseren Firmengründer«, stand darauf zu lesen. Und auf dem Boden davor hatten die Angestellten zahlreiche Kerzen und Blumen platziert.

Makeda fuhr weiter. Als sie die Berkheimer Werke hinter sich gelassen hatte, nahm sie den Weg, der direkt ins Ortszentrum führte. Sie kam an dem neuen Rathaus und dem kleinen Einkaufszentrum in der Ortsmitte, das sich etwas großspurig »Berkheimer Galerie« nannte, vorbei. Auf einem Parkplatz in der Nähe stellte Makeda ihr Fahrzeug ab.

Sie wartete ein paar Minuten, bevor sie aus dem Auto ausstieg. Makeda sah sich die Umgebung an. Das Zentrum musste vor wenigen Jahren grundlegend saniert worden sein. Die Häuser hatten neue Fassaden. Einige Gebäude waren neu hinzugekommen, an sie konnte sie sich jedenfalls nicht erinnern. Was ihr sofort auffiel: Es war viel ruhiger hier als in der Stadt. Auch die Luft war wesentlich besser. Trotzdem wollte sie nicht mehr auf dem Dorf leben.

Makeda entschloss sich, ein wenig durch die Straßen zu schlendern. Als sie die Autotür zuschlug, fühlte sie für einen Augenblick die Waffe unter ihrer Jacke. Sie hatte keine mitnehmen wollen, aber Hemmerle hatte darauf bestanden.

Wohin sie als Erstes gehen würde, war klar: zur Bäckerei im Einkaufszentrum. Makeda hatte Hunger, und der verstärkte sich noch, als sie den Laden betrat. Ein angenehmer Duft von frischen Backwaren lag in der Luft. Makeda sah sich die Auslage an und deutete schließlich auf eine mit Käse belegte Laugenstange.

Die Bedienung murmelte etwas vor sich hin, packte die Laugenstange in eine Tüte und gab sie ihr. Nachdem Makeda bezahlt und das Geschäft verlassen hatte, eilte die Bedienung ins Hinterzimmer. Makeda setzte sich auf eine Bank vor einem kleinen Brunnen, aß die Laugenstange und genoss das Wetter, das angenehmer war als noch vor einer Woche. Eine Weile später stand sie auf und spazierte die Hauptstraße entlang. Schließlich erreichte sie die Kirche, was sie an die Geschehnisse vor ein paar Tagen erinnerte. Die Bürgerversammlung hatte die Stimmung im Ort deutlich aufgeheizt. Das hatte sie gleich bemerkt. Aber heute wirkte alles so friedlich, so normal.

Makeda hatte gestern die bisherigen Ermittlungsergebnisse gelesen und war noch einmal alles durchgegangen. Der Auftritt des Anwalts bei der Bürgerversammlung hatte sie wütend gemacht. Klar versuchte er, die Glaubwürdigkeit der beiden Frauen zu erschüttern. Aber mit welcher Aggressivität und Selbstgefälligkeit er das tat, hatte sie schon verwundert. Warum sollte eine Frau nach so vielen Jahren aus den USA zurück in ihr Dorf kommen, um sich an einem Mann zu rächen? Das hätte sie doch viel früher tun können, zu einer Zeit, als dieser Missbrauch noch nicht verjährt gewesen war. In den Ermittlungsunterlagen hatte sie noch einen Hinweis gelesen, der sie stutzig gemacht hatte. Eine Anruferin hatte sich bei der Polizei gemeldet und von einem weiteren Vorfall berichtet, der offenbar noch nicht so lange zurücklag. Doch der Name der Anruferin war falsch gewesen, die Adresse, die sie genannt hatte, gab es nicht.

Nach einigen Hundert Metern bog sie in eine Seitengasse ab. Sie wollte sich den Ort noch genauer anschauen, zu Fuß.

Doch weit kam sie nicht. Plötzlich standen zwei Männer vor ihr, die ihr den Weg versperrten. Der eine hatte einige Pfunde zu viel auf der Hüfte und trug ein schwarzes T-Shirt mit der Zahl 88. Der andere war dagegen ausgesprochen hager und unauffällig gekleidet.

»Ach, schau mal, unsere Negerbraut. Was will die denn hier in unserem Dorf?«, sagte der Dicke zu seinem Kumpel.

Beide Männer lachten gehässig. Der Dicke streckte seine Hand in Richtung Makeda aus.

»Vorsicht, die färbt sicher ab«, meinte sein Kumpel.

Der Dicke begann wieder zu lachen, setzte ein übertrieben entsetztes Gesicht auf und zog seine Hand schnell wieder zurück. Makeda musterte die Männer. Bei dem Anblick der beiden fielen ihr sofort »Dick und Doof« ein, denn mit Anzug und Hut bekleidet hätte das Duo durchaus als Kopie der beiden Komiker durchgehen können. Makeda musste grinsen. Dem Dicken gefiel das nicht.

»Was gibt es da zu grinsen, du Negerschlampe.« Der Ton wurde merklich rauer.

Doch Makeda blieb ruhig.

»Würden die beiden Bleichgesichter bitte den Weg frei machen«, sagte sie kühl.

Die beiden Männer schauten sich an.

»Hast du das gehört? Ich glaube, wir müssen der Negerschlampe Manieren beibringen und sie dann wieder in den Urwald zurückschicken«, meinte der Dicke.

Der Hagere neben ihm gab Affenlaute von sich.

»Solchen Schwachsinn habe ich schon lange nicht mehr gehört. Und noch etwas: Ich bin wirklich überrascht. Trägt man heute nicht mehr Glatze und Bomberstiefel. Oder seid ihr inkognito unterwegs, als Säuberungskommando«, blaffte Makeda die beiden an.

»Was?«

Makeda ging auf die beiden Männer zu, die keinen Zentimeter zur Seite wichen.

»He, hau ab, du Negerschlampe.«

Der Dicke wurde merklich unsicherer. Er griff nach Makeda, wollte sie zur Seite stoßen.

»Griffel weg«, schrie Makeda den Dicken an, der erschrocken nach hinten auswich. Doch schnell hatte er seinen Mut wieder gefunden. Er begann höhnisch zu lachen.

»Gut, du willst es nicht anders.«

Der Mann trat nach vorne und holte mit seiner Rechten aus, um Makeda ins Gesicht zu schlagen. Der Hagere stand noch unentschlossen an seiner Seite und wartete darauf, wie der Angriff seines Kumpels ausgehen würde. Was dann folgte, war zu schnell für ihn. Makeda trat dem Dicken mit voller Wucht in den Unterleib. Er stürzte mit schmerzverzerrtem Gesicht zu Boden. Der Hagere war so perplex, dass er völlig still dastand. Vielleicht war auch der Lauf der Pistole, in den er gerade schaute, der Grund, warum er sich nicht rührte.

»Doof, du bleibst hier schön ruhig stehen, während ich Dick hier schließe.« Der Hagere nickte mit dem Kopf.

»Ach ja, Polizei.« Makeda zog ihre Dienstmarke und zeigte sie dem Hageren, der noch immer zur Salzsäule erstarrt war.

»Sie sind beide vorläufig festgenommen, damit ich Ihre Personalien feststellen kann«, sagte sie, während sie die Arme des immer noch jammernden Dicken auf den Rücken drehte und ihm Handschellen anlegte.

Nach der Nachricht von Annemarie Junginger war ich sofort nach Hause gefahren. Von dort aus hatte ich Hemmerle angerufen, um ihn über den Unfall zu informieren. Doch ich konnte ihm keine Neuigkeit vermelden, denn er wusste bereits Bescheid. Seine Kollegen von der Verkehrspolizei hatten ihm gerade die Nachricht überbracht. Sie waren offenbar auch nicht schneller als Annemarie Junginger gewesen. Aber Hemmerle hatte noch einige Einzelheiten zu berichten. Die Ärzte hatten Gabriele Weißhaar in ein künstliches Koma versetzt, um ihren Heilungsprozess zu verbessern. Sie sei inzwischen nicht mehr in Lebensgefahr, aber an eine Befragung, wie es zu dem Unfall kommen konnte, sei derzeit natürlich nicht zu denken, meinte Hemmerle.

Der Schock saß tief. Wieso hatte es ausgerechnet Gabriele Weißhaar erwischt? Ich hätte gerne mit Nelly über die Entwicklungen der vergangenen Tage und Stunden geredet, aber Nelly lag im Bett und schlief. Sie fühle sich nicht wohl und wolle sich ausruhen, stand auf einem Zettel, der an der Schlafzimmertür hing. Trotzdem wagte ich einen Blick hinter die Tür, aber Nelly lag so entspannt da, dass ich sie nicht aufwecken wollte. Ich schloss, so leise ich konnte, wieder die Tür.

Ich ging noch einmal durch, was inzwischen passiert war. Wenn Hemmerle recht hatte, war jemand hinter mir her. Eine meiner Interview-Partnerinnen hatte Todesangst, die andere lag im Koma im Krankenhaus und war nicht ansprechbar. Wie war es zu dem Unfall abgekommen? War sie nur einfach von der Straße abgekommen oder hatte jemand nachgeholfen, weil sie ihm lästig geworden war? Oder ging jetzt einfach meine Fantasie mit mir durch? Vielleicht sollte ich mir einmal den Unfallort näher anschauen.

Aber zuerst musste ich meine journalistische Alltagspflicht erfüllen. Die Pressekonferenz in Walddorfhäslach stand an. Ich schnappte mir Block, Kugelschreiber und Foto, setzte mich in mein Auto und fuhr Richtung Schönbuch. Diese Route ist schöner als die Strecke über die Bundesstraße. Als ich den Herrlesberg verließ, musste ich am Abzweig nach Dettenhausen wegen des Gegenverkehrs anhalten. Mein Hintermann war offenbar ein Träumer oder er hatte es eilig, denn er wäre mir mit seinem blauen Kastenwagen beinahe ins Heck gefahren. Er kam nur Zentimeter hinter meinem Kofferraum zum Stehen. Ich schaute mir im Rückspiegel das Gesicht des Fahrers genauer an, was aber nicht viel brachte. Seine Augen waren von einer großen Sonnenbrille verdeckt, der Rest seines Gesichts zeigte keine Regung.

Als die Straße endlich frei war, bog ich ab. Der Kastenwagen folgte mir bis nach Walddorfhäslach. Er hielt allerdings genügend Abstand und kam mir nicht wieder zu nahe. Als ich den Ortskern erreicht hatte, war der Wagen aus meinem Blickfeld verschwunden. Er war nirgendwo mehr zu sehen. Ich fuhr zum Rathaus und stellte meinen Wagen dort ab.

Als ich leicht verspätet ins Besprechungszimmer kam, waren meine Kollegen schon da. Die Bürgermeisterin begrüßte mich freundlich und blickte dann auf die Uhr.

»Herr Blum. Auch einmal wieder in unserer kleinen Gemeinde. Das freut mich. Und wie immer zu spät.« Sie lächelte mich an.

Ich setzte mich auf den einzigen Stuhl, der noch frei war. Es war natürlich der schlechteste Platz im ganzen Raum. Wer zu spät kommt, den bestraft die Sitzordnung. Eine große Stechpalme hinter mir machte ihrem Namen alle Ehre und hielt mich davon ab, mich bequem zurücklehnen zu können. Außerdem schien mir durch das Fenster die Sonne mitten ins Gesicht.

»Geht's?«, fragte die Bürgermeisterin. Ich nickte. Die Stechpalme nickte mit und kratzte mich dabei am Kopf.

Kein Grund, sich aus der Ruhe bringen zu lassen. Ich war bereit und die Stechpalme auch. Die Pressekonferenz konnte beginnen.

Die Bürgermeisterin lobte ihren Ort in den höchsten Tönen und war sichtlich erfreut, dass die Sanierung des

Ortskerns endlich beginnen konnte. Sie war von ihrem Erfolg so begeistert, dass ihr Vortrag ausuferte. Auch die vielen Zwischenfragen meiner Kollegen sorgten dafür, dass sich die Pressekonferenz nach einer Stunde noch immer nicht dem Ende näherte. Meine Gedanken machten sich selbstständig, ich dachte wieder an die vergangenen Tage und schaute dabei aus dem Fenster. Als sich meine Augen an das blendende Sonnenlicht gewöhnt hatten, fiel mein Blick auf ein Fahrzeug, das vor dem Rathaus halb auf der Straße, halb auf dem Gehweg parkte. Ich brauchte nicht lange, bis ich kapierte, dass ich den blauen Wagen dort unten schon einmal gesehen hatte. Es war der Kastenwagen, der mir vor einer halben Stunde fast ins Heck gerauscht wäre. Was wollte der hier? Am Steuer des Autos saß jemand, dessen Gesicht ich aber von hier oben nicht erkennen konnte. Aber sicher war es der Sonnenbrillen-Mann.

In meine Gedanken mischte sich die Stimme der Bürgermeisterin.

»Wenn dann keine Fragen mehr sind, schließe ich die …« Der Rest ging an mir vorüber, weil ich mich immer noch mehr auf den Kastenwagen konzentrierte. Da ich aber nicht im Rathaus übernachten wollte, schloss ich mich meinen aufbrechenden Kollegen an und verließ mit ihnen das Gebäude durch den Seitenausgang. So gelangte ich zu meinem Wagen, ohne dass mich der Sonnenbrillenmann sehen konnte.

Gerade als ich in mein Auto einsteigen wollte, summte mein Smartphone. Es war Annemarie Junginger. Sie hörte sich ziemlich aufgelöst an.

»Ich halte es hier in meinem Zimmer nicht mehr aus«, sagte sie.

»Was wollen Sie tun?«

»Ich weiß es nicht, aber ich muss raus hier. Ich möchte zu dieser Stelle fahren, wo Gabriele verunglückt ist.«

»Daran habe ich auch schon gedacht.«

»Kommen Sie doch mit. Mir ist es sowieso lieber, wenn mich jemand dorthin begleitet.«

»Gut.« Wir verabredeten uns für den nächsten Morgen.

Ich wollte gerade meinen Wagen starten, als schon wieder das Telefon summte.

»Ich bin hier doch keine Hotline«, dachte ich.

Diesmal war es Oberstaatsanwalt Gramer.

»Wo ist Ihre Informantin?«, blaffte er mich an.

»Wen meinen Sie?«

»Diese Amerikanerin?«

»Frau Junginger?«

»Ja, ich habe noch ein paar Fragen an sie, aber ich weiß im Augenblick nicht, wo sie ist. Sie hat wohl das Hotel gewechselt. In Rottenburg ist sie jedenfalls nicht mehr. Und telefonisch erreiche ich sie auch nicht.«

»Was wollen Sie von ihr?«

»Das werde ich gerade Ihnen auf die Nase binden.«

Gut, wenn der Herr Oberstaatsanwalt bockig war, konnte ich das auch sein.

»Ich hab keine Ahnung, wo sie ist«, log ich, um gegenüber Gramer etwas Vorsprung zu behalten. Ich wollte zuerst mit Annemarie Junginger reden.

»Wenn Sie bei Ihnen anruft, sagen Sie ihr, dass sie sich sofort bei mir melden soll. Sonst lasse ich sie polizeilich suchen.«

»Ich werde es ihr ausrichten.«

»Tun Sie das«, sagte Gramer merklich verstimmt und legte auf.

Jetzt hatte ich noch ein paar Fragezeichen mehr. Warum hatte Annemarie Junginger vor ein paar Minuten nicht gesagt, dass sie aus ihrem Hotel ausgezogen war? Und wo wohnte sie jetzt? Sicher nicht unter der Neckarbrücke. Ich fuhr los und bog gleich in die Straße ab, in der ich den Kastenwagen gesehen hatte. Er war weg. Auch gut, dachte ich, und nahm den kürzesten Weg zurück nach Tübingen.

»Sie sind sehr mutig, aber genauso leichtsinnig«, knurrte Hemmerle etwas ungehalten. Was seine Kollegin sich bei ihrer Undercover-Aktion geleistet hatte, war nicht das gewesen, was er sich vorgestellt hatte.

»Nicht mutig, selbstbewusst«, korrigierte Makeda Nuru ihren Chef. »Ich vertraue auf meine polizeiliche Ausbildung. Außerdem weiß ich, dass solche Typen eine große Klappe haben, aber schnell den Schwanz einziehen, wenn's ernst wird.«

»Ich hoffe, dass Sie damit immer recht behalten.«

Makeda Nuru war sich noch nicht sicher, was sie von Hemmerle zu erwarten hatte. Lob oder Tadel? Es lief wohl auf beides hinaus.

»Sie sollten dort undercover ermitteln, sich die Lage vor Ort anschauen. Stimmungen einfangen. So war Ihr Auftrag. Es ist immer besser, auf vertrautem Terrain zu operieren. Aber undercover war das ja wohl nicht. Ihr forscher Auftritt macht sicherlich gerade die Runde im Ort.«

Makeda Nuru fühlte sich in die Defensive gedrängt, was ihr nicht gefiel.

»Ich möchte solche Typen nicht mehr laufen lassen, mich nicht mehr einfach wegducken. Ich bin schon einigen von diesen Idioten begegnet und hab mir viel anhören müssen. Negerbraut, schwarze Schlampe, geh zurück nach Afrika, und das sind noch die ›nettesten‹ Ausdrücke. Ich will ihnen zeigen, wer ich bin, dass ich hierher gehöre. Außen bin ich dunkel, aber innen bin ich weiß, wie jeder hier. Ich fühle mich hier heimisch, mein Schwäbisch ist besser als mein Äthiopisch. Sicher liegen dort unten meine Wurzeln, aber ich habe mich entschieden: Hier ist meine Heimat. Und wenn so ein Idiot daher kommt und mich mit dummen Sprüchen anmacht, dann möchte ich ihm erklären, dass er Blödsinn redet.«

»Aber vielleicht nicht immer so.«

»Wieso nicht? Volksverhetzung, Beamtenbeleidigung,

versuchte Körperverletzung, soll man diese Straftatbestände als Polizist nicht mehr verfolgen?«

Hemmerle stöhnte auf.

»Doch, doch. Aber alles zu seiner Zeit. Es gibt Situationen, in denen man sich manchmal besser etwas zurückhält und nicht sofort agiert. Und noch etwas: Mir wäre es lieber, wenn bei solchen Aktionen ein Kollege dabei wäre.«

»Warum? Weil Sie mir nicht vertrauen können? Weil ich überreagieren könnte? Weil ich ...«

»Jetzt hören Sie endlich auf. Mir geht es einzig und allein um Ihre Sicherheit. Und manchmal wäre es auch besser, wenn noch ein zusätzlicher Zeuge dabei wäre.«

»Wieso?«

»Kolb-Bartholdy hat sich vorhin bei mir gemeldet. Er wollte diese beiden Nullen aus dem Knast holen. Er hat mit dem Dicken gesprochen und danach behauptet, sein Mandant hätte doch gar nichts gemacht, sie wären völlig ohne Grund auf ihn losgegangen.«

»Aber ...«

Hemmerle ließ sie nicht ausreden.

»Ich hielt ihm das »Heil-Hitler-Hemd« mit der 88 und ein paar seltsame Flugblätter mit Hakenkreuz unter die Nase. Da wurde er schnell ruhiger. Aber am meisten hat mir das Geständnis der Bohnenstange Spaß gemacht. Als wir ihm gesagt haben, dass er jetzt ein paar Tage in der Zelle schmoren wird, war er so nett, gleich alles auszuplaudern, noch bevor wir überhaupt etwas gefragt hatten. Wir haben damit einen großen Fahndungserfolg errungen. Wir, ich meine natürlich Sie, haben den Fall des kaputten Rücklichts aufgeklärt, Frau Nuru. Herr Blum wird Ihnen ewig dankbar sein. Seine Versicherung hat jetzt jemanden, an den sie sich wenden kann. Dieser unterbelichtete Adolf hat nämlich gestanden, dass er mit seinem dicken Kumpel ganz mutig das Journalisten-Auto mit einem Baseballschläger attackiert und dabei das Rücklicht zerlegt hat. Sie hätten mal das Gesicht von Kolb-Bartholdy sehen sollen, als ich ihm das unterschriebene Geständnis unter die Nase gehalten habe.« Hemmerle lachte.

Makeda Nuru lachte mit, wusste aber nicht, ob Hemmerle sie eben gelobt hatte oder ob er nur sarkastisch gewesen war.

»Leider müssen wir die Idioten wieder laufen lassen, aber die beiden werden sicher bald etwas von meinem Freund Gramer hören, der kann solche Typen auch nicht ausstehen.«

Es war bereits seit einer halben Stunde dunkel, als Anja das Klopfen an der Hintertür hörte. Sie erschrak, obwohl sie damit gerechnet hatte. Langsam drehte sie sich zum Fenster, zog vorsichtig einen der Vorhänge ein Stück beiseite und schaute auf die Straße. Draußen war niemand zu sehen. Wieso auch? An einem Wochentag war in dieser Wohngegend so spät nichts mehr los. Fast alle lagen sicher schon im Bett, weil sie wie jeden Tag früh aufstehen und zur Arbeit gehen mussten. Wieder klopfte es an der Hintertür.

Anja wartete einen Augenblick. Sie hörte nach oben, wo die Kinder schliefen. Aber es blieb alles still. Schließlich ging sie die paar Schritte in die Küche und öffnete leise die Tür, die zum Garten führte.

Annemarie Junginger stand vor ihr.

»Ist es wirklich okay, wenn ich zu dir komme?«, fragte sie.

»Natürlich. Aber sei leise, dass wir die Kinder nicht aufwecken. Ich freue mich doch, dass du gekommen bist.«

Die beiden Frauen standen immer noch in der Tür.

»Es ist schrecklich, dass es so heimlich sein muss. Hier, durch die Hintertür. Ich fühl mich so feige.«

»Nein, das brauchst du nicht. Ich kann dich verstehen, Anja.«

Annemarie Junginger schaute unsicher an Anja vorbei in die Küche.

»Dein Mann ist nicht da?«

»Nein. Er ist auf einer Dienstreise und kommt erst in zwei Tagen wieder.«

»Hast du ihm gesagt, dass ich …«

»Nein.« Anja senkte den Kopf und blickte zu Boden.

Annemarie legte ihr eine Hand auf die Schulter.

»Ist schon gut, Anja. Ich bin froh, dass du überhaupt noch mit mir redest.«

Plötzlich war wieder Leben in Anja.

»Natürlich rede ich mit dir. Das kann mir auch niemand verbieten. Du warst Luises beste Freundin. Sie hätte immer zu dir gehalten, in jeder Situation, und warum sollte ich das nicht tun? Aber jetzt komm doch rein.«

Annemarie trat in die Küche und sah sich um. Es war wie immer, alles sauber aufgeräumt, alles an seinem Platz. Die beiden Frauen umarmten sich kurz.

»Seltsam. Seit du hier bist, haben wir noch nie über Luise gesprochen«, sagte Anja.

»Ich weiß. Aber wir hatten ja nie richtig Zeit, miteinander zu reden, es war einfach zu viel los. Ich meine, richtig miteinander zu reden. Nur wir zwei. Es war ja immer irgendjemand um uns herum.«

Anja nickte. Die beiden Frauen setzten sich an den Küchentisch.

»Ich denke oft an Luise. Es war ein Schock für mich, als die Polizei mir mitteilte, dass sie tödlich verunglückt sei. Ich kann es bis heute nicht verstehen. Wir hatten doch am Tag vorher noch miteinander gesprochen, miteinander gelacht.«

Einen Augenblick herrschte Stille im Raum.

»Ich weiß nicht, wie das passieren konnte. Luise war

keine schlechte Fahrerin. Sie ist nie sehr schnell gefahren. Im Gegenteil. Und dann, einfach so, auf gerader Strecke …« Anja brach ab.

»Ihr habt euch immer gut verstanden, du und Luise. Als Kinder wart ihr fast unzertrennlich«, sagte Annemarie.

»Ja, ich weiß. Aber wenn sie mit dir unterwegs war, durfte ich oft nicht mit. Manchmal war ich deshalb etwas eifersüchtig auf dich.« Anja lächelte.

»Sicher waren wir nicht mehr so oft zusammen, nachdem ich geheiratet hatte, aber unser Verhältnis war immer gut«, erzählte Anja. »Luise hat immer gespürt, wenn mir die Decke hier auf den Kopf gefallen ist und ich mal aus diesen vier Wänden hier raus musste. Dann sind wir losgezogen.«

Anja stand auf.

»Anne, möchtest du etwas trinken? Einen Tee vielleicht?«

Annemarie schüttelte den Kopf, aber Anja hörte ihr nicht richtig zu. Sie holte zwei Tassen aus dem Küchenschrank und stellte sie auf den Tisch. Danach schaltete sie den Wasserkocher an.

»Ich weiß nicht, in den Monaten vor ihrem Unfall war Luise manchmal etwas seltsam, wenn sie hier war. Sie kam auch meistens nur, wenn Stefan nicht da war. Irgendetwas hat sie beschäftigt.«

»Hast du eine Vermutung, was sie beschäftigt haben könnte?

»Nein, ich weiß es nicht. Sie hat nicht mit mir darüber gesprochen. Vielleicht war auch nichts, vielleicht habe ich mir das nur eingebildet.«

Anja holte eine Teekanne und legte zwei Teebeutel hinein.

»Ich weiß so wenig von Luise, was sie gemacht hat, nachdem ich in die USA bin. War Luise nie verheiratet?«, fragte Annemarie.

»Doch. Aber nur kurz. Die beiden haben nicht zueinandergepasst. Ich hab's mir von Anfang an gedacht. Erst kam die Trennung, dann gleich die Scheidung. Sie war froh, dass sie ihn losgeworden war, das merkte man, aber sie hat mir nie genau erklärt, was zwischen ihnen vorgefallen ist. Danach hat sie keinen Mann mehr gehabt. Keine Ahnung, warum. Sie war eigentlich immer attraktiv, viel attraktiver als ich. Aber sie wollte keinen mehr.«

»Hat sie hier im Dorf gelebt?«

»Nein, das wollte sie nicht. Aber allzu weit ist sie nicht gekommen. Sie hat in Poltringen, nicht weit vom Wasserschloss entfernt, gewohnt.«

»Es freut mich, zu hören, dass ihr so gut miteinander ausgekommen seid.«

»Ja. Weißt du, seit sie tot ist, war ich nur noch einmal in ihrem Haus, weil ich die ganzen Formalitäten erledigen musste. Ich konnte danach nicht wieder hingehen.«

»Was hast du mit ihrem Haus gemacht?«

»Nichts. Es hat ihr gehört, und weil unsere Eltern nicht mehr leben, hab ich das kleine Haus praktisch geerbt. Ich hab alles so gelassen, als ob sie noch am Leben wäre. Mein Mann versteht das nicht. Er würde das Haus gerne verkaufen und das Geld in unser Haus stecken, auch wenn es sicher nicht viel einbringt. Aber ich kann nicht einfach in ihren Sachen herumwühlen und irgendetwas aussortieren und wegwerfen. Das kann ich nicht.«

»Du meinst, Luises Haus ist noch genauso, wie sie die letzten Jahre darin gelebt hat?«

»Ja, genau so. Ich habe nichts verändert.«

Es entstand eine Pause.

»Anja, ich würde ihr Haus gerne einmal sehen. Vielleicht ist da noch irgendetwas von früher, irgendetwas, das mich an sie erinnert und das ich vielleicht als Andenken mitnehmen könnte. Kannst du dich nicht überwinden und mit mir dorthin gehen.«

Anja starrte eine Weile stumm aus dem Fenster in die Dunkelheit. Dann wandte sie sich wieder an Annemarie.

»Gut, ich bring dich hin und gebe dir den Schlüssel. Aber hineingehen, das musst du alleine«, sagte sie.

Am nächsten Morgen schlich Annemarie Junginger leise durch die Küche in die Garage. Sie nahm auf der Rückbank von Anjas Wagen Platz, duckte sich und legte eine Decke über sich. Sie wollte im Dorf nicht in Anjas Wagen gesehen werden. Nach den Drohanrufen, die sie erhalten hatte, war Annemarie sehr vorsichtig geworden. Sie fühlte sich hier nicht mehr sicher. Sie hatte Angst, dass sich irgendein Spinner den allgemeinen Aufruhr als Grund nehmen könnte, seine Gewaltfantasien auszuleben. Außerdem wollte sie Anja nicht in Schwierigkeiten bringen oder gar gefährden.

Anja hatte sich Annemaries Vorschlag nur widerwillig gebeugt, war dann aber insgeheim froh, als sie die Garage verließ, dass niemand ihre Freundin auf dem Rücksitz sehen konnte. Auch sie wusste nicht so recht, was sie von den Menschen im Dorf zu erwarten hatte. Ein paar Bekannte schnitten sie bereits, weil sie ihr vorwarfen, die »Amerikanerin« nach Deutschland gelotst zu haben.

Ihre Kinder hatten nicht mitbekommen, dass Annemarie bei ihnen im Haus übernachtet hatte. Anja hatte am Morgen zuerst mit ihnen gefrühstückt und sie dann zur Schule geschickt. Erst danach hatte sie Annemarie aus dem Gästezimmer geholt.

Als die beiden Frauen die letzten Häuser des Dorfes hinter sich hatten, hielt es Annemarie nicht mehr länger unter der Decke aus.

»Ich glaube, ich kann mich langsam zeigen? Was meinst du? Es wird mir hier langsam zu unbequem.«

»Du wolltest unter die Decke. Ich habe dich nicht dazu gezwungen«, sagte Anja.

»Ja, ich weiß, aber glaube mir, es ist sicher besser so.«

»Wenn du meinst.«

Annemarie zog die Decke weg und streckte sich auf dem Rücksitz aus. Sie blieb noch ein paar Minuten in Deckung und richtete sich dann vorsichtig auf. Die Straße, auf der sie fuhren, war menschenleer, kein Auto und auch keine Fußgänger waren zu sehen.

»Es ist furchtbar, dass wir solche Spielchen spielen müssen«, meinte Anja. Sie schaute in den Rückspiegel, und als sie Annemarie mit ihren von der Decke zerwühlten Haaren sah, lächelte sie.

»Das ist kein Spiel mehr, Anja«, sagte Annemarie.

Schweigend erreichten die beiden Frauen Poltringen.

Sie passierten das Wasserschloss und bogen vor dem *Adler* von der Hauptstraße nach rechts ab. Kurze Zeit später standen sie vor Luises Haus.

Es war ein altes, sehr kleines und völlig zugewachsenes Gebäude. Neben dem Eingang war ein kleiner Garten, in dem viele Blumen blühten.

»Das war Luises ganze Leidenschaft. Ihr Garten«, sagte Anja und zeigte auf die Blumen. Ich glaube, die Nachbarin kümmert sich jetzt darum. Sieht schön aus.«

Annemarie nickte.

Als sie die Eingangstür erreicht hatten, zögerte Anja kurz. Sie drehte den Schlüssel in ihrer Hand hin und her.

»Wenn du nicht mit ins Haus kommen willst, kannst du gerne im Auto auf mich warten. Es dauert sicher nicht lange. Ich möchte einfach durch die Räume gehen und die Atmosphäre aufnehmen. Ich stelle mir Luise vor, so wie ich sie in Erinnerung habe und möchte sehen, wie sie hier gelebt hat.«

»Nein, Annemarie, ich muss mit ins Haus. Ich muss das jetzt abschließen, auch wenn's mir schwerfällt. Es hat doch keinen Zweck, die Realität auszublenden. Ich komme mit.«

Anja nahm den Schlüssel und steckte ihn ins Schloss. Sie öffnete die Tür und beide Frauen traten ins Haus. Die

Luft war etwas stickig. Anja ging zu einem der Fenster im Wohnzimmer und öffnete es. Annemarie blickte sich überall um, schlenderte von Zimmer zu Zimmer. Überall hatte sich etwas Staub auf die Möbel gesetzt. Aber sie bekam einen Eindruck, wie Luise in diesem Haus gelebt hatte. Alles wirkte noch so, als sei sie am Leben. Nur der Kühlschrank in der Küche war leer, und seine Tür stand halb offen.

Als Annemarie wieder in Luises Wohnzimmer kam, entdeckte sie ein paar gerahmte Fotos, die auf einer Kommode in einem kleinen Halbkreis aufgestellt waren. Auf einem der Fotos war auch sie selbst zu sehen, zusammen mit Luise. Es war ein Foto aus Jugendtagen. Annemarie nahm den Bilderrahmen mit dem Foto in die Hand und betrachtete es eine Weile. Wie alt mochten sie gewesen sein? Dreizehn, vierzehn? Als sie merkte, dass ihre Gefühle mit ihr durchgingen, stellte sie das Foto wieder zurück auf die Kommode.

»Was ist dort drin?«, fragte Annemarie plötzlich und deutete auf eine verschlossene Tür.

»Das ist Luises Arbeitszimmer. Dort hatte sie ihren Computer stehen. Sie hat den Raum erst ein paar Monate vor ihrem Unfall renoviert und neu eingerichtet. Ist nur ein kleines Zimmer.«

Annemarie war neugierig. Sie wollte sich auch diesen Raum ansehen. Sie näherte sich der Tür. Anja folgte ihr. Als sie in den Raum eintraten, spürten beide einen leichten Luftzug. Sie schauten synchron zum Fenster. In einem der Fenster fehlte im rechten oberen Fensterkreuz eine Scheibe. Die beiden Frauen schauten sich an.

Anja ging zum Fenster. Es knirschte unter ihren Füßen. Sie sah nach unten. Sie war auf ein paar Scherben getreten, die auf dem Boden lagen.

»Ich glaube, hier ist jemand eingebrochen. Was meinst du?«, fragte Anja. Annemarie, die jetzt an ihrer Seite stand, bückte sich und untersuchte vorsichtig die Scherben.

»Ja, sieht so aus. Die Scheibe wurde von außen eingeschlagen, denke ich.«

Annemarie richtete sich wieder auf und schaute aus dem Fenster.

»Der Hinterhof ist ziemlich zugewachsen. Niemand von den Nachbarn kann sehen, wen hier jemand ist.«

»Ja, Luise wollte es so.«

Annemarie studierte das Zimmer.

»Hier der Schrank steht offen, und einige Schubladen sind herausgezogen. Da hat irgendjemand etwas gesucht.«

»Aber viel kann er nicht gefunden haben. Luise hatte hier keine großen Wertgegenstände, glaube ich jedenfalls.«

»Fehlt irgendetwas?«, fragte Annemarie.

Anja lief im Zimmer umher, sah sich die Schubladen und den Schrank an.

»Nein, glaube nicht.«

Im nächsten Augenblick fiel ihr aber auf, was nicht an seinem Platz stand.

»Wie konnte ich das übersehen. Luises Laptop ist weg. Der stand immer hier.« Anja zog ein ausziehbares Ablagebrett unter dem Schreibtisch hervor. Es war leer.

Die Polizei wird die Leiche Ihres Mannes demnächst freigeben, dann können Sie ihn bestatten, so wie es sich gehört.« Kolb-Bartholdy saß am Bett von Dorothea Berkheimer und hielt ihre Hand. Die Frau des Fabrikanten, der am Wurmlinger Kreuzweg erhängt aufgefunden worden war, stand seit Tagen unter strenger ärztlicher Kontrolle. Die Mediziner hatten ihr geraten, sich wegen ihres schwachen Herzens nicht anzustrengen, deshalb verbrachte sie die meiste Zeit im Bett. Als Antwort bekam der Anwalt nur ein leises Stöhnen.

»Sie müssen sich um nichts kümmern, das mache ich schon. Dafür bin ich ja da. Und Sie haben ja auch noch Ihre Söhne, die Ihnen alle Formalitäten abnehmen können. Es ist doch schön, wenn man Kinder hat, die einem in einem solch schweren Moment zur Seite stehen. Ich werde nachher noch einmal mit dem Polizeipräsidenten telefonieren, dass er Druck macht. Ich kann nicht verstehen, warum sie den Leichnam so lange in der Gerichtsmedizin festhalten. Ja, und noch etwas. Mit dem Freitod Ihres Mannes muss die Polizei alle Ermittlungen, die sowieso völlig überflüssig waren, gegen ihn einstellen. So sieht es unser Rechtssystem vor. Das werde ich den Beamten noch einmal in aller Form deutlich machen.«

Kolb-Bartholdy sah keine Reaktion auf seine Erklärungen. Er fürchtete schon, Dorothea Berkheimer habe während seiner Worte einen Herzanfall erlitten und liege nun tot vor ihm im Bett.

»Frau Berkheimer?«

Der Rechtsanwalt beobachtete die Bettdecke, und als er merkte, dass sie sich regelmäßig hob und senkte, atmete er erleichtert auf. Im gleichen Augenblick öffnete sich die Tür. Frieder Berkheimer kam herein.

»Ich glaubte, Sie sollten meine Mutter jetzt in Ruhe lassen. Sie darf sich nicht zu sehr aufregen.«

»Ist schon gut, Frieder, ich stehe das durch«, hörte er seine Mutter plötzlich flüstern. Sie versuchte sich aufzurichten, aber weil ihr Sohn sofort zu ihrem Bett eilte und ihr andeutete, sie solle sich nicht zu sehr anstrengen, ließ sie es bleiben. Kolb-Bartholdy erhob sich.

»Herr Berkheimer, ich möchte kurz mit Ihnen reden.«

Die beiden Männer zogen sich in eine Ecke des Zimmers zurück und sprachen so leise, dass es Dorothea Berkheimer nicht hören konnte.

»Was gibt es?«, fragte Frieder Berkheimer.

»Ich denke, dass wir demnächst Ihren Vater bestatten können. Wir sollten die Stimmung im Ort nutzen und die Beerdigung ganz groß aufziehen. Wir werden den Abschiedsbrief zusammen mit der Todesanzeige in der Zeitung abdrucken.«

»Ist das wirklich gut?«

»Natürlich, was glauben Sie, wie das wirkt. Vor allem die Zeitung, die Ihren Vater in den Tod getrieben hat, muss nun so etwas abdrucken. In dem Brief steht, dass die Vorwürfe der beiden Frauen haltlos sind. Wir setzen noch ein Foto daneben, von dieser Kreuzwegfigur, an der Ihr Vater gefunden wurde. Unschuldig verurteilt, das passt doch.«

Frieder Berkheimer sah den Rechtsanwalt skeptisch an.

»Ist das nicht etwas zu viel?«

»Nein, im Gegenteil, es kann gar nicht genug sein. Wir müssen die ganze Aufmerksamkeit auf Ihren Vater lenken. Dann fragt keiner mehr nach Ihrem Bruder.

»Glauben Sie, dass er …?«

»Die aufgeheizte Stimmung müssen wir jetzt ausnutzen. Wenn die Leute im Dorf das mit Ihrem Vater schlucken, dann werden sie auch die Anschuldigungen gegen Ihren Bruder nicht glauben. Wir haben die meisten Leute auf unserer Seite, da bin ich mir sicher. Wenn etwas Gras über die Sache gewachsen ist und wir die Amerikanerin nach Hause geschickt haben, glauben Sie mir, die wird nicht mehr lange bleiben, dann wird wieder Ruhe einkehren und Sie und Ihr Bruder können das Unternehmen so erfolgreich wie vorher weiterführen.«

»Ich hoffe, dass Sie recht behalten.«

»Natürlich werde ich das …« Weiter kam Kolb-Bartholdy aus zwei Gründen nicht. Erstens richtete sich Dorothea Berkheimer hustend in ihrem Bett auf. Außerdem kam nun auch ihr zweiter Sohn Albert mit hochrotem Kopf ins Zimmer.

Hier muss es wohl geschehen sein«, sagte Annemarie Junginger und deutete auf eine Stelle, an der der Zaun niedergedrückt war und ein großer Ast auf der Wiese lag. Außerdem gab es deutliche Kratzspuren eines Unfalls an einem Baum. Ich stellte mich neben sie und wir betrachteten beide die Unfallstelle.

»Warum ist sie nur von der Straße abgekommen? Man fährt hier doch nicht so schnell. Die Straße ist steil und eng. Hier muss man vorsichtig sein.«

»Der Polizeimeldung nach ist sie einem Fahrzeug ausgewichen und ins Schleudern geraten. Es war ihr Pech, dass hier gerade ein Baum stand, sonst wäre es sicher glimpflicher ausgegangen.«

Annemarie Junginger starrte entsetzt die Unfallstelle an.

»Wenn ich nur von Luises Unfalltod nicht erfahren hätte, dann wäre ich in den USA geblieben und weiter wäre nichts passiert.«

Ich musste Annemarie Junginger davon abhalten, sich weiter Vorwürfe zu machen. Ich legte meine Hand auf ihre Schulter.

»Kommen Sie, es macht wenig Sinn, hier noch länger zu stehen. Ich habe mir mehr davon versprochen, die Unfallstelle zu sehen. Aber hier gibt es nicht viel mehr als eine umgepflügte Hecke und Kratzer an einem Baum.«

Annemarie Junginger stimmte zu.

»Ja, gehen wir. Wir können es doch nicht ändern.«

Wir gingen zurück zum Parkplatz oberhalb des Bergcafés, wo ich mein Auto abgestellt hatte. Es war kein anderes Fahrzeug zu sehen, nur etwas weiter entfernt, auf dem Platz vor der Sportgaststätte parkte ein Lieferwagen, der allerdings weitgehend von einem Baum verdeckt war. Aber ich konnte sehen, dass die Hecktüre weit offen stand. Wahrscheinlich lieferte jemand Waren an. Als wir mein Fahrzeug erreicht hatten, zögerte Annemarie Junginger mit dem Einsteigen.

»Lassen Sie uns noch ein paar Schritte spazieren gehen. Es ist so schön hier. Die Sonne, die Lindenbäume, der herrliche Blick, das bringt uns vielleicht auf andere Gedanken, wenigstens für kurze Zeit.«

Gut, warum nicht, dachte ich. Ich hatte keinen Termin. Zwar wartete Nelly zu Hause auf mich, aber sie fühlte sich immer noch nicht wohl und hatte sich wieder ins Bett gelegt. Sie brütete irgendetwas aus, vielleicht eine Sommergrippe. Sicher war es besser für sie, wenn sie etwas Ruhe hatte.

Ich schloss meinen Wagen wieder ab und Annemarie Junginger und ich spazierten die Lindenallee entlang. Es war wirklich sehr schön hier, besonders bei diesem herrlichen Sommerwetter.

Annemarie Junginger erzählte mir von den USA und ihrem Wohnort Easton in Pennsylvania.

»Die Poconos, ein Gebirge mit viel Wald. Man kann dort herrlich wandern. Die Landschaft ist wunderschön. Oder der Appalachian Trail, der beim Delaware Water Gap beginnt.« Und sie geriet ins Schwärmen über den Indian Summer, die Zeit im Oktober, in der sich das Laub so unglaublich bunt färbt.

Allerdings dauerte der kleine Ausflug in die USA nur kurz.

»Ich war gestern mit Anja in Poltringen. In Luises Haus. Das hat viele Erinnerungen an früher wieder wach gerufen. Und ich konnte mir ein Bild machen, wie sie in den letzten Jahren gelebt hat. Ich sah all die Spuren, die sie hinterlassen hat und plötzlich war sie für mich wieder da, so lebendig, so nah.«

Sie konnte nicht mehr weiterreden. Eine Weile gingen wir schweigend nebeneinander her.

»Wissen Sie, was mich geärgert hat? Jemand ist in ihre Wohnung eingebrochen. Ich finde es schrecklich, wenn jemand eine solche Situation ausnutzt.«

»Was ist passiert?«

»Jemand hat ein Fenster eingeschlagen und ist in ihr Arbeitszimmer eingestiegen. Der Einbrecher hat ein paar Schubladen durchwühlt und ihren Computer mitgenommen.«

»Haben Sie die Polizei verständigt?«

»Das hat Anja gemacht. Sie wollte mich da raushalten und hat mich deshalb weggeschickt. Aber sie hat mir hinterher erzählt, dass die Polizei ihr nicht viel Hoffnung gemacht hat, dass der Computer irgendwann wieder auftaucht. Die Zahl der Wohnungseinbrüche ist in letzter Zeit offenbar ziemlich angestiegen und die Aufklärungsquote ist nicht sehr hoch. Das kenne ich auch aus den USA. Und ich dachte, hier bei den braven Schwaben, sei alles sicher.«

Wir hatten fast das Ende der Lindenallee erreicht.

»Vielleicht waren es ja Jugendliche aus dem Ort, die dort eingebrochen sind, weil sie wussten, dass das Haus leer steht.«

»Kann sein. Ich habe übrigens immer noch den Schlüssel für Luises Haus. Anja hat ihn mir überlassen. Sie geht nicht gerne dorthin. In dem Haus stecken so viele Erinnerungen an ihre Schwester, sie hält es dort nicht lange aus. Sicher wird sie es eines Tages einmal verkaufen, dafür wird schon ihr Mann sorgen. Aber vorerst rührt sie es nicht an. Sie will, dass es einige Zeit so bleibt, als ob Luise noch darin wohnen würde. Ich möchte gerne noch einmal in das Haus und mir alles in Ruhe anschauen. Aber ich fühle mich nicht wohl, so alleine darin herumzulaufen. Hätten Sie nicht Lust, mitzukommen?«

Ich hatte ihr nicht richtig zugehört, denn am anderen Ende der Lindenallee war ein Mann aufgetaucht. Er war zwar noch weit von uns entfernt, aber es kam mir so vor, als ob er uns beobachtete. Als er sah, dass ich ihn bemerkt hatte, drehte er ab und verschwand in Richtung Bergcafé.

»Herr Blum?«

»Ja?«

Sie fragte mich noch einmal, ob ich nicht auch das Haus in Poltringen sehen wolle. Ich sagte nur »ja, ja«, war mit meinem Gedanken aber woanders, bei dem Lieferwagen auf dem Parkplatz vor der Sportgaststätte. Ich verfluchte mich, dass es mir nicht vorher aufgefallen war. Es war ein blauer Kastenwagen gewesen, so ein ähnliches Modell, wie ich es in Walddorfhäslach gesehen hatte. Ich musste mir das Auto noch einmal näher ansehen.

Wir hatten den kurvigen Weg erreicht, der von der Lindenallee an kleinen Hügeln entlang zum Reustener Friedhof führte. Wir gingen ein paar Schritte weiter und plötzlich entdeckte ich auf der anderen Seite zwischen den Büschen ebenfalls eine Gestalt. War es derselbe Mann, wie aus der Lindenallee? Aber wie konnte er uns so schnell überholt haben? Das war eigentlich nicht möglich.

Ich wollte Annemarie Junginger nicht mit meinem Verfolgungswahn beunruhigen, deshalb sagte ich nichts. Aber weil ich meine Schritte beschleunigte und sie dabei mit mir voran schob, merkte sie, dass etwas nicht stimmte.

»Was ist los, Herr Blum? Warum gehen wir auf einmal schneller?«

»Nichts«, sagte ich leise.

Ich drehte mich um, und sah nun auch den Mann aus der Lindenallee. Es waren also doch zwei gewesen. Die beiden nahmen sich nun ebenfalls gegenseitig wahr. Danach blieben sie synchron wie angewurzelt stehen, deshalb schien es so, dass sie nicht zusammengehörten.

»Herr Blum, Sie wirken so nervös, was ist denn?«

»Lassen Sie uns auf den kleinen Hügel hier gehen. Von dort oben hat meinen einen guten Blick über das Tal«, sagte ich. Außerdem konnte man von dort oben die beiden Männer besser im Blick behalten.

Als wir die höchste Stelle erreicht hatten, hörten wir laute Stimmen unten im Tal. Wir gingen bis zum Rand des kleinen Hügels vor, an eine Stelle, wo das Gelände über einen Felsen hinweg steil abfiel. Von hier aus konnte man den Weiher sehen, der an einer Felswand im Tal lag. Auf beiden Seiten der dunklen Wasserfläche stand eine Reihe von Menschen, die wild gestikulierten und die sich über den kleinen See hinweg, von Ufer zu Ufer, etwas zuriefen. Dabei zeigten sie immer wieder auf die Wasserfläche. Als ich mit meinen Blicken ihren Gesten folgte, konnte ich den Körper eines Menschen erkennen, der dort im Wasser trieb, und dieser Mensch sah nicht sehr lebendig aus. Im nächsten Augenblick hörte ich in der Ferne bereits die Sirenen eines Krankenwagens und der Polizei. Kurz darauf fielen mir die beiden Männer in unserer Nähe wieder ein. Ich schaute mich um, sie waren weg, wie vom Erdboden verschluckt.

Wir hatten von unserem Logenplatz auf dem Reustener Bergrücken noch eine Weile die verstörende Szenerie mit Notarzt, Kranken- und Polizeiwagen und jeder Menge Blaulicht verfolgt. Als sich immer mehr Gaffer vor Ort an dem kleinen See eingefunden hatten, waren wir zu meinem Auto zurückgekehrt. Von den beiden Männern war nichts mehr zu sehen. Auch der blaue Kastenwagen war verschwunden.

Gerade als wir einsteigen wollten, klingelte Annemarie Jungingers Handy. Am anderen Ende war offensichtlich ihre Freundin Anja. Das Gespräch dauerte nicht lange. Als es zu Ende war, wandte sich Annemarie Junginger an mich.

»Haben Sie noch etwas vor?«

Ich zuckte mit den Schultern.

»Würde es Ihnen vielleicht etwas ausmachen, mich zu begleiten?«

»Wohin?«

»Ins Krankenhaus. Anja hat mir gerade mitgeteilt, dass Gabriele wieder ansprechbar ist. Eine Krankenschwester hat Anja angerufen und ihr gesagt, dass Gabriele mich sehen möchte. Es sei dringend.«

»Okay, ich komme mit Ihnen«, sagte ich schnell. Auch mich interessierte es, wie es zu dem Unfall gekommen war.

Unterwegs versuchte ich, mein Smartphone zwischen Schulter und Ohr eingeklemmt, Nelly zu erreichen. Vergeblich. Sie ging nicht ans Telefon. Außerdem rief ich Hemmerle an. Ich wollte etwas über die Geschichte in dem Reustener See erfahren. Der Hauptkommissar war kurz angebunden.

»Woher wissen Sie das schon wieder?«, brummte er mich an.

»Informanten.« Ich wollte ihm nicht verraten, dass wir vor Ort gewesen waren.

»Das Thema ist nichts für Sie. Es handelt sich um einen Unfall oder um Suizid, so viel ich weiß. Das ist nichts für die Zeitung. Lassen Sie mich bitte mit Ihrer Fragerei in Ruhe.«

Er war wirklich schlecht gelaunt, aber das interessierte mich nicht. Ich hatte noch eine Frage, die ich so belanglos wie möglich klingen ließ.

»Und Gabriele Weißhaar?«

»Was soll mit ihr sein?«

»Gibt es nichts Neues?«

»Nicht das ich wüsste.«

Bingo, sagte ich nicht, aber dachte es. Es war offenbar noch nicht bis Hemmerle durchgedrungen, dass Gabriele Weißhaar wieder bei Bewusstsein war. Was mir die Chance gab, Informationen aus erster Hand zu erhalten. Wenn Hemmerle seine Finger im Spiel hatte, konnte der Informationsfluss schnell versiegen. Denn Vorsprung wollte ich nutzen. Ich gab Gas und eine Viertelstunde später erreichten wir das Tübinger Uni-Klinikum auf dem Schnarrenberg. Ich stellte mein Auto in einem der hässlichen Beton-Parkhäuser ab.

Krankenhäuser sind Orte, an denen ich mich nicht so gerne aufhalte. Allein schon der Geruch von Desinfektionsmitteln, der überall in der Luft liegt, und die endlosen Gänge mit ihren vielen Türen, hinter denen Patienten liegen, die wahrscheinlich lieber woanders wären, sorgen bei mir für einen gewissen Drang, davonzulaufen. Aber ich musste da bleiben, an der Seite von Annemarie Junginger, deren ständiger Begleiter ich offenbar geworden war. Wir standen schließlich vor Gabriele Weißhaars Zimmer. Die Krankenschwester hatte uns erklärt, dass wir nur kurz bleiben könnten, weil die Patientin noch sehr schwach sei. Dies hörte sich gut an, denn ich wollte keine Minute länger als notwendig hier bleiben.

Als wir ins Zimmer eintraten, bestätigten sich meine Erwartungen. Gabriele Weißhaar lag tief versunken in ihrem Bett, dessen Kopfteil leicht nach oben gestellt war. Das Zimmer war recht dunkel, weil die Jalousien fast ganz geschlossen waren. Gabriele Weißhaar hing an Schläuchen, neben ihrem Bett piepste es regelmäßig und eine grüne Linie zuckte dazu auf einem schwarzen Bildschirm auf und ab.

Annemarie Junginger setzte sich ans Bett ihrer Freundin, deren Gesicht sehr blass und eingefallen wirkte. Unter den Augen hatte sie blaue Flecken und um den Kopf trug sie noch einen dicken Verband. Gabriele Weißhaar öffnete ihre Augen und sah ihre Freundin an. Mit ihrem Mund versuchte sie ein zartes, leichtes Lächeln. Annemarie Junginger streichelte ihr sacht über die Stirn und drückte dann ihre Hand. Ein paar Sekunden lang schauten sich die beiden Frauen nur an. Dann öffnete Gabriele Weißhaar ihren Mund, aber sie sprach so leise, dass ich sie nicht verstehen konnte. Annemarie Junginger beugte sich nach unten und hielt ihr Ohr direkt an die Lippen ihrer schwer verletzten Freundin. Als sie nach wenigen Minuten wieder aufschaute, war sie so blass wie Gabriele Weißhaar. Ihr Gesicht zeigte Züge von Angst. Was hatte sie erfahren?

»Du meinst doch, ich bin schuld daran, dass wir den Auftrag nicht bekommen, oder?« Albert Berkheimer war wütend. Sein Bruder stand nur da und starrte ihn an.

Albert ging um den großen Schreibtisch herum auf Frieder zu.

»Du warst schon immer der Saubermann unserer Familie. Aber du hast mich mit deiner Scheißmoral immer gelangweilt. Was bist du denn? Ein einfacher Prokurist, und das auch nur, weil Vater dich in seiner Firma untergebracht hat. Weil er nicht wollte, dass du irgendwo auf der Straße landest.«

»Das ist nicht wahr«, entgegnete Frieder Berkheimer seinem Bruder laut.

»Du hast doch nie irgendetwas zustande gebracht. Nicht hier im Betrieb und schon gar nicht bei den Frauen. Sag mir mal, hast du denn schon jemals eine so richtig rangenommen? Sicher nicht. Du hast doch den Schwanz immer gleich eingezogen, wenn irgendein Rock in der Nähe war. Und so ein Mauerblümchen will mir vorschreiben, wie ich mit Weibern umzugehen habe.«

»Wir hätten den Auftrag sicher bekommen, wenn diese Geschichte mit Vater und dir nicht aufgekommen wäre. Du weißt genau, wie wichtig der Auftrag für uns ist, ohne ihn können wir die Kredite nicht mehr bedienen.«

»Das weiß ich auch, das musst du mir nicht sagen, aber das biege ich schon hin, keine Angst«, sagte Albert. »Und lass mich mit diesen Geschichten endlich in Ruhe. Das ist alles erstunken und erlogen. Von diesem frustrierten Weib. Glaubst du ihr etwa? Was ist denn, willst du auch den Ruf von Vater in den Dreck ziehen, wie dieses Weib? Er hat sich wegen ihr umgebracht, falls du es schon vergessen hast. Er kann sich jetzt nicht mehr wehren.«

»Hör auf!«, schrie Frieder seinen Bruder an.

»Und jetzt kommst du mit deinem Geplärre, aber bei mir hast du keine Chance.«

»Ob das wahr ist, was diese Amerikanerin dir vorwirft, das musst du mit dir selbst ausmachen. Das Einzige, was mich interessiert, das ist die Frage, wo wir in einem halben Jahr genügend Aufträge herhaben, um über die Runden zu kommen. Wir sollten unsere Kunden abklappern oder intensiv in Werbung investieren. Wir sollten auch ...«

»Du spuckst aber große Töne. Vergiss nicht, du bist hier nicht der Chef. Nach Vaters Tod hab ich jetzt alleine das Sagen. Misch dich nicht in Dinge ein, die dich nichts angehen und von denen du keine Ahnung hast.« Die beiden Brüder standen direkt voreinander. Albert war kaum noch zu bremsen. Er drückte seinem Bruder die Faust auf die Brust.

»Jetzt weiß ich, was los ist. Der feine Bruder möchte sich die Firma unter den Nagel reißen und mich hier rausdrängen. Und was dann? Alles verhökern, an diese schwedische Unternehmensgruppe, die hinter uns her ist. Du willst das Geld, und dann die Füße hochlegen, was?« Frieder wich einen Schritt zurück, aber sein Bruder ließ nicht locker.

»Aber das wird dir nicht gelingen. Vater hätte das nie gewollt und ich werde alles tun, dass du mir nicht dazwischen funkst.«

Albert packte seinen Bruder am Kragen. Im selben Augenblick klopfte es an der Tür, die im nächsten Augenblick auch schon aufging.

»Entschuldigung. Aber da ist jemand, der Sie sprechen möchte, Herr Berkheimer«, sagte die Sekretärin.

»Wen, mich?«, fragten beide Brüder unisono.

Gabriel Maute lehnte sich an sein Auto im Parkhaus des Tübinger Uni-Klinikums. Er schaute sich vorsichtig um, aber er konnte niemanden auf dieser Etage entdecken.

Maute war nur wenige Meter von dem Fahrzeug entfernt, dass er die vergangenen Tage immer wieder verfolgt hatte, sogar bis zum Bergcafé in Reusten. Die Gelegenheit dort wäre günstig gewesen, aber warum hatte der Typ nur diese Frau dabei gehabt? Das war nicht gut.

Maute interessierte sich nur für den Journalisten. Er war sein Ziel. Maute wollte keine Zeugen. Der Journalist sollte für immer sein Maul halten, keine verlogenen Geschichten mehr schreiben, die andere ins Unglück stürzten. Mautes Vater war dies passiert, seinem Kumpel Bender in der Anstalt war das passiert und jetzt auch diesem Fabrikanten. Er hatte sich unterhalb der Wurmlinger Kapelle erhängt, nur wegen dieses Zeitungsartikels.

Maute wollte es aber vor allem für seinen Vater tun, und für Bender, der ihm in der Anstalt geholfen hatte. Ein Schuss hätte genügt, ein einziger Schuss …

Aber dann, diese Frau und plötzlich die vielen Sirenen. So nahe. Verdammt, das war nicht gut gewesen. Zuerst hatte er gedacht, sie kämen wegen ihm. Aber das war nicht so, es war irgendetwas unten im Tal passiert. Doch das Risiko war zu groß gewesen. Er hatte sich lieber aus dem Staub gemacht, sein Vorhaben abgebrochen, vorerst.

Jetzt hatte er wieder eine Chance. Maute blickte sich erneut im Parkhaus um. Kein Mensch war in der Nähe. Gerade als er den Kofferraum seines Wagens öffnen wollte, hörte er ein Auto. Es war ein Stockwerk unter ihm. Wahrscheinlich war der Fahrer auf der Suche nach einem Parkplatz. Das Auto kam immer näher. Maute sah bereits die Lichter der Scheinwerfer. Er zog sich hinter einen der grauen Betonpfeiler zurück, damit er vom Fahrer des Wagens nicht gesehen werden konnte. Es war ein normales Fahrzeug, zwei Männer saßen darin.

Maute wusste, auf dieser Etage war kein Parkplatz mehr frei. Deshalb dauerte es nur ein paar Sekunden und das fremde Fahrzeug war aus seinem Blickfeld verschwunden. Er ging zurück zu seinem Wagen und öffnete jetzt in Ruhe den Kofferraum. Der Werkzeugkasten stand direkt vor ihm. Er öffnete ihn und holte eine Zange und ein Messer heraus. Dann schloss er den Kofferraum wieder.

Erneut wurde er gestört. Diesmal durch Stimmen, die aus dem Treppenhaus des Parkhauses kamen. Maute fluchte. Er ging in die Knie und duckte sich hinter seinen Wagen. Zwei Frauen öffneten die Tür zum Treppenhaus, traten auf die Parketage und gingen zielstrebig auf ihr Auto zu, das sie ganz in der Nähe von Mautes Wagen geparkt hatten. Als sie an ihm vorbeikamen, hielt Maute die Luft an, um ja kein Geräusch zu verursachen. Die Frauen nahmen ihn nicht wahr. Sie hatten es eilig und wollten nur so schnell wie möglich aus diesem düsteren Parkhaus verschwinden. Sie stiegen in ihr Auto ein und fuhren Sekunden später los. Maute war wieder alleine. Jetzt konnte er sich an die Arbeit machen.

Ich weiß nicht, was ich tun soll.« Annemarie Junginger war völlig verstört, als wir das Krankenzimmer verließen.

»Wir müssen dringend mit der Polizei sprechen.«

Annemarie Junginger war immer noch ganz bleich im Gesicht.

»Was ist denn los, was hat Ihre Freundin Ihnen erzählt?«

Mein Gegenüber rang sichtlich nach Fassung. Weil ihre Knie leicht zitterten, lehnte sich Annemarie Junginger an die rosafarbene Wand des Krankenhauskorridors. Wer diese Farbe für die Klinikwände ausgesucht hatte, musste farbenblind gewesen sein.

Wir standen direkt voreinander.

»Ich habe Gabriele nicht immer verstanden, sie war sehr leise. Sie war noch sehr schwach. Wenn ich es richtig verstanden habe, hat sie jemanden beim Bergcafé in Reusten treffen wollen. Eine Frau. Doch dann redete sie von einem Mann. Der habe irgendetwas mit der Frau gemacht, was habe ich nicht verstanden. Und dann sei der Mann auf sie losgegangen. Sie habe große Angst gehabt und sei weggelaufen. An den Unfall kann sie sich nicht mehr erinnern, was nicht verwunderlich ist.«

»Hat sich Ihre Freundin schon an die Polizei gewandt?«, fragte ich.

»Nein. Sie wollte nicht, dass sie in ihr Zimmer kommen und auf sie einreden. Sie wollte zuerst mit mir sprechen. Mehr habe ich aber nicht mehr aus ihr herausgebracht. Sie ist einfach wieder eingeschlafen. Sie muss wirklich noch sehr schwach sein. Ich glaube, dass sie noch unter starken Schmerzmitteln steht, die sie müde machen.«

»Das ist sicher der Fall«, sagte ich.

Annemarie Junginger stieß sich von der Wand ab.

»Was sollen wir jetzt tun?«, fragte sie.

»Erst einmal nach draußen gehen. Ich mag Krankenhäuser nicht.«

»Gut. Ich auch nicht.«

Wir waren gerade losgegangen, als Annemarie Junginger noch einmal anhielt.

»Einen Moment. Warten Sie.«

Sie drehte sich wieder zu mir um.

»Das mit dem Mann, der auf sie losgegangen sein soll, lässt mich nicht los. Wenn ich das richtig verstanden habe, und ihr jemand etwas hat antun wollen, kann es nicht sein, dass er es vielleicht wieder versucht, vielleicht sogar hier im Krankenhaus.«

»Hier? Nein, das glaube ich nicht. Er weiß doch gar nicht, in welcher Klinik und in welchem Zimmer sie liegt.«

»Meinen Sie?«

»Und sehen Sie sich um. Hier sind so viele Krankenschwestern und Pfleger, wenn hier ein Fremder auftaucht, das fällt doch auf.«

»Davon bin ich nicht überzeugt. Die haben doch anderes im Sinn, als nach irgendwelchen Fremden zu schauen.«

Ich sah mich um. Alle Schwestern und Pfleger schienen mit irgendetwas Wichtigem beschäftigt zu sein und hasteten den langen Korridor hinauf und hinunter. Ein Fremder würde hier wirklich nicht sonderlich auffallen.

Trotzdem konnte ich mir nicht vorstellen, dass Gabriele Weißhaar in Gefahr war. Ich versuchte, Annemarie Junginger zu beruhigen, was mir nach ein paar Minuten intensiven Redens auch gelang.

»Lassen Sie uns jetzt einfach nach draußen gehen, dann rufe ich Kommissar Hemmerle an.«

Wir fuhren mit dem Aufzug nach unten. Auf dem Weg zum Ausgang musterte ich jeden, der mir begegnete. Annemarie Junginger hatte mich so verunsichert, dass ich jetzt überall nach verdächtigen Personen Ausschau hielt. Unsinn, redete ich mir ein, hier lauert keiner irgendjemandem auf. Die Menschen, die hier herumlaufen, haben ganz andere Probleme. Als wir endlich das Freie erreicht hatten, holte ich mein Smartphone heraus und versuchte Hemmerle zu erreichen. Er nahm nicht ab.

»Er meldet sich nicht. Ich versuche es gleich noch einmal«, sagte ich.

Wir standen etwas ratlos vor der Pforte des Klinikums. Ich musste irgendwie meine Gedanken ordnen. Annemarie Junginger ging es genauso.

»Ich glaube, wir sollten jetzt nichts überstürzen. Lassen Sie uns in Ruhe über alles reden und dann entscheiden, was wir als Nächstes tun.«

Annemarie Junginger war einverstanden.

»Aber wo können wir in Ruhe miteinander reden?«

»Ich kenne ein kleines Café in der Stadt, dort ist um diese Zeit nicht viel los, da sind wir ungestört.«

Wir gingen gemeinsam zum Parkhaus, in dem ich mein Auto abgestellt hatte.

Am Automaten auf der obersten Ebene musste ich fünf Minuten all meine Taschen durchsuchen, bis ich endlich meinen Parkschein gefunden hatte. Ich zahlte mit einem Zwanzig-Euro-Schein und hatte danach jede Menge Kleingeld in meinem Geldbeutel. Wir gingen das Treppenhaus hinunter, bis wir auf der richtigen Parkebene angekommen waren. Parkhäuser wirken nie sehr einladend, auch dieses hier machte keine Ausnahme. Die Deckenbeleuchtung funktionierte nicht richtig. Eine der Neonröhren war defekt und versuchte immer wieder vergeblich, unter einem brummenden Geräusch anzuspringen.

In der Ecke des Parkhauses, in der mein Auto stand, war es schon sehr dunkel. Annemarie Junginger und ich liefen wortlos nebeneinander her. Jeder war in seinen Gedanken versunken.

»Sie wissen aber, wo Ihr Auto steht?«, fragte Annemarie Junginger plötzlich.

»Ich denke schon«, antwortete ich und nahm meinen Autoschlüssel in die Hand. Gerade als ich per Fernbedienung die Türen öffnen wollte, um zu sehen, wo die gelben Lichter meines Wagens aufblinken, hörte ich schnelle Schritte, die sich mir näherten. Ich zuckte zusammen, denn dem Geräusch folgte eine Stimme.

»Endlich habe ich Sie gefunden«, sagte der Mann hinter mir.

Ein paar Kilometer Luftlinie entfernt ahnte Nelly nicht, in welchen Schwierigkeiten ihr Freund gerade steckte. Nach ein paar Tagen mit Schweißausbrüchen, Übelkeit und Bauchschmerzen fühlte sie sich endlich wieder besser. Sie hatte viel geschlafen, war mehr im Bett gelegen als auf zwei Beinen gestanden. Doch jetzt schien die Sommergrippe endlich überwunden.

Sie fühlte sich so fit, dass sie wieder aus dem Haus gehen und etwas unternehmen konnte, aber jetzt war Luka nicht da. Immerhin hatte er eingekauft, was in der Vergangenheit selten genug vorgekommen war. Der Kühlschrank war voll. Und noch etwas überraschte sie. In der Spüle türmte sich kein Geschirr auf und im Schlafzimmer lagen keine Wäscheberge herum. Dies konnte nur bedeuten, Luka war in den vergangenen Tagen, in denen sie meist geschlafen hatte, nicht oft da gewesen oder er hatte sich geändert.

Sie stand am Fenster und schaute auf das Neckartal hinunter. Sie liebte den Blick auf die Felder und die sattgrünen Wälder auf der gegenüberliegenden Talseite. Ein Zug suchte sich seinen Weg Richtung Tübingen. Im Hintergrund zog sich die stark befahrene Bundesstraße in einem großen S durchs Tal. Sie konnte den Zug und die Autos deutlich hören. Auch wenn es manchmal laut war, es gefiel ihr hier in der Wohnung. Aber könnte sie für immer hier leben?

Als sie in Irland bei ihren Eltern gewesen war, hatte sie Luka, die Landschaft, all das hier vermisst. Ihr Heimatort an der nordirischen Grenze war klein. Die Welt dort war ihr zu eng, jeder kannte jeden, und jeder passte auf jeden auf. Hier fühlte sie sich freier.

Irland war ihre Jugend, ihre Eltern, ihre Vergangenheit. Aber es war an der Zeit, das alles jetzt endlich hinter sich zu lassen. Wollte sie noch eine eigene Familie gründen, dann musste dies bald geschehen, die biologische Uhr tickte. Sie verstand sich mit Luka sehr gut und schien sich ihm näher als je zuvor. Und sie war überzeugt, dass auch er sie liebte. Er nahm ihre Beziehung ernst, das fühlte sie, und dazu brauchte es nicht viele Worte.

Doch gerade jetzt war er nicht da. Hoffentlich ging es ihm gut und er brauchte nicht wieder, wie so oft zuvor, ihre Hilfe. Jetzt brauchte sie ihn. Er sollte sie bestärken, dass die Entscheidung, die sie nun treffen musste, für sie beide, die richtige war.

Nelly ging zum Telefon und versuchte, Luka auf dem Handy zu erreichen, aber es sprang nur die Mailbox an. Sie ging in die Küche und setzte Teewasser auf. Plötzlich wurde ihr wieder schwindlig. Auch die Krämpfe im Bauch setzen wieder ein. Sie ließ sich auf dem Stuhl nieder. Offenbar hatte sie der Virus fester im Griff, als sie gedacht hatte. Vielleicht sollte sie doch zum Arzt gehen. Vielleicht konnte er ihr ein Medikament verschreiben, mit dem sie schneller wieder zu Kräften kam.

Sie nahm ihre Teetasse in die Hand, ging zurück ins Wohnzimmer und setzte sich auf die Couch. Sie schaltete den Fernseher ein und suchte einen Sender mit einer Sitcom. Sie wollte sich mit etwas Belanglosem die Zeit vertreiben, bis Luka zurückkam. Sie musste mit ihm reden. Minuten später war sie jedoch wieder eingeschlafen.

Anjas Mann war früher als erwartet von seiner Geschäftsreise zurückgekommen. Er stellte seine Koffer in der Diele ab und schaute sie an. Schon vor seiner Reise hatte Stefan sehr angespannt gewirkt. Irgendetwas hatte ihn beschäftigt, das spürte Anja, auch wenn er offenbar nicht mit ihr darüber hatte reden wollte. Aber das wunderte sie nicht besonders, denn über Probleme in der Firma sprach er selten mit ihr. Jetzt allerdings wollte er von ihr wissen, was die vergangenen Tage los gewesen war. Anja gestand ihm sofort, dass Annemarie bei ihr übernachtet hatte. Stefans

Reaktion fiel jedoch anders aus, als sie es erwartet hatte. Er war plötzlich noch gereizter, schnauzte sie sofort an, warum sie ihn nicht vorher gefragt habe, ob er überhaupt mit Annemaries Besuch einverstanden sei.

»Du warst doch nicht da«, sagte sie und hob entschuldigend die Hände.

»Du hättest mich anrufen können.« Er schaute sie verärgert an.

Sie war überrascht, dass er so wütend war. Bisher hatte sich Stefan aus allem herausgehalten. Es hatte so gewirkt, als ob ihn Annemaries und Gabrieles Geschichten nichts angingen. Er hatte kaum ein Wort darüber verloren. Aber jetzt bezog er offensichtlich Partei. Anja wehrte sich gegen seine Angriffe.

»Annemarie war Luises beste Freundin.«

»Das liegt schon lange zurück.«

»Na, und? Luises Freundinnen waren immer auch meine Freundinnen. Das, was sie damals durchgemacht hat, ist schrecklich. Ich möchte ihr helfen.«

»Erst musst du mal herausfinden, ob das alles überhaupt stimmt, was sie sagt.«

Anja war sprachlos.

»Und wie willst du ihr helfen? Dass du sie anschleppst und sie hier übernachten lässt? Und damit das ganze Dorf gegen uns aufwiegelst? Du solltest mal hören, was die Leute im Dorf und in der Fabrik über deine Freundinnen erzählen, in diesen Geschichten kommen sie nicht sehr gut weg.«

»Das interessiert mich nicht. Ich will dir ganz klar sagen: Ich glaube ihr.« Anja war laut geworden. Sie wollte nicht zurückstecken. Je mehr Stefan auf sie losging, umso mehr verteidigte sie Annemarie.

»Ob du da aber mal nicht völlig falsch liegst. Ich glaube ihr jedenfalls nicht mehr. In meinen Ohren klingt das alles sehr übertrieben. Ich kann mir nicht vorstellen, dass

Albert so etwas getan hat. Ich kenne ihn doch, auch von früher. Und ich arbeite schon lange für die Berkheimers. Sie waren immer fair zu mir, das weißt du auch. Erinnere dich daran, wie sie uns geholfen haben, als wir einmal mit einer Rate für das Haus im Rückstand gewesen waren. Ja, ich weiß, man erzählt sich einiges über Albert, dass er immer ein Frauenheld war, aber warum auch nicht, das ist nicht schlimm. Aber das, was Annemarie erzählt hat, das ist was ganz anderes. Ich kann mir nicht vorstellen, dass Albert das getan hat. Auch noch als Jugendlicher, nein, das kann nicht sein, das müsste ich doch wissen.«

Anja gab nicht auf. Sie sah Stefan in die Augen.

»Warum sollten Annemarie und Gabriele so etwas erfinden?«

»Was weiß ich. Vielleicht ist da noch eine alte Rechnung offen, vielleicht hat er sie einmal sitzen lassen. Es kann viele Gründe geben, dass man sauer auf jemanden ist.«

»Du machst es dir zu einfach, Stefan. Du solltest genauer zuhören, was Annemarie sagt. Dann würdest du nicht so reden. Ich vertraue ihr.«

»Dann mach das. Geh zu ihr hin, mach mit ihr, was du willst. Aber lass mich da raus, lass unsere Kinder da raus, sie sollen in diese Geschichte nicht mit hineingezogen werden. Sie werden dir hinterher Vorwürfe machen, glaub mir. Schau dir doch an, was in der Schule passiert. Ich sage dir jetzt, ich will nicht, dass diese Amerikanerin noch einmal in unser Haus kommt. Hast du das verstanden?«

Es war das erste Mal, das Stefan Annemarie als »diese Amerikanerin« bezeichnet hatte. Anja war verwirrt und gleichzeitig immer noch wütend. Offenbar hatte sich Stefan von der Stimmung im Dorf anstecken lassen. So hatte sie ihn noch nie erlebt.

»Es ist unfair, wenn du die Kinder mit ins Spiel bringst. Sie finden Annemarie immer noch nett, du wirst sehen ...«

»Nein ich werde nichts sehen. Ich will nicht, dass sie

noch einmal bei uns übernachtet, hast du das noch immer nicht verstanden?«, schrie Stefan.

»Ich habe es verstanden, aber ich habe auch etwas zu sagen. Du bestimmst hier nicht alleine. Ich werde Annemarie nicht im Stich lassen«, schrie sie zurück.

»Ganz wie du willst«, sagte Stefan. Die Wut in ihm kochte über. Er blickte Anja drohend an, drehte sich um, stürmte aus dem Zimmer und schlug die Tür hinter sich zu.

»Ja, ganz wie ich will«, rief Anja hinter ihm her. Sie zitterte am ganzen Körper. Sie war außer sich, aber auch maßlos enttäuscht von Stefan. Sie schleppte sich zur Couch im Wohnzimmer und ließ sich auf das Polster fallen. Sie fühlte sich völlig erschöpft. Im nächsten Augenblick stand Stefan wieder in der Tür. Er war ganz blass. Er rannte auf seine Frau zu und nahm sie in die Arme.

»Es tut mir leid, Anja, es tut mir so leid. Es war alles etwas viel in letzter Zeit.«

Mir saß der Schreck immer noch in den Gliedern.

»Mann, müssen Sie sich hier im Parkhaus so an mich heranschleichen. Sie könnten schon mehr Rücksicht nehmen auf ...« Kommissar Hemmerle ließ mich nicht ausreden. Er war sichtlich geladen.

»Was glauben Sie eigentlich, wer Sie sind? Sie können mich doch nicht immer an der Nase herumführen. Ich habe Ihnen gesagt, Sie sollen mir sofort Bescheid geben, wenn Sie Frau Junginger treffen. Und was tun Sie? Sie fahren hier mit ihr stundenlang durch die Gegend, gehen zusammen ins Krankenhaus, anstatt sich bei mir zu melden. Herr Blum, wenn Sie nicht mit uns zusammenarbeiten, kann ich Sie auch mal einsperren lassen.«

»Jetzt kommen Sie mal wieder runter.« So einfach wollte ich nicht klein beigeben.

»Ich bin unten, mit beiden Beinen auf dem Erdboden. Und mit einem davon würde ich Ihnen am liebsten in den Hintern treten. Ich brauche Frau Junginger bei mir im Büro, ich muss mit ihr etwas besprechen, dringend.«

»Was wollen Sie von ihr?«

»Das geht Sie nichts an.«

Ich versuchte einen Themenwechsel.

»Wieso wissen Sie überhaupt, dass wir im Krankenhaus waren?«

Hemmerle lachte. Allerdings konnte ich nicht einschätzen, ob die Freude nun positiv oder sarkastisch zu beurteilen war.

»Herr Journalist. Meinen Sie, ich lasse einen Geschichtenerfinder, wie Sie, so einfach aus den Augen? Sicher nicht«, gab er sich selbst die Antwort.

»Ich habe meine Augen überall. Und ich habe gute und fähige Leute in meiner Dienststelle. Meine nette Kollegin, die Sie ja schon kennengelernt haben, hat Sie aufgespürt und mich gleich informiert, wo Sie sind und dass auch Frau Junginger bei Ihnen ist. Ich hab mich sofort ins Auto gesetzt. Ich wollte sicher gehen, dass Sie mir nicht wieder durch die Lappen gehen.«

»Und so sieht Ihre Polizeiarbeit aus. Auflauern und Erschrecken im Parkhaus.«

»Ich hatte leider keine Zeit, mich vorher bei Ihrer Sekretärin anzumelden. Aber lassen wir das. Ich habe gleich einen Kollegen in die Klinik zu Frau Weißhaar geschickt. Wir sind zu spät gekommen. Sie ist erschöpft, weil sie mit Ihnen geredet hat. Sie schläft jetzt und wir müssen warten, bis sie wieder bei Kräften ist, damit sie auch mit uns reden kann. Wie nennen Sie so etwas? Ich nenne es Behinderung der Polizeiarbeit.«

Ich zuckte mit den Schultern.

»Wenn Sie so weitermachen, werden Sie richtig Ärger mit mir bekommen.«

Noch mehr als jetzt? Bei der angeschwollenen Ader auf seiner Stirn und dem geröteten Gesicht konnte ich mir das kaum vorstellen.

»Ich sag es noch einmal ganz ruhig zum Mitschreiben: Ich will nicht, dass Sie mir in meine Arbeit hineinpfuschen und mir meine Ermittlungen erschweren. Ist das bei Ihnen angekommen?«

»Was ist denn mit Ihren Ermittlungen. Sie glauben doch immer noch an einen Unfall. Und die Frau in dem Weiher ist dort selbst hineingesprungen, oder?«

»Wissen Sie es denn besser?«

Vermutlich wusste ich es besser. Aber hier im Parkhaus wollte ich nicht mit Hemmerle darüber reden.

»Lassen wir das. Sie können sich beruhigen. Sie haben uns ja. Wie geht es nun weiter?«

Hemmerle sah mich mit verächtlichem Blick an, schluckte deutlich sichtbar eine Bemerkung hinunter und wandte sich dann Annemarie Junginger zu.

»Das kann ich Ihnen sagen. Sie beide kommen jetzt mit mir aufs Kommissariat. Und zwar sofort. Dort sitzen ein paar Damen, die Frau Junginger etwas zu erzählen haben. Ich möchte, dass Sie sich das anhört. Und mit Ihnen, Herr Blum, habe ich noch ein Wörtchen zu reden.«

»Das trifft sich gut. Wir müssen auch dringend mit Ihnen reden«, sagte ich.

Hemmerle sah mich fragend an. Doch ehe er noch etwas sagen konnte, meldete sich sein Kollege zu Wort.

»Was machen wir mit der Frau da oben? Sollen wir vor dem Zimmer warten, bis sie wieder vernehmungsfähig ist?«, fragte er den Kommissar.

»Das ist eine gute Idee. Du hast doch gerade nichts Besseres zu tun. Setz dich vor die Tür und gib mir sofort Bescheid, wenn sie wieder wach und ansprechbar ist.«

»Aber …«

Hemmerle setzte den Vorgesetzten-Blick auf. Er wirkte.

»Okay, mach ich«, sagte Hemmerles Kollege.

Dass Gabriele Weißhaar die nächsten Stunden einen Aufpasser vor der Tür sitzen hatte, beruhigte uns.

»Und Sie, Chef?«

»Ich fahre mit diesen beiden auf die Dienststelle.«

Dann wandte sich Hemmerle wieder an uns.

»Und nun zu Ihnen. Sie steigen jetzt in Ihr Auto und folgen mir. Und ich rate Ihnen, Sie bleiben ganz dicht hinter mir, sonst lasse ich Sie zur Fahndung ausschreiben und dann in Handschellen vorführen.«

An seinem Gesicht konnte man unschwer erkennen, dass er es ernst meinte. Es war besser, seinen Anweisungen zu folgen, wenn ich nicht die eine oder andere Nacht in der Arrestzelle verbringen wollte.

Vor dem Klinikums-Parkhaus wartete Makeda Nuru in einem Zivilfahrzeug der Polizei. Sie fühlte sich immer noch als »Kindermädchen« für Blum. Als Kollegen sie informiert hatten, dass der Journalist im Zentrum Tübingens unterwegs war, hatte sie die Gelegenheit wahrgenommen und war ihm unauffällig gefolgt. Sie wollte nicht, dass ihm etwas zustößt, solange sie für ihn noch zuständig war. Allerdings hatte sie schnell bemerkt, dass bei Blum eine Frau war, bei der es sich wohl um Annemarie Junginger handelte. Sie hatte sofort Hemmerle informiert und ihm mitgeteilt, dass die beiden auf dem Weg zum Klinikum waren. Ihr Chef hatte ihr danach aufgetragen, dass sie vor dem Klinikum auf ihn warten, aber gleichzeitig auch die beiden nicht aus den Augen verlieren sollte. Deshalb hatte sich Makeda Nuru einfach vor dem Parkhaus postiert.

Sie hielt es nun allerdings nicht mehr in ihrem Auto aus. Sie stieg aus und lief vor dem Parkhaus auf und ab. Es war viel los. Krankenwagen fuhren zur Notaufnahme, Besucher strebten Richtung Klinikumspforte, Patienten standen vor der Tür in kleinen Gruppen und rauchten. Als Makeda wieder die Ausfahrt des Parkhauses kontrollierte, stand ein Auto an der Schranke. Der Fahrer steckte seine Parkkarte in den Schlitz des kleinen Metallkästchens und die Schranke öffnete sich. Als der Wagen an ihr vorbeikam, sah sie kurz das Gesicht des Fahrers. Es kam ihr bekannt vor. Wo hatte sie den Mann schon einmal gesehen? Sie ließ alle möglichen Bilder von Personen, die sie kannte, durch ihren Kopf laufen, während sie dem blauen Kastenwagen nachschaute. Doch die Bilderfolge lieferte keinen schnellen Treffer.

Makeda ging langsam zu ihrem Auto zurück und drehte sich noch einmal nach allen Seiten um. Blum und seine Begleiterin waren nirgendwo zu entdecken. Ihre beiden Zielpersonen schienen noch im Klinikum zu sein.

Als sie gerade in ihr Auto einsteigen wollte, bemerkte sie, dass der blaue Kastenwagen gar nicht so weit gefahren war. Er stand nun auf dem Parkstreifen entlang der Schnarrenbergstraße, die nach unten in die Stadt führte. Der Fahrer war nicht ausgestiegen. Er saß noch am Steuer seines Wagens. Makeda hatte das Gefühl, dass mit dem Mann etwas nicht stimmte. Er kam ihr seltsam vor. Warum hatte der Fahrer gerade das Parkhaus verlassen, um dann ein paar Meter weiter wieder anzuhalten? Dann hätte er doch genauso gut im Parkhaus bleiben können. Hier an der Straße musste er nur einen weiteren teuren Parkschein lösen. Oder wartete er auf jemanden?

Makeda beobachtete eine Zeit lang das Auto und den Fahrer. Er machte keine Anstalten auszusteigen. Allerdings sah er sich öfters um.

Makeda schlug die Tür ihres Autos wieder zu. Sie nahm sich vor, den blauen Kastenwagen etwas genauer unter die Lupe zu nehmen. Allerdings ging sie nicht direkt auf den Wagen zu. Sie wollte den Fahrer nicht offiziell kontrollieren. Warum auch? Er hatte bisher nichts Ungesetzliches getan.

Von der Straße aus stieg das Gelände zu den Kliniken hin leicht an. Auf dem Grünstreifen am Straßenrand wuchsen viele Büsche und Bäume, die zu dieser Jahreszeit voller Blätter waren. Sie gaben Makeda genug Deckung, um sich dem Auto nähern zu können, ohne vom Fahrer gesehen zu werden.

Wenige Meter von dem Kastenwagen entfernt blieb sie hinter einem Busch stehen. Vorsichtig schob sie ein paar Zweige und Hecken beiseite, um einen besseren Blick zu haben. Der Fahrer saß immer noch im Auto. Sein Blick war auf die Parkgarage gerichtet. Im nächsten Augenblick drehte der Mann seinen Kopf zur Seite und starrte Makeda einen kurzen Augenblick direkt an. Sie zuckte unwillkürlich zurück. Hatte der Mann sie bemerkt?

Im selben Moment krachte es an der Ausfahrt des Parkhauses. Zwei Fahrzeuge mussten aufeinandergestoßen sein. Der Schreck, den die beiden kurz aufeinanderfolgenden Ereignisse bei Makeda Nuru ausgelöst hatten, setzte den Bilderapparat in ihrem Kopf wieder in Bewegung. Und diesmal gab es einen Treffer. Sie wusste jetzt, wo sie das Gesicht des Fahrers schon einmal gesehen hatte.

Hemmerle war im Parkhaus des Klinikums vorausgefahren. Auf den Serpentinen nach unten konnten wir ihm nicht richtig folgen, weil er zu schnell war. Vor der geschlossenen Schranke musste er aber anhalten. Zeit für uns, wieder aufzuschließen. Weil er als Polizeibeamter im Dienst keine Parkgebühren zahlen wollte, drückte er die Hilfe-Taste und sprach mit einem Angestellten des Parkhauses.

Ich gab noch etwas Gas, um Hemmerle anzuzeigen, dass wir gleich da waren. Ich wollte keinen weiteren Ärger provozieren wollte. An der Schranke hatte ich vor, mit Schwung direkt hinter ihm anzuhalten. Kein guter Gedanke. Als ich aufs Bremspedal trat, fand ich keinen Widerstand mehr. Es ließ sich ganz durchtreten und damit war die Bremswirkung bei meinem Auto gleich null. Ich rauschte auf das offenbar nagelneue oder zumindest vor Kurzem blank geputzte Polizeifahrzeug und schob es durch die Parkhausschranke, die danach quer über der Kühlerhaube von Hemmerles Wagen lag. Innerhalb von Sekunden stand der Kommissar neben meinem Auto und belegte mich mit Ausdrücken, die niemand wirklich hören wollte.

Nachdem ich nach einiger Zeit wieder zu Wort gekommen war und ihm erklärt hatte, dass meine Bremsen nicht richtig, oder besser gesagt, gar nicht funktioniert hatten, war der Druck in seinem Kessel etwas gefallen, aber die Betriebstemperatur war immer noch hoch.

Glücklicherweise war sein Dienstwagen noch fahrbereit. Er lud uns ein, und eine knappe halbe Stunde später saßen wir in Hemmerles Büro im Polizeihochhaus und diskutierten über meine Fahrkünste und die Zukunft meines Wagens.

»Ich hoffe, dass Sie recht haben und Sie nicht nur ein schlechter Autofahrer sind. Was mich nicht wundern würde. Sie kommen aber in jedem Fall für den Schaden an unserem Dienstfahrzeug auf. Das wird nicht billig für Sie.«

Kommissar Hemmerle war immer noch ungehalten und zu einem gewissen Grad konnte ich ihn verstehen. Einen Einwand meinerseits ließ er nicht zu.

»Ich habe Ihren Wagen abschleppen und zu unseren Kriminaltechnikern bringen lassen. Die werden Ihre Schrottkiste durchchecken. Dann werden wir ja sehen, ob das stimmt, was Sie sagen.«

»Damit habe ich kein Problem. Ich hoffe, Ihre Leute

reparieren gleich mein Auto und setzen es wieder so zusammen, wie es vorher einmal ausgesehen hat.«

»Ihr Wagen kann danach nur besser aussehen.«

Eine Weile saßen wir uns wortlos gegenüber. Unser Schweigen wurde durch das Klingeln des Telefons unterbrochen. Hemmerle beugte sich nach vorn und griff sich den Hörer. Der Druck im Kessel nahm wieder zu.

»Das ist ja ein Ding. Sind Sie sich sicher?«, sagte er so laut in den Hörer, dass es dem Menschen am anderen Ende der Leitung in den Ohren klingeln musste.

»Gute Arbeit«, wiederholte er gleich zweimal hintereinander. Und nach einer kurzen Pause: »Ja, verfolgen Sie ihn, aber unternehmen Sie nichts auf eigene Faust. Ich schicke Ihnen Verstärkung, bleiben Sie mit den Kollegen in Verbindung und dirigieren Sie sie dorthin, wo Sie sie brauchen. Ich will den Kerl haben, so schnell wie möglich.«

Hemmerle legte auf, sah mich kurz an und überlegte, ob er etwas zu mir sagen sollte. Er entschied sich aber anders und ging mit schnellen Schritten aus dem Zimmer. Nach zehn Minuten kam er wieder zurück.

»Interne Polizeiarbeit. Und Sie sind mir zu neugierig«, klärte er mich auf, warum er das Zimmer verlassen hatte. Hemmerle lächelte. Seine Stimmung schien deutlich besser zu werden.

»Ich denke, wir haben bald ein Problem weniger. Und Sie bekommen möglicherweise Ihren Freispruch. Es gab wirklich einen Defekt an Ihren Bremsen, wir untersuchen das noch etwas genauer. Danach können Sie Ihren Wagen wieder haben. Sie bleiben ja noch eine Zeit bei uns.«

Ich zuckte mit den Schultern.

»Ich habe ja nichts Besseres zu tun, als hier bei der Polizei herumzusitzen.«

»Das ist mein tägliches Vergnügen«, entgegnete mir Hemmerle.

Der Kommissar ließ mich nicht weiter zu Wort kommen.

»Ich habe mit Frau Junginger gesprochen. Sie hat mir erzählt, was Frau Weißhaar noch von Ihrem Unfall wusste. Wie ernst kann man das aber nehmen? Nach Narkosen oder einem künstlichen Koma kann im Kopf einiges durcheinandergeraten. Hat es schon öfter gegeben. Vielleicht bringt sie mehrere Erlebnisse nur durcheinander. Es wäre besser gewesen, wenn ich mir selbst einen Eindruck von ihr hätte verschaffen können, aber das haben Sie ja verhindert. Haben Sie eine Ahnung, wen Sie dort treffen wollte.«

»Nein. Aber ich denke, es kann nur mit der Missbrauchsgeschichte zu tun haben. Warum sollte sich sonst eine Frau bei ihr melden und sich mit ihr dort treffen wollen? Und was ist mit dem Mann, der auf sie losgegangen ist?«

»Ich bitte Sie, das sind mir zu wilde Geschichten. Ich glaube nicht, dass dies reale Bilder sind.«

»Vielleicht hat sie dort auf dem Bergrücken etwas gesehen, was sie nicht sehen sollte.«

»Warten wir es ab. Sie kann uns sicher mehr sagen, wenn sie wieder wach ist.«

»Und die Leiche in dem kleinen See beim Steinbruch?«

»Was ist mit der?«

»Könnte das zeitlich nicht zusammenpassen?«

Hemmerle sah mich skeptisch an.

»Lassen Sie uns noch etwas Zeit mit unseren Ermittlungen.«

»Wer ist eigentlich die Tote?«

»Woher wissen Sie, dass es eine Frau ist?«

Wusste ich nicht, aber die Alternativen waren nicht groß, es gab eine fünfzigprozentige Trefferchance und ich hatte gleich beim ersten Versuch getroffen.

»Reine Vermutung«, sagte ich nur.

»Vermuten Sie nicht zu viel. Man kann leicht daneben liegen. Bis jetzt ist das für uns noch ein Unglücksfall oder ein Suizid. Bisher gibt es keine anderen Hinweise. Aber wir untersuchen das noch weiter. Und den Namen der Frau brauchen Sie erst einmal nicht. Aus ermittlungstaktischen Gründen.«

Er blockte ab, aber ich merkte, dass Hemmerle verunsichert war. Es arbeitete kräftig in seinem Kopf. Der Kommissar ging Richtung Tür. Als er aus den Augenwinkeln heraus sah, dass ich mich ebenfalls erhob, drehte er sich zu mir um.

»Sie warten hier. Ich muss mich erst noch um Frau Junginger kümmern, und da müssen Sie vorerst nicht dabei sein. Ich rufe Sie später«, meinte Hemmerle.

Für Makeda Nuru zahlte sich die 30-Kilometer-Zone in der Tübinger Innenstadt endlich einmal aus. Der Fahrer des blauen Kastenwagens hielt sich an die Geschwindigkeitsbegrenzung und schlich die Wilhelmstraße entlang. So war es für die Polizistin nicht schwer, dem Auto auf den Fersen zu bleiben. Allerdings hielt sie etwas Distanz, der Fahrer sollte nicht merken, dass er in ihrem Blickfeld war.

Ihr war klar, dass in dem blauen Wagen Gabriel Maute saß. Hemmerle hatte ihr ein Bild von ihm gezeigt, damit sie wusste, auf wen sie achtgeben musste. Das Gesicht hatte sich ihr eingeprägt, weil sie es brutal und unsympathisch fand. Allerdings sieht ein Mensch auf einem Foto oft anders aus als in Wirklichkeit. Deshalb hatte sie Maute vor dem Parkhaus des Uni-Klinikums nicht sofort erkannt. Und außerdem hatte sie ihn nur kurz im Vorüberfahren gesehen. Aber jetzt hatte sie keine Zweifel mehr. Und es war eine große Chance, sich weitere Meriten als Polizistin zu verdienen. Sie durfte die Geschichte nur nicht vermasseln.

Sie folgte dem flüchtigen Strafgefangenen auf der Wilhelmstraße stadtauswärts Richtung Lustnau. Es war nicht schwer, den Wagen im Blick zu behalten, weil er eine auffällige Farbe hatte. Auf Höhe des Sportinstituts meldeten sich ihre Kollegen per Funk bei ihr. Sie erklärten ihr, dass sie jeden Augenblick bei ihr sein müssten. An der Adler-Kreuzung in Lustnau stockte der Verkehr. Makeda hielt drei Fahrzeuge hinter Maute an. Plötzlich hörte sie das Knistern des Sprechfunks.

»Wir sind direkt hinter dir, bereit zum Einsatz, wir folgen dir, wohin du willst«, hörte sie ihren Kollegen, der ein Kichern nicht unterdrücken konnte.

»Das ist nicht lustig, Kollege. Wir müssen vorsichtig sein. Wir dürfen Maute nicht aus den Augen verlieren. Er könnte möglicherweise auch bewaffnet sein.«

»Alles klar, Chef.«

Die Ampel war auf Grün gesprungen. Allerdings staute sich der Verkehr immer noch. Nur zwei Fahrzeuge schafften die Grünphase. Makeda musste anhalten, während Maute die Kreuzung bereits überquert hatte und sich Richtung Pfrondorf davon machte.

»Sollen wir Musik machen?«, hörte sie wieder ihren Kollegen über Sprechfunk.

»Nein, keine Sirenen oder Blaulicht. Ich will nicht, dass er auf uns aufmerksam wird. Sonst haut er uns ab.«

Sie warteten auf die nächste Grünphase und fuhren dann die Steige nach Pfrondorf hoch. Der Kastenwagen war allerdings nicht mehr zu sehen.«

»Und was jetzt?«, krächzte es aus dem Sprechfunk.

»Ihr fahrt weiter nach Pfrondorf und ich schaue mir den Herrlesberg an.«

»Alles klar, Chef. Du hast das Kommando, wir sind nur das Fußvolk.« Wieder hatte Makedas Kollege eine Spitze auf sie losgelassen, aber sie kümmerte sich nicht weiter darum, sondern bog nach rechts in das Wohngebiet auf der

Lustnauer Höhe ab. Sie hatte Glück. Es dauerte nicht lange und sie hatte den Kastenwagen wieder vor sich. Er parkte am Straßenrand.

Sie suchte sich ebenfalls eine Parklücke und hielt hundert Meter von Maute entfernt an. Im gleichen Augenblick klingelte ihr Handy. Es war Hemmerle, der wissen wollte, wie die Lage war. Sie erklärte ihm, dass sie ganz dicht hinter Maute sei.

»Wo sind Sie gerade?«

»Auf dem Herrlesberg.«

»Was? Welche Straße?« Sie spürte sofort die Nervosität Hemmerles.

Sie nannte ihm den Straßennamen und die Hausnummer, vor der der Kastenwagen stand.

»Oh, liebs Herrgöttle«, hörte sie Hemmerle aufstöhnen.

»Was ist?«

»In dem Haus wohnt Blum. Ich hätte es mir denken können. Lassen Sie Maute jetzt ja nicht aus den Augen. Wahrscheinlich will er Blum dort abpassen.«

»Das denke ich auch. Moment, ich glaube, er steigt aus«, sagte Nuru.

»Das klingt nicht gut.«

»Warum? Blum ist doch bei Ihnen, oder nicht?«

»Er schon, aber seine Freundin ist wahrscheinlich in der Wohnung. Wenn Maute ins Haus will und auf sie trifft, ich möchte mir nicht vorstellen, was …«

»Was sollen wir tun? Sofort eingreifen?«, unterbrach Makeda Nuru ihren Vorgesetzten.

Einen Augenblick war es still am Telefon geworden. Hemmerle überlegte.

»Sind die Kollegen bei Ihnen?«

»Im Augenblick nicht. Wir hatten Maute an der Adler-Kreuzung verloren und uns deshalb getrennt. Ich bin nun als Erste fündig geworden. Die Kollegen sind in Pfrondorf.«

»Rufen Sie sie sofort zurück. Warten Sie, bis sie bei Ihnen sind.«

»Ich glaube, dazu habe ich keine Zeit.«

»Wieso?«

»Er ist ausgestiegen. Ich kann ihn jetzt genau sehen. Kein Zweifel, es ist Maute.«

»Verdammt«, fluchte Hemmerle.

Makeda öffnete die Fahrertür.

»Warten Sie trotzdem, bis die Verstärkung da ist. Kein Zugriff ohne meine Erlaubnis, verstanden?«

»Okay.«

Makeda Nuru beendete das Gespräch mit Hemmerle und informierte ihre Kollegen über Sprechfunk. Sie waren schon hinter Pfrondorf und auf dem Weg nach Kirchentellinsfurt. Es würde ein paar Minuten dauern, bis sie bei ihr waren.

Doch sie konnte nicht mehr auf sie warten. Maute stand neben seinem Auto und schaute sich um. Er war gekleidet wie ein Handwerker, mit Blaumann und einer Mütze auf dem Kopf, auf der vorne irgendetwas geschrieben stand, was Makeda aus dieser Entfernung aber nicht lesen konnte. Wahrscheinlich hatte Hemmerle recht und Maute wollte in Blums Haus.

Was sollte sie tun? Sie konnte nicht mehr länger auf die Verstärkung warten. Sie stieg ebenfalls aus.

Sie scannte mit einem kurzen Blick die Umgebung. Es waren nur wenige Menschen in diesem Wohngebiet unterwegs. Und sie achteten sicherlich nicht auf den Service-Mann in Berufskleidung.

Maute überquerte die Straße und ging auf Blums Haus zu. Makeda folgte ihm in einiger Entfernung. Sie nahm die Straßenbäume und parkenden Fahrzeuge als Deckung. Sie war überzeugt, dass Maute sie noch nicht bemerkt hatte.

Als Maute Blums Haus fast erreicht hatte, öffnete sich dort die Eingangstür und eine Frau mit langen, roten Haaren kam heraus. Kein Zweifel, das war Blums Freundin Nelly. Makeda kannte sie noch von der Sache mit dem Rücklicht nach der Bürgerversammlung in »Berkheim«.

Was jetzt? Ihre Hände zitterten. Sie spürte, wie sich Schweiß unter ihrer Baseball-Cap ausbreitete.

Maute ging direkt auf Nelly zu. Er zog etwas aus der Tasche, dass für Makeda wie eine Waffe aussah. Sie musste handeln, sofort. Zugriff, dachte sie nur noch.

Maute stand nur wenige Meter vor der Frau. In selben Augenblick kamen Makedas Kollegen mit hoher Geschwindigkeit angefahren. Maute hörte die quietschenden Reifen und drehte irritiert den Kopf zur Seite.

Diese Situation nutzte Makeda. Sie stürmte laut schreiend auf ihn zu und zog ihre Waffe. Maute riss überrascht die Augen weit auf. Er erkannte sofort, dass er aufgeflogen war. Die Frau mit den roten Haaren war nun seine letzte Chance, sich der Verhaftung zu entziehen. Er musste sie als Geisel nehmen. Er drehte sich sofort um und stürzte auf Nelly zu.

Doch der Augenblick der Irritation hatte ausgereicht. Nelly hatte die Situation sofort erfasst und blitzschnell reagiert. Sie holte mit ihrem Fuß aus und trat zu, so fest sie konnte. Sie traf Maute mit voller Wucht zwischen den Beinen. Er schrie kurz auf, schnappte nach Luft und sackte jammernd auf die Knie.

Volltreffer, dachte Makeda. Sekunden später war sie an Ort und Stelle, drückte Maute auf den Boden und legte ihm Handschellen an. Die beiden Polizisten, die zu Hilfe kamen, hörten die lauten Flüche Mautes, dessen Stimme allerdings sehr gepresst klang. Makeda begann mit dem obligatorischen Verhaftungssermon. Gleichzeitig zog sie ihr Handy aus der Tasche, das wie wild summte.

»Ja, wir haben ihn«, sagte sie zu Hemmerle ins Telefon, wie auch zu den Beamten, die laut keuchend neben ihr standen.

Kommissar Hemmerle legte das Telefon beiseite und atmete erleichtert auf. Auch wenn sich Makeda Nuru wieder einmal über seine Anweisungen hinweggesetzt hatte, war er doch froh, dass das Maute-Problem erledigt war.

Er ging wieder zurück ins Besprechungszimmer. Dort saßen neben Annemarie Junginger auch ihre alten Schulkameradinnen Julia Daub, Heike Dengel und Bettina Herrmann. Sie alle hatten sich in den vergangenen Tagen an Hemmerle gewandt. Was er von ihnen gehört hatte, hatte ihn nicht sonderlich überrascht. Ihre Aussagen zeigten, dass das Berkheimer-Dorf ein Dorf des Wegschauens und unter den Teppich-Kehrens war. Der alte Berkheimer hatte es nicht nur bei Gabriele Weißhaar versucht, auch Heike Dengel berichtete von einem Annäherungsversuch des Senior-Chefs. Im Dorf habe fast jeder gewusst, dass der Alte etwas für kleine Mädchen übrig habe, sagte sie.

»Es gab viele Gerüchte, aber keiner wollte den Mund aufmachen.«

Das konnte Julia Daub bestätigen, die diese Gerüchte ebenso gehört hatte, selbst aber von diesem Lustknaben in Ruhe gelassen worden war. Alle hätten nur hinter vorgehaltener Hand darüber gesprochen, aber bei offiziellen Anlässen »sind sie dem Alten wieder in den Arsch gekrochen«, meinte Julia. »Da gab es niemanden, der sich nicht mit der Berkheimer-Familie sehen lassen wollte. Angezeigt hat den doch niemand, da waren sie viel zu feige dafür.«

Und nach den Erzählungen der drei Frauen hatte der Alte seinen Sextrieb wohl seinem Sohn weitervererbt. Denn der war hinter Bettina Herrmann her gewesen. Sie hatte nicht das erlebt, was Annemarie Junginger hatte durchmachen müssen. Aber nach ihrer Aussage hat der Berkheimer-Junior sie über eine längere Zeit hinweg belästigt und begrapscht, so lange bis Bettinas Vater ihn einmal zur Rede gestellt hatte.

»Danach hat er einen Bogen um mich gemacht, aber hinter meinem Rücken immer über mich gelästert«, berichtete sie.

»Ich habe mehr Glück gehabt als du«, sagte sie zu Annemarie Junginger. Ihr Vater habe ihr nie erzählt, was er damals zu Albert gesagt habe.

»Aber es müssen deutliche Worte gewesen sein, sonst hätte er mich nicht in Ruhe gelassen.« Es sei sicher von Vorteil gewesen, dass ihr Vater nicht in den Berkheimer-Werken gearbeitet habe, sondern Abteilungsleiter beim Tübinger Regierungspräsidium gewesen sei.

Bettina Herrmann steuerte zu dem Gespräch in Hemmerles Besprechungszimmer noch ein weiteres Gerücht bei, das sich vor einigen Jahren hartnäckig im Dorf gehalten hatte. Dabei sei es um eine Vergewaltigung auf dem Gelände der Berkheimer Werke gegangen. Ob an dem Gerücht irgendetwas dran sei, wisse sie nicht, sagte Bettina Herrmann. Sie habe keine Ahnung, wer das Opfer gewesen sein könnte.

»Es sind viele Namen im Dorf herum gegangen, aber bestätigt hat sich letztlich nichts. Vielleicht stimmt die ganze Geschichte ja auch nicht, aber vorstellen könnte ich es mir schon«, sagte Bettina Herrmann.

»Bei uns ist nichts angezeigt worden. Das habe ich überprüft«, warf Hemmerle ein, der inzwischen auch mich zu dem Gespräch dazu geholt hatte.

Dass sich die Frauen schließlich an die Polizei gewandt hatten, lag auch an meinem Artikel.

»Der Zeitungsartikel hat uns alle sehr aufgewühlt. Die ganzen Erlebnisse und Gerüchte kamen wieder hoch«, meinte Heike Dengel.

»Keiner hat sich all die Jahre getraut, den Mund aufzumachen. Bis heute. Aber du hast uns Mut gemacht«, sprach Julia Daub ihre Freundin Annemarie an.

»Wir wollten jetzt auch nicht mehr schweigen, vor allem, nachdem wir gemerkt haben, wie sich die Stimmung im Dorf gedreht hat. Alle waren plötzlich gegen dich. Aber wir wussten doch, was die Berkheimer getrieben haben, und dass die Geschichte, die du erzählt hast, wahr sein muss«, fügte Heike Dengel hinzu.

»Wir wollten dich nicht alleine lassen, deshalb sind wir jetzt zur Polizei gegangen.« Julia Daub legte Annemarie eine Hand auf die Schulter.

»Ich glaube aber, so allmählich wachen die Leute im Dorf auf. Sie trauen sich langsam aus ihren Höhlen heraus. Das hat auch der aufgeblasene Anwalt mit seinem Protzporsche bewirkt. Den mögen sie überhaupt nicht im Dorf.«

»Ich freue mich schon auf den nächsten Artikel von Herrn Blum.« Hemmerle schaute mich auffordernd an.

»Sie werden das, was Sie hier gehört haben, doch sicher liebend gerne verarbeiten oder etwa nicht? Die Frauen hier haben mir bereits signalisiert, dass Sie dazu bereit wären, mit Ihnen zu reden. Das stimmt doch?«

Julia Daub nickte für alle drei.

»Machen Sie dieser Berkheimer-Brut mal so richtig Feuer unterm Hintern«, forderte mich Hemmerle auf. »Aber lassen Sie mich draußen, sonst gibt's Ärger.«

Das war typisch für Hemmerle. Aber er war noch nicht am Ende.

»Ach ja, Herr Blum, ich habe noch eine gute Nachricht für Sie. Oder besser gesagt, gleich zwei. Ad eins: Wir haben Gabriel Maute geschnappt. Ad zwei: Ihre Freundin hat alles gut überstanden.«

Nelly? Wieso spielte sie auf einmal eine Rolle? Was war passiert? Aber Hemmerle ließ mir keine Zeit zu reagieren.

»Übrigens, Ihren Wagen müssen Sie noch hier lassen, als Beweismittel. Jemand hat wirklich die Bremsen Ihres Fahrzeugs manipuliert. Ich kann mir schon denken, wer. Sie nehmen sich jetzt besser ein Taxi, wenn Sie nach Hause kommen wollen. Ihr Auto können Sie in ein paar Tagen hier abholen, frisch überholt. Man sieht sich.«

Mit diesen Worten ließ er mich einfach stehen. Mein erstauntes Gesicht nahm er nicht mehr wahr.

Annemarie Junginger schien sehr erleichtert zu sein, dass sie so viel Unterstützung von ihren alten Schulkameradinnen erfahren hatte. Sie nahm jede einzeln in den Arm und ich sah sie zum ersten Mal seit Langem wieder richtig fröhlich.

Ich verabredete mich mit den Frauen für den nächsten Tag. Wir wollten noch einmal über das reden, was sie erlebt hatten. Ihre Geschichten gaben jedenfalls genug Stoff für einen neuen Artikel her und es würde mir große Freude bereiten, in dieser Sache nachzulegen. Jetzt waren wir wieder am Drücker. Aber zuerst wollte ich zu Nelly. Ich musste wissen, was vorgefallen war. Das Taxi wartete schon. Ich stieg ein und war froh, die Bremsen-Geschichte so gut überstanden zu haben.

Wenn sie nun nicht wieder auf die Beine kommt?«, fragte Frieder besorgt seine Schwester. Er sprach so leise, dass seine Mutter, die in einem Sessel am Fenster saß, ihn nicht hören konnte.

»Mutter wird es schon schaffen. Sie hat schon so viel überstanden.«

»Hoffentlich hast du recht. Vaters Tod hat sie sehr mitgenommen.«

Ella nahm ihren Bruder in den Arm.

»Frieder, ich weiß, wie du dich fühlst. Aber gib Mutter etwas Zeit, mit der Situation klarzukommen. Du wirst sehen, in ein paar Wochen, wenn das hier überstanden ist, wird es ihr bald wieder besser gehen. Wir kümmern uns alle um sie, sie wird das packen.«

»Aber …« Er brach ab, weil seine Mutter hustete.

Er wollte aufstehen und zu ihr gehen, aber seine Schwester hielt ihn zurück.

»Lass sie jetzt in Ruhe, bitte.«

Es entstand eine kleine Pause.

»Was wird denn nun aus der Firma?«, fragte Frieder.

»Es wird weitergehen, da bin ich mir sicher. Albert war doch vorher schon der Chef oder nicht? Und er wird es weiter sein. Er ist energisch und selbstbewusst genug, sich durchsetzen zu können, auch wenn Vater nicht hinter ihm steht und auf ihn aufpasst.«

»Aber das ist es doch. Vater hat ihn immer gebremst, wenn es Albert übertrieben hat. Ich habe es doch in unserer Abteilung gesehen, welches Risiko er teilweise eingegangen ist. Und jetzt wird es wieder eng. Ich glaube nicht, dass Albert das in den Griff bekommt.«

»Wo ist eigentlich Albert?«, fragte Ella.

»Ich weiß es nicht, in den vergangenen Tagen hat er sich immer seltsamer verhalten. Er war sehr gereizt. Man konnte nicht richtig mit ihm reden.«

»Ihr hattet Streit, ich weiß.«

»Nein, das meine ich nicht. Streit hatten wir oft. Es ist anders diesmal. Albert wirkt irgendwie abwesend. So, als ob ihn nicht nur die Zukunft der Firma beschäftigt. Da ist noch mehr.«

»Das überrascht mich nicht. Was in den letzten Wochen auf ihn eingestürzt ist, das lässt niemanden kalt. Der Artikel in der Zeitung, das war schon hart. Dass der ihm im Kopf herumspukt, kann ich mir gut vorstellen.«

»Wie denkst du über das, was die beiden Frauen Vater und Albert vorwerfen?«, fragte Frieder.

»Ich weiß von Mutter, dass Vater einige Dummheiten gemacht hat. Sie musste ja einiges ertragen. Aber seine Weibergeschichten waren immer schnell vorbei. Gut, sie hätte vielleicht öfters mal energischer dazwischen fahren sollen.

Aber sie hat sich immer zurückgehalten, sie wusste, dass es nur eine seiner Launen war, und am nächsten Tag war alles vergessen. Aber mit Kindern? Nein, so war Vater nicht. Und Albert? Es wär besser gewesen, er hätte mal die Richtige gefunden, als der ewige Junggeselle zu bleiben. Dann hätte es nicht so viele Gerüchte gegeben. Albert war früher schon ein Frauenheld, aber ein Vergewaltiger? Nein. Das kann ich mir nicht vorstellen. Aber die ganze Geschichte liegt doch sowieso so lange zurück. Rechtlich braucht sich Albert sicher keine Sorgen zu machen, das sagt auch Kolb-Bartholdy.«

»Aber die Vorwürfe stehen im Raum, die wird er nicht so einfach los. Und sie werden sich auf die Firma auswirken, glaub mir. Wer will mit einem Unternehmen etwas zu tun haben, dessen Chef ein kleines Mädchen vergewaltigt hat. Man ist heute viel sensibler in diesen Dingen geworden, auch in der Wirtschaft. Du weißt, wir haben schon einen Großauftrag verloren.«

»Ja, ich weiß.« Ella wurde jetzt etwas ungehaltener. Sie sah ihren Bruder prüfend an.

»Was soll er denn deiner Meinung nach tun? Sich zurückziehen? Die Firma dir übergeben?«

Frieder antwortete nicht.

»Das wäre dir doch am liebsten. Dann könntest du Vaters Werk diesen Schweden überlassen, die sich schon seit einiger Zeit unser Unternehmen unter den Nagel reißen wollen. Alles, was Vater aufgebaut und wofür er gelebt hat. Willst du das einfach so hergeben? Haben sie dir so viel geboten? Ist das Geld, das du dann bekommen würdest, so wichtig?«

Wieder sagte Frieder kein Wort.

Kommissar Hemmerle und Oberstaatsanwalt Gramer hatten sich zu einer Lagebesprechung im Polizeihochhaus zusammengefunden, was sie in regelmäßigen Abständen immer wieder mal taten. Der Polizist lehnte sich in seinem Stuhl zurück und schaute sein Gegenüber fragend an.

»Was meinst du zu der ganzen Geschichte?«

»Schade, dass die Frauen erst jetzt zu uns gekommen sind. Sie hätten damals gleich zur Polizei gehen sollen, dann hätte es sicher weniger Opfer gegeben. Es ist unglaublich, was hier alles vertuscht wurde. Ich fürchte, dass wir jetzt an Albert Berkheimer nicht mehr herankommen. Der Vater hat sich jeder Strafverfolgung entzogen, indem er sich erhängt hat, und die Sachen mit dem Junior, die sind verjährt. Aber einen Besuch sollten wir ihm jetzt schon abstatten, um ihm die ganzen Vorwürfe um die Ohren zu hauen.«

»Dem Junior?«

»Ja. Mich interessieren nicht nur die ganz alten Geschichten. Das Gerücht um die angebliche Vergewaltigung in den Berkheimer-Werken sollten wir noch mal genauer unter die Lupe nehmen. Möchte wissen, was der Filius dazu sagt.«

»Aber es ist bis jetzt nur ein Gerücht«, gab Gramer zu bedenken.

»Ich weiß.«

»Und was ist mit der Toten in diesem Teich bei Reusten?«

»Die Rechtsmediziner sagen, sie lag schon ein paar Tage im Wasser, als man sie gefunden hat. Die Fäulnisgase haben den Leichnam wieder nach oben getrieben. Der Sturz in den Teich könnte zeitlich durchaus mit den Erlebnissen von Gabriele Weißhaar zusammenpassen.«

»Du meinst die Verfolgungsgeschichte? Frau Weißhaar hat da oben etwas mitbekommen … Und der große Unbekannte war hinter ihr her, um sie aus dem Weg zu räumen? Ihr Autounfall war sicher etwas ungewöhnlich an dieser Stelle. Dort fährt man normalerweise nicht schnell. Aber vielleicht ist ihr schlecht geworden und sie ist deshalb von der Straße abgekommen. Die beiden, die in dem entgegenkommenden Auto gesessen sind, die haben nichts von einem Mann erzählt, der sich an der Unfallstelle herumgetrieben hätte.

Die Verfolgungsgeschichte haben wir ja nur aus zweiter Hand, von Blum und Frau Junginger. Wir müssen Gabriele Weißhaar unbedingt selbst befragen. Das sollte bald möglich sein. Sicher heute noch. Wir haben leider keine anderen Zeugen. Auch für den Sturz in den See nicht.«

»Die beiden Fälle, Sturz und Verfolgung, könnten durchaus zusammenhängen. An die großen Zufälle glaube ich nämlich nicht so recht«, sagte Gramer.

»Das stimme ich dir zu.«

»Die Tote im See kommt aber nicht aus dem Berkheimer-Dorf?«

»Nein, das nicht, sie lebte in Rottenburg, sehr zurückgezogen. In ihrer Nachbarschaft hat sie niemand so richtig gekannt. Kein fester Freund, keine Verwandten, wir haben in dieser Richtung jedenfalls niemanden ausfindig machen können. Ein unbeschriebenes Blatt also. Aber wir wissen inzwischen, dass sie in diesem Berkheimer-Dorf geboren wurde. Wir sind gerade dabei, ihre Vergangenheit noch weiter zu durchforsten. Aber allein, dass hier wieder von diesem Dorf die Rede ist, macht mich hellhörig.«

»Wie heißt die Frau noch mal?«

»Rita Mangold.«

Gramer dachte nach. Gerade als er etwas sagen wollte, klopfte es an der Tür. Es war ein Kollege Hemmerles, der dem Hauptkommissar mit den Worten »sehr dringend« einen Hefter überreichte. Gramer blieb sitzen und beobachtete Hemmerle, wie er den Hefter aufschlug und die ersten beiden Seiten las. Hemmerles Gesichtsausdruck veränderte sich schlagartig.

»Das gibt es nicht«, stöhnte er.

»Was ist?«

»Das Ergebnis der Nachuntersuchung.«

Gramer schaute Hemmerle fragend an.

»Ich hatte irgendwie kein gutes Gefühl. Berkheimers Selbstmord. Meiner Meinung nach passte das überhaupt nicht zu ihm. Auch der Fundort war etwas ungewöhnlich. Ich habe die Rechtsmediziner die Spuren am Hals von Walter Berkheimer noch mal genau nachuntersuchen lassen. Sie haben zwar gestöhnt, aber jetzt haben sie doch etwas gefunden. Kleine Kratzspuren und kleine blaue Flecken am Hals von Berkheimer. Es ist kein endgültiger Beweis, aber diese Spuren könnten darauf hindeuten, dass er sich gar nicht selbst erhängt hat, sondern dass er erst erwürgt und dann aufgehängt wurde.«

»Verdammt, jetzt können wir nochmal von vorne beginnen. Aber wer hätte denn ein Interesse, den alten Berkheimer zu erwürgen? Jemand aus seiner Familie? Oder …?« Gramer sprach es nicht aus. Das übernahm Hemmerle.

»Jemand von den Frauen. Sie haben ein Motiv, vor allem, wenn vielleicht noch mehr vorgefallen ist, als sie uns erzählt haben. Vielleicht sind sie doch nicht nur die Opfer? Vielleicht haben sie es sogar zusammen getan?«

»Das klingt mir zu sehr nach Agatha Christie. Auch ist es nicht die Art, wie Frauen jemanden umbringen. Gift, ja. Vielleicht auch erschießen oder erschlagen, aber erwürgen? Ich weiß nicht.«

Hemmerle hatte keine Zeit zu antworten, weil das Telefon klingelte. Der Hauptkommissar nahm noch ganz in Gedanken den Hörer ab. Am anderen Ende der Leitung war sein Kollege, der vor dem Zimmer von Gabriele Weißhaar Posten bezogen hatte.

»Wenn du mit ihr reden willst, musst du jetzt kommen. Sie ist wach. Die Ärzte haben grünes Licht gegeben. Wir können sie jetzt befragen.«

»Gut, ich komme sofort. Nein, warte. Ich schicke dir Gramer, der soll das machen. Ich muss hier erst eine Truppe in Sachen Berkheimer zusammenstellen«, sagte Hemmerle.

»Wie?« Sein Gesprächspartner verstand nicht, wovon er redete.

»Das erklär ich dir später«, sagte Hemmerle und legte auf.

»Schön, dass du so über meine Zeit verfügst«, grantelte Gramer.

Ich hatte mich mit Annemarie Junginger und ihren Freundinnen in der Redaktion getroffen. Auch Micha Becker war bei dem Gespräch dabei. Er hatte Anweisung von oben erhalten, mir auf die Finger zu schauen, schließlich ging es um einen großen Anzeigenkunden, den man nicht verlieren wollte. Auf der anderen Seite pochten Becker und die Redaktion auf die journalistische Unabhängigkeit und forderten, dass man unbedingt an der Geschichte dran bleiben sollte, um die Glaubwürdigkeit nicht zu verlieren. Und vor allem durfte auch das Konkurrenzblatt nicht plötzlich mit dieser Story kommen. Bei dem Gespräch war ebenfalls ein Rechtsanwalt des Verlags dabei.

Meine Gesprächspartnerinnen waren offenbar überzeugend, denn ich hatte nach dem Interview freie Hand für den nächsten Artikel. Das wurde die nächste Sensation werden, die das Dorf aufrüttelt. Ich war gespannt auf die Reaktionen, die heile Welt würde ein paar Kratzer mehr abbekommen. Ich stand noch eine Weile vor dem Redaktionsgebäude und unterhielt mich mit Annemarie Junginger.

»Es tut gut, Rückendeckung zu bekommen. Es war mutig von Julia, Bettina und Heike an die Öffentlichkeit zu gehen. Vielleicht ändert sich jetzt etwas in dem Dorf. Ich hätte damals nicht schweigen und alles hinnehmen sollen. Vielleicht wären anderen Frauen diese ekelhaften Dinge erspart geblieben. Aber was soll man tun, wenn einem schon die Eltern nicht glauben. Wenn ich gewusst hätte, dass auch andere, dass meine Freundinnen … Ich kann es immer noch nicht fassen.«

Sie schwieg einen Augenblick.

»Aber Sie haben jetzt den Mut aufgebracht, zu reden.«

»Aber was ist das Ergebnis? Ein Mensch hat sich das Leben genommen, sehen Sie sich mein Heimatdorf an, was dort jetzt alles los ist, wie viele Menschen leiden unter dieser Geschichte, die mit allem gar nichts zu tun haben. Der ganze Ärger, war es das wirklich wert?«

»Ja. Sicher. Vielleicht kennen wir noch gar nicht alles, was vorgefallen ist.«

Annemarie Junginger schwieg. Ich spürte, wie sie versuchte, die Fassung zu bewahren.

»Soll ich Sie nach Hause fahren?«

»Haben Sie denn Ihr Auto wieder?«

»Ja. Die Kühlerhaube ist zwar noch etwas lädiert, aber sonst ist mein Wagen fahrtüchtig. Dafür hat die Polizei gesorgt. Ich bringe meinen Wagen jetzt immer dorthin zur Reparatur.« Ich grinste.

»Wir hatten viel Glück. Ich möchte gar nicht daran denken, was hätte passieren können, wenn die Bremsen erst später versagt hätten, auf dem Weg runter in die Stadt zum Beispiel.«

»Ja. Wie ich von der Polizei gehört habe, sagt der Typ bisher kein Wort.«

»Er hat das mit den Bremsen noch nicht zugegeben?«

»Nein. Egal. Jetzt kommen Sie, ich fahre Sie nach Hause.«

»Das wäre nett. Nach Hause? Wie das klingt? Mein Zuhause ist nicht mehr hier, das liegt in den USA.« Sie hielt kurz inne.

»Aber da müssen Sie mich jetzt nicht hinbringen, vorerst reicht noch Rottenburg«, fuhr sie fort und lächelte.

»Alles klar.«

Wir gingen zu meinem lädierten Wagen und stiegen ein.

Als wir Richtung Rottenburg unterwegs waren, fiel Annemarie Junginger etwas ein.

»Ich habe ja immer noch den Schlüssel von Luises Wohnung in Poltringen. Hätten Sie vielleicht noch etwas Zeit, mit mir dorthin zu fahren. Ich möchte mir gerne noch einmal ihre Wohnung anschauen, ganz in Ruhe. Ich könnte auch Anja fragen, aber ihr fiel es das letzte Mal schon schwer, ins Haus zu gehen. All die Erinnerungen belasten sie sehr. Ich möchte es ihr nicht noch einmal zumuten.«

Zwar musste ich dringend den Artikel über das Interview mit den drei Frauen schreiben, aber eine Stunde konnte ich schon noch drauflegen. Und vielleicht gab es noch etwas in dem Haus, das ich in meinen Artikel einbauen konnte. Schließlich hatte auch Luise Schweizer zu diesem Kreis von Frauen um Annemarie Junginger gehört. Vielleicht gab es alte Fotos von Annemarie Junginger und Luise oder Ähnliches.

Wir fuhren das Neckartal entlang bis Hirschau. Auf der rechten Seite türmte sich der Kapellenberg auf. Die Sonne schien, es wirkte alles sehr idyllisch.

In Wurmlingen bogen wir ab nach Unterjesingen. Die Kapelle lag jetzt in unserem Rücken.

»Es ist schön hier«, sagte Annemarie Junginger plötzlich.

Ich nickte. Wir erreichten schließlich Poltringen und standen Minuten später vor Luises Haus.

»Soll ich hier auf Sie warten, bis Sie da drinnen fertig sind?«, fragte ich höflich.

»Nein, kommen Sie ruhig mit. Es ist mir lieber, wenn jemand dabei ist.«

Das war die Antwort, die ich hatte hören wollen. Annemarie Junginger ging auf die Eingangstür zu, blieb davor aber kurz stehen und holte tief Luft. Danach zog sie den Schlüssel aus der Tasche und steckte ihn ins Schloss.

»Verdammt noch mal, jetzt bleib doch ruhig«, brüllte Albert Berkheimer in sein Handy. Er war so aufgewühlt, dass er aufpassen musste, nicht von der Straße abzukommen. Er hatte gerade die letzten Häuser Tübingens hinter sich gelassen und fuhr Richtung Unterjesingen, wie immer viel zu schnell auf der kurvigen Straße. Sein Gesprächspartner blieb aber nicht ruhig, was Berkheimer noch mehr aus der Fassung brachte.

»Ich weiß auch nicht, was sie schon wieder in diesem Haus will. Da ist nichts, ich war doch schon dort. Sie wird nichts finden, was dich in Schwierigkeiten bringen könnte. Jetzt reiß dich doch zusammen. In ein paar Minuten bin ich bei dir. Wir treffen uns auf dem Parkplatz, gleich neben dem Poltringer *Adler*.«

Er wartete gar nicht erst eine Antwort ab, sondern legte auf. Er durfte jetzt nicht die Nerven verlieren. Es glitt ihm zusehends alles aus der Hand. Nichts lief so, wie er es sich vorstellte. Das Großmaul Kolb-Bartholdy kam nicht voran. Er hatte zwar erreicht, dass die Stimmung im Dorf auf ihrer, auf der Seite der Familie Berkheimer war, aber was war mit dem Rest der Welt. Da lief es alles andere als gut. Den Großauftrag, den sie so dringend gebraucht hätten, konnte er abschreiben. Und es ging gerade so weiter. Ein anderes Unternehmen hatte schon angekündigt, die Möglichkeiten eines Ausstiegs juristisch prüfen zu lassen. Es war wie mit diesen Dominosteinen. Stieß man einen an, fielen auch die anderen um. Und ein weiterer Stein konnte die Bank sein. Es steckten noch einige Kredite in den Berkheimer-Werken. Wenn die Bank den Hahn zudrehte, war alles aus, das war dann der letzte Dominostein.

Spielten denn alle auf einmal verrückt? Nur wegen dieser Sex-Vorwürfe führten sich plötzlich alle als Moralapostel auf. Wer so was an der Backe hat, kriegt es nicht so schnell mehr los. Dabei hatten diese Typen sicher selbst genug Dreck am Stecken. Er hatte oft einen Blick hinter die Kulissen werfen können. Geschäftsreisen in den Puff. Oder die »kleinen« Aufmerksamkeiten, die man jemanden zustecken musste, um an einen Auftrag zu kommen.

Nur weil diese beiden Frauen ihr Maul nicht halten konnten. Am besten wäre es, wenn sie für immer verschwinden würden. Berkheimer wurde immer wütender. Er überdachte noch einmal seine Lage. Sie wurde immer prekärer. Der Leichnam seines Vaters lag noch in der Rechtsmedizin. Verdammt noch mal, warum dauerte das so lange? Er musste mit Kolb-Bartholdy reden, damit der den Druck auf die Polizei erhöhte. Warum zierten die sich so? Es war doch alles klar, sein Alter hatte sich selbst umgebracht, am Baum erhängt, und fertig. Es gab doch keine anderen Spuren. Und wenn jetzt auch noch sein Freund die Nerven verlor?

Albert krallte seine Hände so sehr ums Lenkrad, dass seine Knöchel weiß wurden. Als er endlich den *Adler* erreicht hatte, entdeckte er sofort das Auto seines Freundes. Er stellte seinen Wagen direkt daneben ab. Sein Freund stürmte sofort auf ihn zu.

»Was sollen wir tun?«

»Das wirst du schon sehen. Jetzt beruhige dich erst mal«, sagte Berkheimer barsch.

»Was hast du vor?«

»Das werde ich dir erklären: Du wartest hier ein paar Minuten und kommst dann nach. Zu Fuß. Ich möchte nicht, dass man uns im Dorf zusammen sieht. Ich nehme den Wagen und parke in der Nähe von Luises Haus. Du nimmst den Trampelpfad am Bach entlang. Da sieht dich keiner. Wir treffen uns dann hinter dem Haus. Aber pass auf, dass dich die Tusse nicht sieht. Hast du das verstanden?«

Berkheimers Freund nickte.

»Aber was willst du dort?«

»Ich muss wissen, warum Annemarie schon wieder dort ist. Jetzt komm.« Berkheimer ließ seinem Freund keine Zeit, zu antworten, sondern ging zu seinem Auto und fuhr sofort los. Ein paar Minuten später machte sich auch sein Freund auf den Weg.

Annemarie Junginger zögerte, den Schlüssel ins Schloss zu stecken.

»Ich hab Skrupel, ins Haus zu gehen, ohne dass Anja Bescheid weiß.«

»Ja, es stimmt, es ist vielleicht besser, wenn Sie sie vorher anrufen.«

Annemarie Junginger trat ein paar Schritte vors Haus, zog ihr Handy aus der Tasche und wählte Anjas Nummer. Ich wollte sie in Ruhe telefonieren lassen, deshalb entfernte ich mich ein paar Meter von ihr.

»Ich schaue mir so lange das Haus von außen an«, sagte ich.

Das Gebäude, in dem Luise gewohnt hatte, war nicht mehr im allerbesten Zustand. Das Mauerwerk zeigte Risse und an ein paar Stellen bröckelte der Putz ab. An einer Seite war die Fassade vollkommen mit Efeu zugewachsen, was recht idyllisch aussah. Ich konnte mir das Haus nicht weiter anschauen, denn Annemarie Junginger rief mich zurück.

»Ich habe Anja erreicht. Sie kommt. Wir müssen aber nicht auf sie warten, wir können schon vorher ins Haus gehen. Sie brauche noch etwas Zeit, bis sie da sei, meinte sie.«

»Ich komme«, antwortete ich und ging zu Annemarie Junginger zurück.

»Anja gefiel mir nicht am Telefon. Sie klang so deprimiert. Hoffentlich hat sie nicht mit ihrem Mann Ärger bekommen, weil ich bei ihr übernachtet habe.«

»Wird schon okay sein«, versuchte ich sie zu beruhigen.

Annemarie Junginger schloss auf und wir gingen ins Haus hinein. Zuerst nahmen wir uns das Wohnzimmer vor. Annemarie Junginger schaute sich alle Fotos an, die herumstanden oder an der Wand hingen. Ich inspizierte das Bücherregal und hatte bald gefunden, wonach ich suchte. Mehrere Fotoalben, alle in unterschiedlichen Farben und nach Jahren geordnet, standen direkt in Augenhöhe vor mir. Ich zog eines von ihnen heraus und blätterte es durch. Plötzlich stand Annemarie Junginger neben mir.

»Hier sehen Sie, Luise und ich.« Sie deutete auf ein kleines Bild, das an den Rändern schon leicht vergilbt war.

»Ich kann gar nicht mehr sagen, wann dieses Foto aufgenommen wurde. Ist schon so lange her«, seufzte sie.

Ich nahm das nächste Fotoalbum in die Hand.

»Hier in diesem Album sind lauter Hochzeitsfotos«, sagte ich und zeigte Annemarie Junginger die Seiten, auf denen das Brautpaar und die Gäste zu sehen waren.

»Ja, das muss bei Anjas Hochzeit gewesen sein. Hier sehen Sie, wie glücklich sie aussieht.«

Annemarie nahm mir das Album aus der Hand und blätterte weiter.

»Schade, dass ich nicht dabei war. Hier, das sind Heike und Julia. Und das hier ist Paula Mangold. Sie war eine von Anjas besten Freundinnen. Die haben Sie noch nicht kennengelernt. Sie war auch nicht bei unserem Klassentreffen. Was wohl aus ihr geworden ist? Ich muss Anja fragen, wenn sie da ist.«

Annemarie Junginger setzte sich auf einen Sessel und sah sich Seite für Seite an. Ich legte die restlichen Alben auf den

Couchtisch, der neben ihr stand, und machte mich auf den Weg durchs Haus. Ich kam auch in den Raum, den Luise als Arbeitszimmer genutzt hatte. Die zerbrochene Fensterscheibe war inzwischen durch eine Sperrholzplatte ersetzt worden. Außerdem waren die Klappläden geschlossen.

Als ich wieder ins Wohnzimmer zurückkehrte, saß eine völlig entgeisterte Frau vor mir.

»Hier, das lag in dem Hochzeitsalbum. Ein Brief von Paula. Lesen Sie«, sagte Annemarie Junginger und hielt mir mehrere Blätter Papier hin.

Ich las den Brief. Darin schrieb Paula an Luise, dass sie unbedingt mit ihr reden müsse. Sie klang sehr verzweifelt. Sie gestand Luise, dass sie eine Affäre mit Anjas Mann gehabt habe. Und das sie jetzt nicht mehr weiter wisse. Sie habe mit Anja reden wollen, aber Stefan habe sie abgehalten. Auch habe sie sich geschämt, weil Anja früher ihre beste Freundin gewesen sei. Sie müsse aber nun mit jemandem reden, der Anja nahe stehe. Sie nannte Luise ihre Telefonnummer wie auch ihre E-Mail-Adresse.

»Jetzt wissen Sie, warum Paula nicht bei dem Klassentreffen war«, sagte ich.

Annemarie Junginger nickte zustimmend.

»Sehen Sie hier«, sagte sie plötzlich. »Das Datum. Der Brief wurde nur ein paar Tage vor Luises Unfall geschrieben.«

»Wissen Sie, ob Luise noch mit Anja über diese Affäre gesprochen hat?«

»Nein. Sie hat mir nichts gesagt. Aber Anja und Stefan, sie sahen so glücklich zusammen aus, ich glaube nicht, dass sie etwas von der Affäre weiß. Ich kann es mir nicht vorstellen.«

»Was wollen Sie jetzt tun?«

»Ich weiß es nicht. Ich kann ihr doch nicht so einfach ins Gesicht sagen, dass ihr Mann sie mit Paula betrogen hat. Ich habe schon so viel Unheil angerichtet. Nicht jetzt auch noch das. Lassen Sie uns noch einmal die Wohnung genauer anschauen. Vielleicht finden wir irgendetwas, dass uns sagt, ob Luise nicht doch mit Anja gesprochen hat.«

Wo sollten wir so etwas finden? Einen Brief von Luise etwa, den sie noch nicht abgeschickt hatte? Den Ausdruck einer E-Mail? Ich konnte es mir nicht vorstellen. Aber ich brauchte es auch nicht mehr, denn in der nächsten Sekunde waren wir nicht mehr alleine. Aber nicht Anja stand vor uns, sondern Albert Berkheimer.

»Wo wollt ihr beiden denn hin?« Ich vermutete, nirgendwo hin, denn in seiner Hand hielt Berkheimer eine Pistole, die er auf uns richtete.

»Albert!«

»Eine Überraschung, was, Annemarie? Mit mir hast du wohl nicht gerechnet.«

»Was willst du hier?«

»Was werde ich schon wollen? Ich will, dass du endlich dein Maul hältst. Es reicht jetzt, was du angerichtet hast. Ich lasse mir von dir nicht alles zerstören.«

Ich versuchte, dazwischen zu gehen, aber ich kam nicht weit.

»Bleib stehen, du verdammter Idiot. Was suchst du eigentlich schon wieder hier?«, schrie Berkheimer mich an. Er ging auf mich zu und stieß mich mit beiden Händen gegen die Brust. Ich taumelte rückwärts und stieß mit dem Kreuz gegen eine Kommode. Eine Vase, die darauf stand, fiel herunter und zerbrach krachend auf dem Boden. Es schien Berkheimer nicht zu interessieren.

»Lass ihn in Ruhe«, sagte Annemarie Junginger. Ihre Stimme war lauter geworden.

Berkheimer wandte sich wieder ihr zu.

»Warum bist du nur hier aufgetaucht, warum bist du nicht einfach in deinem dämlichen Amerika geblieben. Du hast hier nichts mehr verloren.«

Plötzlich fiel sein Blick auf das Papier, das Annemarie in ihren Händen hielt.«

»Was hast du da?«

Er trat einen Schritt vor, und griff nach dem Brief, doch Annemarie ließ ihn nicht los. Berkheimer lachte lauthals.

»Was ist los? Früher warst du nicht so widerspenstig? Du hast immer schön mitgemacht. Hat dir doch gefallen oder nicht? Wir zwei, zusammen, in der Hütte oder am Bach. Weißt du noch? Und jetzt erzählst du solche Lügen, du Drecksstück.«

Wieder lachte Berkheimer.

»Was ist? Sollen wir das nicht wiederholen? Vielleicht macht es dir wieder so viel Spaß?«

»Du weißt genau, was du mit mir gemacht hast. Du bist ein ekelhaftes Arschloch.«

Berkheimer starrte sie an. Dann holte er aus und schlug ihr mit der flachen Hand ins Gesicht.

»Du redest nicht so mit mir.«

Ich stürzte nach vorne und versuchte, Berkheimer abzudrängen. Doch er trat nur einen Schritt beiseite und ließ mich ins Leere laufen. Während ich an ihm vorbeistürmte, schlug er mit der Waffe zu. Ich sackte zu Boden. Mein Kopf dröhnte, aus einer kleinen Wunde an der Schläfe tropfte Blut. Aber ich war noch bei Bewusstsein.

»Na, was ist? Willst du den Helden spielen? Da musst du früher aufstehen. Am besten bleibst du gleich unten auf dem Boden.« Er zielte mit der Waffe auf mich.

»Lass das«, schrie Annemarie Junginger.

Er hielt seine Waffe immer noch in meine Richtung, drehte den Kopf aber zur Seite und sah Annemarie Junginger an.

»Ich habe von euch beiden die Schnauze voll. Gib das endlich her.« Er holte mit der Waffe aus und schlug Richtung Annemaries Kopf. Erschrocken sprang sie zurück. Dabei ließ sie den Brief fallen. Berkheimer ging einen Schritt nach vorne und hob ihn auf. Er überflog die paar Zeilen, die auf dem Papier standen.

»Diese dumme Kuh. Warum hat sie nicht einfach ihr Maul gehalten. Aber das ist egal jetzt.«

Er knüllte da Papier zusammen und steckte es in die Jacke.

»Los ihr beiden, kommt jetzt mit.«

»Was hast du vor?«, fragte Annemarie Junginger.

»Das wirst du noch früh genug erfahren. Auf jetzt.« Der letzte Satz galt vor allem mir. Ich richtete mich mühsam auf. Mein Kopf schmerzte immer noch. Aber die Wunde hatte zu bluten aufgehört.

Er zwang uns mit vorgehaltener Pistole, vor ihm herzugehen.

»Da rein, los«, befahl er. Er deutete auf eine Tür. Berkheimer ging an uns vorbei, öffnete die Tür und gab damit den Blick auf eine Art Vorratskammer frei. Der Raum hatte keine Fenster. Er fuchtelte mit der Pistole vor unseren Augen herum. Offenbar sollte das bedeuten, dass wir in den Raum gehen sollten. Annemarie folgte seiner Anweisung und betrat die Kammer.

»Du auch, du Anfänger.« Widerwillig setzte ich mich in Bewegung.

»Was soll das?«

»Halt's Maul, niemand hat mit dir geredet.«

Ich drehte mich abrupt um und versuchte nach der Waffe zu greifen, was ein Fehler war. Ich hätte mir denken können, dass Berkheimer mit einem Angriff rechnete. Ehe meine Hand an seiner Pistole war, schlug er mir mit der Waffe auf den Kopf. Ich schrie auf, fiel zur Seite, direkt in die Abstellkammer. Ich merkte noch, dass zwei Arme mich auffingen, dann verlor ich das Bewusstsein. So bekam ich nicht mehr mit, dass Berkheimer die Tür hinter uns zuknallte und abschloss.

Anja ließ sich absichtlich viel Zeit. Warum sollte sie sich beeilen, nach Poltringen zu fahren? Sie freute sich auf Annemarie, allein um ihr zu zeigen, dass sie noch hinter ihr stand, aber in Luises Haus wollte sie keine Minute länger als notwendig verbringen. Luise war nicht mehr da, und das Haus ohne Luise war nur eine tote Hülle.

Sie ging ins Bad, sprang kurz unter die Dusche. Sie hoffte, das kalte Wasser würde ihr helfen, nach dem Streit mit Stefan wieder zur Normalität zurückzufinden. Sie hatte ihn noch nie so gereizt erlebt. Sie liebte ihn, und sie wusste, dass auch er sie liebte. Die ganzen Jahre über waren sie glücklich gewesen, die Kinder, das Haus, alles war perfekt, fast zu perfekt. In letzter Zeit war aber irgendetwas zwischen sie getreten, etwas bedrückte ihn, das fühlte sie. Es musste etwas sein, worüber er mit ihr nicht so leicht reden konnte.

Sie stand im Bad und schaute in den Spiegel. Sie hatte sich geschminkt, das verheulte Gesicht war verschwunden und sie war zufrieden mit dem, was ihr das aus dem Spiegel entgegen blickte. Sie war bereit für die Außenwelt, sie war bereit für Annemarie und diesen Journalisten.

Nicht viel später stieg sie in ihr Auto und fuhr nach Poltringen. Als sie dort ankam, stellte sie ihren Wagen auf einem kleinen Parkplatz ab, der in der Nähe von Luises Haus lag. Auf der engen Straße hatte sie keinen Platz gefunden. Anja stieg aus, ging Richtung Haus und schaute sich dabei um. Sie konnte Annemarie und den Journalisten nirgendwo entdecken, das Gebäude schien leer zu sein. Wo waren die beiden?

Anja wunderte sich, denn sie konnte sich nicht vorstellen, dass Annemarie bereits gegangen und zurück zu ihrem Hotel gefahren war, ohne ihr vorher Bescheid zu geben. Aber vielleicht war sie in dem kleinen Hof hinterm Haus, den man von der Straße aus nicht sehen konnte. Anja ging deshalb nicht zur Haustür, sondern um das alte, mit Pflanzen zugewachsene Gebäude herum.

Als sie die hintere Hausecke erreicht hatte, hörte sie plötzlich Stimmen. Sie hielt an, denn sie war überrascht, dass es die Stimmen von zwei Männern waren. Wo war ihre Freundin? Sie hatte nichts von einem zweiten Mann gesagt.

Langsam ging Anja weiter. Ein eigenartiges Gefühl beschlich sie. Irgendetwas stimmte hier nicht. Sie zögerte, schaute vorsichtig um die Ecke und zuckte im selben Augenblick zurück. Mit diesen beiden Männern hatte sie nicht gerechnet.

In ein paar Metern Entfernung standen Albert Berkheimer und ihr Mann Stefan. Die beiden hielten die Lautstärke ihrer Stimmen in Grenzen, aber es war unschwer zu erkennen, dass sie sich stritten.

Anja zog ihren Kopf schnell wieder zurück. Als sie sich nach ein paar Sekunden wieder traute, um die Ecke zu schauen, waren die beiden Männer verschwunden. Offenbar waren sie ins Haus gegangen. Anja war verwirrt. Was hatten Stefan und Albert hier zu suchen? Und warum stritten sie sich ausgerechnet hinter Luises Haus? Und wo war Annemarie?

Anja schlich an der hinteren Hauswand entlang und näherte sich einem Fenster, das halb offen stand. Vorsichtig schob sie ihren Körper bis zum Fensterrahmen. Jetzt konnte sie die Stimmen der beiden Männer wieder hören. Aber sie verstand nicht, was die beiden miteinander redeten. Anja riskierte einen kurzen Blick ins Zimmer. Stefan und Albert, der irgendetwas in der Hand hielt, standen direkt voreinander.

Anja zog ihren Kopf wieder zurück. Sie traute sich kaum zu atmen. Die Männer waren lauter geworden, jetzt konnte sie jedes Wort verstehen.

»Was ist plötzlich los, du Schlappschwanz? Du warst doch die ganze Zeit nicht so zimperlich«, schimpfte Berkheimer.

»Hör auf. Was redest du für einen Scheiß. Du bist nicht

ganz bei Trost. Ich habe doch nie gewollt, dass du Paula etwas antust. Du hast gesagt, du würdest mit ihr reden, weil du sie von früher her kennst. Ich wollte nur, dass du ihr klar machst, dass sie Anja in Ruhe lassen soll. Ich wollte nicht, dass sie meine Familie zerstört. Ich hätte Anja nie wegen ihr verlassen.«

»Ich habe ja auch mit ihr geredet, aber die dumme Kuh hat einfach nicht zugehört. Sie hat gesagt, sie habe Luise geschrieben. Und wolle mit ihr dann zu Anja gehen. So ein Weibsstück.«

»Sie war bei Luise?«

»Hier lies das. Aber egal. Luise gibt's nicht mehr. Und Paula ist nicht zu Anja gegangen, sonst würdest du nicht so vor mir stehen. War doch gut so. Aber dann hat Paula den Artikel in der Zeitung gelesen. Über diese beiden Weiber. Ich hab Paula noch mal getroffen. Und plötzlich fängt die Nutte mit mir zu streiten an und sagt: Ich gehe zu Annemarie und Gaby, und erzähl ihnen alles und dann gehe ich mit ihnen zur Polizei. Das konnte ich nicht zulassen. Sie wäre sicher auch zu Anja gegangen, aber mit Gaby hatte sie sich zuerst verabredet. Ich bin ihr hinterher, und dann schreit sie mich an, sie schreit mich einfach an und sagt, ich soll mich verpissen. Sie lässt mich einfach so stehen, das hätte sie nicht tun sollen.«

Stefan verstand plötzlich, wovon Albert redete.

»Du hattest auch etwas mit ihr. Hast du sie vergewaltigt, wie Annemarie?«

»Ach was, vergewaltigt. So würde ich das nicht nennen. Wir hatten Sex, richtig guten Sex. Ich hab sie vielleicht dabei etwas hart rangenommen, aber Weiber mögen das, die wollen solche Typen wie mich, der ihnen zeigt, wo's lang geht.«

Albert packte Stefan am Kragen und schüttelte ihn laut lachend durch.

»Nicht solche Weicheier wie dich, Stefan?«

»Hör auf. Was ich mit Paula hatte, war ein Ausrutscher. Ich wollte das nicht, ich weiß nicht, wo mir damals der Kopf stand. Ich hatte zu viel Alkohol getrunken und dann ist es halt passiert.«

Anja konnte nicht glauben, was sie da hörte. Sie hätte nie gedacht, dass Stefan sie hintergehen könnte. Aber sie hatte keine Zeit, weiter darüber nachzudenken. Auch nicht, als sie Alberts Antwort hörte.

»Hat sie dich verführt, die kleine Nutte. Ja Stefan, du hättest deinen Schwanz besser unter Kontrolle halten sollen. Aber sei froh, jetzt ist sie weg, und du hast keine Probleme mehr. Ich habe die Drecksarbeit für dich gleich miterledigt. Alle glauben, es war ein Unfall, ist doch perfekt gelaufen.«

»Verdammt, Albert, das hast du getan?«

»Einen Gefallen hab ich dir getan, mein Freund. Damit sind wir quitt. Du hast mir ja auch bei meinem Alten geholfen.«

»Das hätte ich nicht tun sollen. Das war eine blöde Idee von dir, ihn an den Baum zu hängen.«

»Blöde Idee? Das war genial. Ein schöner dramatischer Effekt. Wie beim Theater. Der Alte hängt sich auf. Am Kreuzweg. Genau an der ersten Station. Unschuldig verurteilt. Das hat doch was. Auf die Idee muss man erst einmal kommen.«

Wieder lachte Berkheimer. Plötzlich wurde Stefan misstrauisch.

»Aber er hatte doch einen Schlaganfall, das stimmt doch wenigstens? Oder hast du ihn auch …«

Plötzlich entstand eine unheilvolle Stille. Albert musste auf Stefans Frage irgendwie reagiert haben, aber Anja hatte diese Reaktion nicht mitbekommen. Sie hörte für Sekunden kein Wort mehr. Sie wagte noch einmal einen Blick ins Zimmer. Sie sah Albert, wie er den Raum verließ. Stefan blickte ihm wortlos hinterher.

Geräusche aus dem Gang zeigten Anja an, das Albert auf dem Weg nach draußen war. Sie bekam Hitzewallungen. Angst stieg in ihr hoch. Er durfte sie hier draußen nicht entdecken.

Sie zog sich, so schnell es ging, hinter die Hausecke zurück. Aber Albert kam nicht aus dem Haus heraus. Er blieb im Türrahmen stehen. Anja sah nur einen Teil seines Rückens. Die beiden redeten wieder miteinander, sie konnte die Stimmen gut verstehen.

»Sag, dass das nicht wahr ist«, schrie Stefan.

Er erhielt keine Antwort.

»Bleib hier.«

»Lass mich in Ruhe.«

»Es ist genug jetzt. Hör endlich auf mit dem Scheiß. Du kannst jetzt nicht noch zwei Menschen töten, das lass ich nicht zu.«

»Du lässt das nicht zu? Wie willst du mich denn aufhalten, du Feigling. Geh mir aus dem Weg.«

Anja wusste nun, dass es nicht Alberts Rücken gewesen war, den sie gesehen hatte. Offenbar hatte Stefan sich Albert in den Weg gestellt.

Im nächsten Augenblick überschlugen sich die Ereignisse. Anja sah, wie Stefan rücklings aus der Tür auf den Boden fiel. Albert musste ihn umgestoßen haben. Er stürmte an Stefan vorbei, blieb aber nach ein paar Schritten stehen und drehte sich hämisch grinsend um.

»Du hältst mich nicht auf. Ich hole den Stoff aus meiner Karre und dann fliegt die Bude hier in die Luft. Da bleibt nicht mehr viel übrig von dem Haus und vor allem auch nicht von den beiden da drinnen. Ich will die Drecksvisagen nicht mehr sehen. Alles lief super, bis dieses Weib zurückkam. Sie soll verschwinden, für immer.«

Stefan war aufgesprungen. Seine Schnelligkeit überraschte Berkheimer. Im nächsten Augenblick waren die beiden Männer ineinander verkeilt und schlugen wild aufeinander ein. Anja beobachtete das dynamische Schauspiel mit ängstlichen Blicken. Sie sah, wie Stefan plötzlich eine Waffe in der Hand hielt. Er musste sie aus Alberts Jackentasche gezogen haben.

»Was willst du denn damit, du armseliger Idiot«, sagte Albert ganz ruhig. Er blieb vor Stefan stehen, bewegte sich keinen Schritt.

»Ich will noch eins wissen. Hast du irgendetwas mit Luises Unfall zu tun?«

Anja sah, wie Albert lächelte, die Arme wie zu einer Entschuldigung ausbreitete und danach mit einer schnellen Bewegung nach der Waffe griff. Dann fiel der Schuss. Anja schrie auf. Stefan drehte sich erschrocken zu ihr um. Er starrte Anja mit weit aufgerissenen Augen an. Die Situation wirkte bizarr. Albert hing noch an Stefan, so als ob er ihn umarmte. Stefan stieß ihn von sich, Albert sank leblos zu Boden. Sein Hemd war mit Blut getränkt. Auf dem Boden bildete sich sofort eine Lache.

Stefan sah Anja immer noch entgeistert an. Für ein paar Sekunden hielten sie ihren verzweifelt wirkenden Blicken stand.

Stefan wollte etwas sagen, aber es kam kein Wort aus seinem Mund. Für Anja völlig unerwartet drehte er sich um und lief ins Haus zurück.

»Nein, bitte bleib hier«, schrie Anja hinter ihm her. Tränen schossen ihr in die Augen. Sie wusste, dass Annemarie und der Journalist noch in dem Haus waren. Sie fürchtete, dass Stefan nun vollenden wollte, was Albert begonnen hatte. Er durfte ihnen nichts tun. Er hatte schon zu viel getan. Sie rannte hinter ihm her. Doch als sie im Haus war, hörte sie eine Tür schlagen. Stefan musste das Gebäude durch den Vordereingang verlassen haben. Zur Sicherheit rief sie noch einmal seinen Namen. Sie wartete kurz, aber sie bekam keine Antwort. Dann hörte sie das laute Klopfen.

Auch in meinem Kopf pochte es unablässig, so heftig, dass meine Schädeldecke zu platzen drohte. Ich saß immer noch reichlich benommen auf einem Stuhl in Luises Haus. Neben mir stand eine Notärztin, die meinen Kopf und meine Platzwunde begutachtete. Ich wartete ungeduldig auf ihre Diagnose.

Das Haus glich einem Bienenstock. Anja hatte, nachdem sie uns aus der dunklen Kammer befreit hatte, sofort die Polizei verständigt. Innerhalb weniger Minuten waren mehrere Streifenwagen vorgefahren. Auch ein Krankenwagen stand jetzt vor der Haustür. Um mich herum schwirrten zahllose Uniformierte durch den Raum, die irgendwelche Befehle aufnahmen oder weitergaben, jedes Kissen umdrehten und jede Schublade öffneten. Die geräuschvolle Hektik wirkte sich negativ auf meine Kopfschmerzen aus. Ich stöhnte auf, was allerdings niemanden so recht zu interessieren schien.

Draußen im Hof waren ebenfalls Kriminalbeamte unterwegs. Einige von ihnen trugen weiße Schutzkleidung, hoben alles auf, was sie fanden und tüteten es in Plastikbeutel ein. Offensichtlich hatte die Spurensicherung inzwischen ihre Arbeit aufgenommen. In einer Gruppe von Beamten konnte ich Hemmerle entdecken.

»Sieht schlimmer aus, als es ist«, riss die Ärztin mich aus meinem Beobachtungsdrang. Sie lächelte mich mitfühlend an, was gut gegen meine Schmerzen war. Doch zeigte die Aufmunterung nur kurze Wirkung. Das Pochen im Kopf und die Schmerzen kamen schneller zurück, als mir lieb war.

Die Ärztin hatte meine kleine Platzwunde inzwischen mit einem Pflaster versorgt.

»Genäht werden muss das nicht. Aber Sie sollten sich ein paar Tage Ruhe gönnen, Sie haben sicher eine leichte Gehirnerschütterung«, riet sie mir.

Ich sah sie an, nickte zustimmend und stöhnte gleich

wieder auf. Mein Kopf mochte Bewegungen überhaupt nicht. Während die Ärztin sich bückte, um etwas aus ihrem Koffer zu holen, sah ich mich weiter im Zimmer um. In einem Sessel, nicht weit entfernt von mir, saß Anja. Ihr Blick wirkte leer und sie hatte ein verheultes Gesicht. Eine Beamtin stand neben ihr und legte ihr tröstend eine Hand auf die Schulter. Annemarie Junginger konnte ich nirgendwo entdecken.

Ehe die Polizei eingetroffen war, hatte Anja mir erzählt, dass sie Albert Berkheimer leblos im Hinterhof aufgefunden hatte. Bei der Frage, wer ihn erschossen hatte, war sie kreidebleich geworden und umgekippt. So wusste ich nicht, wer Berkheimer auf dem Gewissen hatte. Sie war erst wieder so richtig zu sich gekommen, als die Polizei eintraf. Und die hatte sofort das Heft in die Hand genommen und mit Anja in einem anderen Zimmer gesprochen.

Ich hätte zu gerne erfahren, was Anja alles wusste. Deshalb versuchte ich, Blickkontakt mit ihr aufzunehmen. Als mir das gelungen war, sah ich als Erstes ihre Verzweiflung. Plötzlich schreckte Anja auf. Sie griff in ihre Hosentasche und zog ihr Handy hervor. Es summte wie wild. Sie starrte das Display erschrocken an, überlegte kurz, sah sich um, drückte dann eine Taste und nahm das Gespräch an. Ihr Gesicht wurde mit jeder Sekunde blasser. Die Nachricht, die sie gerade erhielt, schien offenbar nicht besonders aufmunternd zu sein.

Sie hielt eine Hand schützend vor den Mund, damit die Beamtin neben ihr nicht hören konnte, was sie sagte. Nachdem sie das Gespräch beendet hatte, starrte sie entgeistert ihr Handy an. Dann blickte sie zur Polizistin auf und versuchte, sich zu einem Lächeln zu zwingen. Sie sagte etwas zu der Beamtin, was ich allerdings nicht verstehen konnte. Als Antwort erhielt Anja ein mitfühlendes Lächeln und wieder eine tröstende Handbewegung.

Anja drehte ihren Kopf in meine Richtung. Sie sah mich fast flehentlich an. Es war nicht zu übersehen, sie wollte Kontakt zu mir aufnehmen, und zwar sofort. Was war nur passiert?

Ich wartete kurz und stand dann auf. Von unten blickte mich die Ärztin, die immer noch vor ihrem Koffer kniete, vorwurfsvoll an und schüttelte leicht resigniert den Kopf.

»Sie hören wohl nie auf das, was der Arzt zu Ihnen sagt?«

»Doch, doch. Bin gleich zurück«, antwortete ich nur und ging zu Anja, die inzwischen alleine war. Ein Polizeibeamter hatte die Kollegin an Anjas Seite zu sich gerufen.

Als ich bei ihr war, sah ich, dass sie nur mit Mühe Tränen verhindern konnte. Ich beugte mich zu ihr hinunter. Sie zog mich sofort zu sich her und flüsterte mir ins Ohr. Ihre Sprache war so undeutlich, dass ich zuerst nicht verstand, was sie sagte. Doch dann traf mich ihre Nachricht wie ein Schlag. Ihre Mutter, die Anja zu ihren Kindern geschickt hatte, hatte sie angerufen und ihr berichtet, dass Stefan völlig aufgebracht zu Hause aufgetaucht sei und die ganze Wohnung auf den Kopf gestellt habe.

»Meine Mutter hat versucht, sich ihm in den Weg zu stellen, aber er hat sie einfach beiseite gedrückt und sie angefleht, dass sie mich anrufen soll. Er hat ihr gesagt, dass er mit mir reden will, alleine, ohne Polizei, sonst bringe er sich um.«

Anja fing wieder zu weinen an.

»Dann hat er meine Tochter genommen und sich mit ihr im Schlafzimmer eingeschlossen. Mein Sohn Markus war gerade draußen auf der Straße bei einem Freund. Er hat das gar nicht mitbekommen. Jetzt ist er bei meiner Mutter. Sie ist völlig aufgelöst und weiß nicht, was sie tun soll. Ich hab ihr gesagt, dass sie nicht die Polizei holen soll. Ich habe Angst, dass er sich und Lea was antut. Er hat doch sicher immer noch die Pistole.«

Ich verstand gar nichts mehr. Was lief in Anjas Haus gerade ab?

»Ich sage sofort Hemmerle Bescheid.« Das war alles, was mir gerade einfiel.

»Nein, bitte nicht«, flüsterte sie. Offenbar wollte sie nicht, dass irgendjemand etwas von unserem Gespräch mitbekam.

»Warum nicht? Er kann Ihnen sicher helfen.«

»Nein. Ich hab ihm nichts gesagt. Ich wollte, dass Stefan sich alleine stellt. Nur das kann ihm noch helfen. Es war doch ein Versehen, er wollte es nicht.«

Wenn ich vorher, ihren Worten noch einigermaßen folgen konnte, so stand ich jetzt völlig im Dunkeln. Von was redete Anja überhaupt? Die Aufklärung folgte prompt. In einer kurzen Zusammenfassung erzählte sie mir, was sie im Hof hinterm Haus mitangesehen hatte.

»Aber die Polizei wäre doch …«

»Ich will nicht, dass die Polizei dort vor mir auftaucht. Ich will nicht, dass Stefan vollkommen durchdreht. Ich muss zuerst mit ihm reden, alleine. Vielleicht hört er auf mich und lässt Lea gehen. Ich will nicht dass ihr etwas passiert.« Anja war kaum noch in der Lage, zu sprechen.

»Ich will auch nicht, dass sich Stefan etwas antut«, fügte sie leise hinzu.

»Bitte sagen Sie niemanden etwas. Ich möchte zuerst dorthin und mit ihm reden. Ohne Polizei.«

Ich sah sie unschlüssig an.

»Bitte«, flehte sie.

Ich schaute mich kurz um. Wir hatten nicht viel Zeit, jeden Augenblick würde die Polizistin wieder zu Anja zurückkommen.

»Okay. Um die Ecke steht mein Wagen. Lassen sie uns sofort von hier verschwinden. Ich glaube, dass wir eine Chance haben, hier unbemerkt herauszukommen. Hier ist gerade so viel los und jeder ist mit der Spurensicherung beschäftigt. Aber wir müssen uns beeilen.«

Anja stand auf und wir gingen so unauffällig wie möglich aus dem Zimmer. Als wir an der Ärztin vorbei kamen, schickte sie mir eine kurze Bemerkung hinterher.

»Herr Blum, ich weiß nicht, ob das gut ist, was Sie da machen. Ich rate Ihnen …«

»Ich nehm das auf meine Kappe«, unterbrach ich sie schroff.

»Wie Sie meinen. Sie sind alt genug, um …«

Ich kümmerte mich nicht weiter um sie, sondern ging mit Anja zügig weiter Richtung Ausgang. Doch kaum waren wir draußen, trafen wir auf das nächste Problem. Makeda Nuru stand vor uns. Sie trug keine Uniform.

»Wo wollen Sie hin?«, fragte sie uns.

Ich zögerte kurz mit einer Antwort, doch dann folgte ich meiner Intuition. Makeda Nuru hatte in der Vergangenheit immer recht unkonventionell agiert. Vielleicht war sie nun gerade der richtige Mensch am richtigen Ort. Ich zog sie kurz beiseite und erklärte ihr mit wenigen Worten die Situation. Ich hatte Glück, meine Intuition ließ mich nie im Stich, fast nie. Ich hatte darauf gesetzt, dass sich Makeda mit uns verbündete. Und genau das traf ein. Sie hatte nur kurz die Augen verdreht und dann ein »ich komm in Teufels Küche« vor sich hin gemurmelt. Doch sie war dabei.

»Sie halten sich aber an meine Anweisungen, wenn wir vor Ort sind«, sagte sie mit einem Ton, der keinen Widerspruch duldete. Aber nach Diskussionen war es mir sowieso nicht zumute, die Zeit drängte. Wir gingen zu dritt zu meinem Auto. Als uns ein weiterer Beamter entgegen kam und uns fragte, wohin wir wollten, erklärte sie ihm, dass sie den Auftrag von Hemmerle habe, uns aufs Kommissariat zu bringen. Der Beamte zeigte keinen Argwohn und ließ uns passieren.

»Das kann mich meinen Kopf kosten«, flüsterte sie mir zu.

»Ich lege ein gutes Wort für Sie ein«, entgegnete ich ihr.

»Bitte nicht, dann wird es nur noch schlimmer.«

Wir erreichten meinen Wagen, stiegen ein und fuhren los. Makeda Nuru drückte aufs Gaspedal. Wir waren in kürzester Zeit vor Anjas Haus. Draußen war alles ruhig, nichts deutete auf die Tragödie hin, die sich im Haus abspielte. Doch das änderte sich schnell.

Wir sprangen aus dem Auto und eilten zur Eingangstür, aus der uns schon Anjas Mutter, mit Sohn Markus im Schlepptau entgegen kam. Anja nahm ihren Sohn in den Arm.

»Ist Stefan immer noch oben im Schlafzimmer?«, fragte sie ihre Mutter.

»Ja. Ich denke schon. Ich hab keinen Mucks mehr gehört. Ich hab auch nichts mehr zu ihm gesagt. Ich wollte nicht, dass er sich noch mehr aufregt. Schnell, du musst mit ihm reden, aber sei bitte vorsichtig.«

»Was ist denn mit Papa?«, fragte der Junge und fing sofort zu weinen an.

Anja nahm ihn in den Arm.

»Keine Angst, das wird schon wieder. Papa geht es nicht gut, aber wir helfen ihm, dass er wieder gesund wird«, versuchte sie ihren Sohn zu trösten.

Makeda und ich hielten uns nicht bei den Dreien auf, sondern rannten weiter zur Eingangstür. Als wir uns kurz umdrehten, sahen wir, wie Anja nach oben blickte und den Namen ihres Mannes rief.

»Bitte, Stefan, lass uns reden«, bat Anja. Die Verzweiflung in ihrer Stimme war nicht zu überhören.

Erst tat sich nichts. Als Anja wieder nach ihrem Mann rief, hörten wir, wie ein Fenster im Obergeschoss geöffnet wurde.

»Anja, ich wollte das alles nicht, glaub mir. Ich kann nicht mehr. Was soll ich tun, Anja? Ich will euch nicht verlieren«, schrie Stefan.

Die Großmutter und der Junge hatten die Haustür sperrangelweit offen gelassen. Makeda Nuru sah mich an. Der Blick genügte, und wir wussten, was zu tun war. Wir gelangten, ohne dass Anjas Mann etwas mitbekam, ins Haus. In der Tür wandte sich Makeda noch einmal in Richtung Anja und zeigte ihr per Handzeichen an, dass sie ihren Mann weiter beschäftigen sollte. Wir hörten Stefans Stimme.

»Es macht doch alles keinen Sinn mehr. Anja, ich kann nicht mehr weiter.«

Das klang nicht gut, das hörte sich nach Abschied an. Wir mussten uns beeilen. Ich stürmte zur Treppe, die ins Obergeschoss führte. Makeda Nuru war dicht hinter mir und überholte mich auf der ersten Stufe.

»Sie bleiben hier unten«, schnauzte sie mich an.

»Auf keinen Fall. Ich komme mit.«

Es war keine Zeit mehr für Diskussionen. Sie griff mich kurz am Arm und sah mich mit festem Blick an.

»Dann bleiben Sie wenigstens etwas hinter mir.« Sie zog ihre Pistole und rannte die Treppe hinauf ins Obergeschoss. Ich folgte ihr in kurzem Abstand. Als wir oben ankamen, hörten wir sofort, hinter welcher Tür sich Anjas Mann befand. Wir konnten sogar das leise Wimmern des Mädchens hören. Wir schlichen vorsichtig zur Schlafzimmertür. Drinnen schien niemand auf uns zu achten. Wieder vernahmen wir Stefans Stimme. Er redete noch mit Anja. Ein gutes Zeichen und die große Chance für uns, ihn zu überraschen.

»Er hat die Tür abgeschlossen. Aber sie sollte kein Problem für uns sein. Das Schloss taugt nicht viel, das schaffen wir zusammen«, flüsterte Makeda mir zu.

Mit den Fingern zeigte sie an, dass wir auf drei gemeinsam losstürmen sollten, um die Tür aufzubrechen. Ein Finger, zwei, drei. Wir rannten los. Gemeinsam erreichten wir die Tür und rammten unsere Schultern dagegen. Der

Schmerz des Aufpralls war nicht so groß, wie ich erwartet hatte. Und Makeda hatte Recht gehabt, das Schloss war kein Problem. Holz splitterte, die Tür sprang mit großem Lärm auf. Stefan drehte sich erschrocken um und starrte uns an.

»Stefan, nein«, schrie Anja von unten.

Er ließ seine Tochter los. Die Waffe in seiner Hand war nach unten gerichtet. Er zog sie hoch Richtung Kopf. Offenbar wollte er sich selbst erschießen. Aber Makeda Nuru war schneller. Der Schuss aus ihrer Dienstwaffe traf Stefan in die Schulter. Er schrie auf, taumelte mit weit aufgerissenen Augen nach hinten und drohte aus dem offenen Fenster zu stürzen. Gleichzeitig ließ er seine Waffe fallen. Als er sich an die Schulter griff, war seine Hand sofort voller Blut. Er wurde kreidebleich im Gesicht.

Ich sprang nach vorne, packte ihn an der gesunden Schulter und zog ihn vom Fenster weg. Er verlor das Bewusstsein und sank zu Boden. Ich konnte ihn nicht festhalten und stürzte über ihn. Zusammen lagen wir auf dem Fußboden vor dem Fenster. Ich schaute hoch. Makeda Nuru hielt das Mädchen im Arm. Gleichzeitig telefonierte sie mit ihrem Handy. Sie rief Polizei und Rettungsdienst an. Anja stürzte im nächsten Augenblick ins Zimmer. Sie sah zuerst nach ihrer Tochter und dann nach ihrem Mann.

»Stefan«, schrie sie, als sie ihren Mann leblos und voller Blut unter mir liegen sah.

Ich konnte sie beruhigen, ich spürte deutlich seinen Puls.

»Er wird es überleben«, sagte ich.

Damit ging es ihm besser als Albert Berkheimer. Der war jetzt wahrscheinlich gerade auf dem Weg ins Leichenschauhaus. Draußen hörte ich die ersten Sirenen, die sich dem Haus näherten. Hemmerle war sicher bester Laune.

Ich bin froh, dass alles vorbei ist und ich wieder zurück in die USA kann. Was soll ich auch noch hier? Es hält mich nichts mehr hier«, sagte Annemarie Junginger, während ich sie zum Abflug-Gate auf dem Stuttgarter Flughafen begleitete.

In den vergangenen Tagen hatte uns Hemmerle ordentlich in die Mangel genommen. Er warf uns vor, die Ermittlungen erschwert und wichtige Informationen der Polizei vorenthalten zu haben. Ich ließ ihn reden. Es war letztlich alles gut ausgegangen, außer für Walter und Albert Berkheimer. Auch Makeda Nuru hatte seinen Zorn zu spüren bekommen, doch letztlich war Hemmerle froh, dass Anjas Kindern nichts passiert war. Der Berkheimer Fall konnte zwar noch nicht zu den Akten gelegt werden, weil es nicht auf alle Fragen zufriedenstellende Antworten gab. Vielleicht konnte am Ende auch nicht alles aufgeklärt werden, wie zum Beispiel Luises Unfall.

Anjas Mann, der derzeit im Justizvollzugskrankenhaus Hohenasperg untergebracht war, sagte bisher nichts dazu. Auf Anraten seines Anwalts verweigerte er derzeit jede Aussage, wie Anja uns erzählt hatte. Vielleicht änderte sich das, wenn sein Prozess vor der Tür stand und ihm eine hohe Gefängnisstrafe drohte. Mit einem, »ich hab doch von allem nichts gewusst«, konnte er sich sicher nicht herausreden.

Annemarie Junginger hatte von Hemmerle die Erlaubnis erhalten, Deutschland zu verlassen. Sie war in den USA erreichbar, wenn es notwendig war und sie hatte sich bereit erklärt, zum Prozess zu kommen, wenn man sie brauchte.

Wir gingen durch die große Abflughalle, die voller Menschen war.

»Sie haben noch Ihre Mutter besucht?«, fragte ich Annemarie Junginger.

»Ja. Es ist mir nicht leicht gefallen, denn dies alles wäre wahrscheinlich nicht passiert, wenn meine Eltern und auch die anderen Leute damals ihren Mund aufgemacht hätten.«

Sie stockte kurz.

»Aber warum soll ich ihr Vorwürfe machen, sie versteht es ja nicht mehr. Es war trotzdem traurig, meine Mutter so in dem Pflegeheim zu sehen. Ich weiß noch nicht einmal, ob sie mich richtig erkannt hat. Einmal hat sie mich angeblickt, mit Tränen in den Augen, da hatte ich das Gefühl, dass ihr klar war, wenigstens für Sekunden, wer vor ihr stand. Ich weiß nicht, ob Sie das verstehen, aber es ist mir schwergefallen, sie so zurückzulassen. Sie ist letztlich alles, was ich von meiner noch Familie habe. Aber ich kann nicht mehr. Ich muss weg von hier.«

Sie schwieg eine Weile.

»Und wie geht es Anja?«, fragte ich.

»Wie soll es ihr gehen. Ihre ganze Welt ist zusammengebrochen. Aber sie hat wenigstens die Kinder, sie werden ihr helfen, darüber hinwegzukommen. Sie muss jetzt für sie da sein, das lenkt ab. Aber es wird trotzdem eine schwere Zeit für sie, vor allem wenn nach all den Aufregungen der Alltag wieder einkehrt. Ich hab mich heute Morgen von ihr verabschiedet. Sie hat mir versprochen, mich einmal mit den Kindern in die USA zu besuchen. Ich freue mich darauf.«

Dann gingen Annemarie Junginger die Worte aus. Ich sah ihr an, dass es ihr schwer fiel, ihre Gefühle unter Kontrolle zu halten. Als wir das Gate erreicht hatten, drehte sie sich zu mir um. Ihr Blick ging durch mich durch.

»Es ist schrecklich, was passiert ist. Zwei Menschen sind ums Leben gekommen. Anjas Familie ist zerstört. Und was wird aus Berkheimers Unternehmen? Wenn es verkauft wird oder gar schließen muss, verlieren viele Menschen ihre Arbeit. Und letztlich nur wegen mir. Wäre ich in den USA geblieben, wäre alles noch so wie vorher.«

»Nein, es ist nicht Ihre …«, begann ich, aber Annemarie

Junginger hatte sich längst umgedreht und war Richtung Sicherheitskontrolle gegangen. Sie hörte mir nicht mehr zu, sie ließ mich einfach stehen.

Als sie die Sicherheitsschleuse hinter sich hatte, drehte sie sich um. Sie winkte mir zu und ich glaubte, ein kurzes Lächeln auf ihrem Gesicht zu entdecken. Ein paar Sekunden später war Anne Young in der Menge verschwunden. Ihr Flieger, der sie wieder zurück in die USA bringen würde, ging in einer halben Stunde.

Ich sah mich um. Es gab für mich keinen Grund mehr, länger in diesem Gebäude zu bleiben, in dem eine Mixtur von Abschied und Wiedersehensfreude in der Luft lag. Fernweh mischte sich bei mir mit Heimweh. Letzteres war stärker ausgeprägt. Ich wollte so schnell wie möglich zu Nelly zurück.

Endlich war etwas Ruhe eingekehrt. Ich hatte die ganze Geschichte noch einmal in einem Artikel zusammengefasst und ausführlich kommentiert.

Nun saß ich auf dem Sofa, die Beine entspannt hochgelegt, und schaute mir meine Lieblingsserie »Wer ist hier der Boss?« im Fernsehen an. Die amerikanische Sitcom hat schon viel Patina angelegt, was man vor allem an den Frisuren erkennen konnte. Aber die Serie war lustig und man konnte sein Hirn für ein paar Minuten ausschalten, was nach diesen turbulenten Tagen gut tat.

Nelly kam zu mir und setzte sich neben mich. Sie sah bezaubernd aus und ich war froh, dass sie nicht in Irland, sondern hier bei mir war. Ich nahm sie in den Arm und drückte sie an mich. Sie legte ihren Kopf an meine Schulter. Mann, fühlte sich das gut an.

Ihre roten Haare breiteten sich in meinem Gesicht aus, sodass ich den Fernseher nur noch zur Hälfte sehen konnte, was aber nicht wichtig war. Ich hatte die Folge sowieso schon mindestens zehnmal gesehen und kannte sie fast auswendig. Im nächsten Augenblick würden sich Hausmann Tony und sein Boss Angela wieder ein Stück näher kommen. Aber ich konnte sie auch nicht mehr hören, denn Nelly hatte mir die Fernbedienung aus der Hand genommen und den Ton abgeschaltet.

»Ich muss mit dir reden«, sagte sie ernst. Das klang nicht gut. Wenn Nelly diesen Satz gebrauchte, war klar, wer bei uns jetzt erst einmal der Boss war, und es war ratsam, ihr zuzuhören.

»Nelly, was ist los? Ich hab doch nichts Falsches gesagt oder getan, oder?«, fragte ich vorsichtig und versuchte, die Stimmung etwas zu lockern, was mir allerdings nicht gelang.

»Nein, Luka, du hast nichts Falsches getan. Aber du bist mit Schuld, an dem, was passiert ist.«

Spielte Nelly auf den Berkheimer-Fall an? Warum gerade jetzt? Es war doch alles vorbei und die ganze Sache lag hinter uns.

Ich wollte etwas sagen, aber sie legte mir den Finger auf den Mund.

»Bitte sei still und hör mir jetzt zu.«

Ihre Hände zitterten etwas und ihre Augen wurden feucht. Sie nahm meine Hand und legte sie auf ihren Bauch.

»Ich war gestern beim Arzt, und er hat mir gesagt, dass ich schwanger bin.«

»Was?«, stammelte ich. Die Nachricht traf mich wie ein Blitz. Mir wurde kalt und heiß.

In der nächsten Sekunde liefen in rascher Folge Bilder von launischen Frauen mit dicken Bäuchen, von schreienden Kindern, rülpsenden Babys, von schlaflosen Nächten, übermüdeten Eltern und vollen Windeln, von Bobbycar-

Rennen und Sandkastenstreitereien vor meinem inneren Auge ab. Schweißperlen bildeten sich auf meiner Stirn. Ich begann zu hecheln. Sekunden später hatte ich mich wieder im Griff.

»Ich freue mich riesig«, sagte ich nur, nahm Nelly noch fester in den Arm und küsste sie sanft auf die Stirn.